LE LIT

Robert Sabatier est né à [...] célèbre saga des *Allum[ettes suédoises]* [...] et dans *Boulevard*, et [...] *Canard au sang*, *Dessin sur un trottoir* et d[...] *Olivier* ou *Olivier et ses amis*. Orphelin de bonne heure, Robert Sabatier, à vingt ans, entre dans la Résistance au maquis de Saugues, le village heureux des *Noisettes sauvages*. Il fonde une revue de poésie. A Paris, il se consacre à l'édition et se partage entre le journalisme littéraire et la littérature. Tout d'abord remarqué comme poète (Prix Guillaume-Apollinaire pour *Les Fêtes solaires*, Grand Prix de poésie de l'Académie française), il sera connu d'un large public par ses romans. Souvent portés à l'écran, ils sont traduits dans une quinzaine de langues. Robert Sabatier a écrit en Provence *Les Enfants de l'été*, puis *Les Fillettes chantantes*, sans oublier de nouveaux livres de poésie. Citons également son grand roman, *Les Années secrètes de la vie d'un homme*, sa monumentale *Histoire de la poésie française* et son recueil de maximes *Le Livre de la déraison souriante*. Et n'oublions pas deux autres succès : *La Souris verte*, *Le Cygne noir*.

Paru dans Le Livre de Poche :

LES ALLUMETTES SUÉDOISES
TROIS SUCETTES À LA MENTHE
LES NOISETTES SAUVAGES
LES FILLETTES CHANTANTES
DAVID ET OLIVIER
OLIVIER ET SES AMIS
DESSIN SUR UN TROTTOIR
LE MARCHAND DE SABLE
BOULEVARD
DÉDICACE D'UN NAVIRE ET AUTRES POÈMES
LA SOURIS VERTE
LE LIVRE DE LA DÉRAISON SOURIANTE
LE CYGNE NOIR

ROBERT SABATIER

Le Lit de la Merveille

ROMAN

ALBIN MICHEL

Si l'auteur de ce roman ne saurait être confondu avec le narrateur, l'histoire n'est pas de pure fiction. Des personnalités connues se mêlent à des personnages inventés ; pour ces derniers, toute ressemblance, qu'il s'agisse de noms propres, de traits physiques ou de caractère, serait simple coïncidence.

© Éditions Albin Michel S.A., 1997.

Prologue

J'étais seul, l'autre soir, au Théâtre-Français. On ne jouait pas Molière mais une pièce de Friedrich von Schiller écrite dans sa jeunesse : *Intrigue et Amour.*

Arrivé au théâtre fort tôt, selon mon habitude, je fus installé au rang H place 6 de l'orchestre. Une soirée tranquille. Je jouissais des plaisirs de mon âge : musique, lecture, spectacle ; je savais meubler ma solitude. La coulée du temps oblige à des renoncements. Mes conquêtes n'étaient plus celles de ma jeunesse. Je n'avais qu'amours de tête et je rêvais. Ma curiosité artistique s'était développée. Mon goût de l'instant, affiné, aidé par une perception plus sensible, m'apportait les plaisirs nés de l'observation et de la méditation. Voir cette salle aux multiples reflets se remplir de spectateurs, comme distillés goutte à goutte par un alambic, me plaisait.

Je parcourus le programme. Schiller, ce méconnu. Les sentiments excessifs, les crimes, les larmes, tout ce qui est le ressort du drame, ne m'inspire guère. Que recherchais-je ce soir-là ? Un voyage dans le temps, la rencontre de sensibilités oubliées, sans doute, mais surtout la scène, costumes, attitudes, gestes, visages, et, derrière les masques, le jeu de la vie. Je me voulais en état d'accueil — comme la sainte, les yeux levés vers le ciel, les mains ouvertes et qui murmure : « Tout ce qui arrive est adorable. »

Tout ce qui arrive... Bien avant le lever du rideau, dans l'allée, surgit un être venu de mon lointain passé, une dame que je croyais disparue, si âgée et si semblable à mon souvenir. Elle s'avançait, dépassait ma rangée, souriante et calme quand je venais de perdre ma quiétude. Une jeune fille, aussi grande qu'elle, élancée, élégante, racée, une réplique de ce qu'elle fut, marchait près d'elle, près d'Eleanor dont je murmurai le prénom.

Eleanor. Ainsi, elle vivait encore, elle voyageait, sortait comme au temps où... Avait-elle vingt ans, vingt-cinq ans de plus que moi? Je suis mauvais comptable des années. Sa présence effaça tout, théâtre et spectateurs, je ne vis plus qu'elle qui ne m'avait pas vu ou pas reconnu. Et moi qui avais posé un lourd couvercle sur ces années de ma jeunesse, les yeux fermés, je la voyais encore. Elle avait gardé ce même goût pour les tons gris perle avec de fines nuances entre la robe, les bas, les chaussures. Sa chevelure d'un blanc bleuté n'avait rien perdu de son ampleur. Je ne l'avais jamais vue coiffée autrement que d'un béret. Elle le portait encore.

Eleanor inchangée, la taille droite, à peine déguisée en vieille dame, belle de ses rides. Au plus haut de l'âge, elle tenait la mort à distance. Pris d'une crainte subite et insensée, je me cachai derrière mon programme.

Cette jeune fille près d'elle? La fille d'Olivia ou de Roland? Ou la petite-fille... Il y avait si longtemps, si longtemps... Eleanor, quelles avaient été les couleurs de sa vie? Le Professeur, l'Oncle devenu cendres, vivait-elle toujours à Boston auprès de ses enfants, Olivia et Roland? Étais-je oublié, pardonné — mais de quelle faute? Quarante années de nuit sur des existences qui me furent chères. Pourquoi les êtres s'éloignent-ils? Se connaître, s'aimer, se séparer, ne jamais se revoir...

Je rejetai de banales pensées. J'allais voir, écouter les scènes de Schiller, de ce drame ancien. Me paraîtrait-il si démodé? Les spectateurs en retard se hâtaient. J'entendis un murmure, des froissements de tissu, puis ce fut le silence de l'attente. J'entendis frapper les trois coups.

Si éloigné que je sois du *Sturm und Drang* de l'Allemagne en une période bouleversée, des désarrois juvéniles de Schiller, de ces heurts entre aristocratie et bourgeoisie, de cette rigidité des personnages du vieux temps face au sentiment de révolution lyrique de leurs enfants, après plus de deux siècles, cet affrontement de l'ancien et du nouveau saurait-il m'intéresser ?

J'étais un spectateur distrait. La présence d'Eleanor gommait celle des comédiens. Les compagnons de mon passé se substituaient à eux. Ils étaient tous là : Eleanor et ses enfants, Olivia et Roland, ces jumeaux dissemblables, Mlle Lavoix, Antoine le bibliophile, la chantante Tanagra, Alexandre Guersaint, Gaston Bachelard, François Perroux, et cet homme que j'avais tant aimé, le professeur en exil, le médiéviste, que nous appelions l'Oncle, et tant de témoins de nos jours passés. Ce que j'avais vécu en leur compagnie ne s'apparentait à aucun rôle et les « cent actes divers » ne s'inscrivaient pas dans la cohérence d'une comédie ou d'une tragédie.

Eleanor. Certains êtres triomphent de l'âge, dominent les métamorphoses, les reçoivent comme des hôtes et leur apportent une souriante bienveillance. A ce moment même, j'aurais aimé entendre sa voix, la musique de ses pensées. A mon contraire, elle ne semblait s'intéresser qu'au spectacle.

Je posai mon œil le plus critique sur la scène. La mise en scène de Bluwal, le jeu des acteurs étaient sans reproche. Les malheurs de la fille de l'humble musicien, cette Louise Miller, et de Ferdinand, le fils du président, leur amour et leur faiblesse face aux machinations me touchèrent. Il m'apparut que la seule issue était la mort — une belle mort romantique, les poisons du corps succédant aux poisons de l'âme.

A l'entracte, ni Eleanor, ni sa compagne, ni moi ne quittâmes la salle. D'elle, j'entendis la voix de naguère. Je vis dans sa main cet éventail peint qui représentait Robinson et Vendredi. Elle ne l'ouvrait jamais qu'à demi, si bien que l'infortuné Vendredi disparaissait dans les plis. Elle souriait, non pas à la jeune fille, mais loin dans le temps, aux propos décousus de l'Oncle comme aux chamailleries des jumeaux. Elle jouait en ma compagnie à la dame qui reçoit.

Si j'arrache un à un tous les masques posés sur mon visage, vais-je retrouver cet équilibre des traits, cet éclat de la peau, ce sourire tel un piège, cette mélancolie qu'on prenait pour du charme ? Je songe à ma détresse passée, à cette faiblesse morale que cachait mon apparence.

Revoir tout cela, le revivre... Et si je relatais tous les faits, si j'écrivais ma vie pour la revivre ? Quel exorcisme que de réduire la réalité à l'écriture ! Pourrais-je revoir le clair et le sombre, l'amer et le velouté, les multiples sensations lourdes ou légères, les jours noirs et les nuits éblouissantes ? Écrire : me relire. Mais vous que j'aimais, ne vais-je pas vous trahir en me trahissant moi-même ?

Comme les livres naguère, en un instant l'écriture m'appela. Pas d'examen de minuit. Pas de poing frappant trois fois ma poitrine. Lorsque j'aurai narré notre histoire commune, il se sera écoulé des jours, des semaines, des mois, et je serai un peu plus un autre. Éloigné de ce que je suis devenu, d'Eleanor dans la salle, des déchirés sur la scène, se profileront, derrière les visages jeunes, les peaux ridées sans qu'il reste un seul spectateur pour applaudir.

Mes pensées parlaient-elles si fort qu'Eleanor les entendit ? Alors que, sur les planches, Ferdinand, face à son père, défendait son amour et refusait d'épouser lady Milford, la favorite du prince, Eleanor tourna la tête vers moi, me reconnut, me sourit, m'offrit un signe de tête amical — et revint au spectacle.

Première partie

Un

Comme j'aimerais parler d'une enfance sans histoire ! La mienne échappa à la monotonie, mais à quel prix ! Mon père, l'horloger, et ma mère, l'ancienne institutrice, moururent en même temps dans une célèbre catastrophe ferroviaire. Avant d'être adopté, je passai, si je puis dire, de main en main. Le bonheur et le malheur furent en lutte. Aucun ne gagna. Je fus le vainqueur en célébrant leur mariage. Je connus trois états de la société : la tante maternelle blanchisseuse de fin rue des Envierges ; le grand-oncle magistrat à la retraite ; le parent éloigné, Caron, jardinier de son état à Valmondois. C'est là que je connus le curé Laurent qui fut mon abbé Faria et prétendit m'avoir appris tout ce qu'il savait. De chacune de mes expériences, j'ai gardé une des composantes de mon caractère : un fond de gouaille et un sens de la repartie (les blanchisseuses avaient le verbe savoureux), un désir de bonne tenue (l'oncle rigide au sourire bienveillant), le goût du travail bien fait (les allées sans mauvaises herbes du jardinier). Je me suis partagé entre divers métiers. Mon préféré reste celui de l'étude, du *plaisir* de l'étude. Il me vient du curé Laurent qui faisait passer les humanités avant la foi.

Je ne m'étendrai pas sur mes enfances. Les faits que je me propose de narrer se situent au début des années cinquante. J'étais encore fort jeune ; je me croyais vieux : le malheur, cette fois, avait triomphé.

J'avais quitté cette ville de Lorraine après un séjour de quatre années (le temps d'une union jusqu'au coup final) pour retrouver Paris — ou, plutôt, pour m'y perdre. Sans qu'aucune raison, délictueuse ou autre, m'y poussât, je changeai de nom, croyant ainsi changer d'être. Je repris mon pseudonyme de clandestinité (j'avais aussi connu la guerre). Je me servis de mes faux papiers pour redevenir Julien Noir. J'avais choisi mon prénom : *Julien* (je venais de lire *Le Rouge et le Noir*) et mon nom : *Noir*, la seconde partie du titre.

J'ai peine, alors que j'ai retrouvé sinon l'oubli, du moins la quiétude, à décrire l'état moral dans lequel je me trouvais. Je me disais veuf sans avoir été marié, veuf sans avoir connu de deuil, veuf parce que j'avais perdu ce que j'aimais le plus au monde, veuf comme bœuf — le bœuf ayant perdu son frère de joug. Le suicide qu'on qualifie de lâche demandait un courage que je n'avais pas. J'allais vivre alors qu'un être était mort en moi, que j'étais son cercueil de bois mort.

Je veux oublier l'éclair, je veux oublier le grondement qui le suit, et même l'orage des larmes. Ce Paris que je retrouve sort à peine du temps des restrictions, de ces soucis quotidiens qui masquaient la vision du pire. On enverra un bataillon en Corée, un grand général en Indochine. La guerre qu'on croit terminée n'en finit pas, elle se déplace. Et défilent au commandement les Bidault, Queuille, Pleven, trois petits tours et puis s'en vont, parfois reviennent. La IVe République dont on dira trop de mal, reconstruit, sa suivante recueillera ses fruits sans reconnaissance.

Le temps me semble imprécis. Je ne parviens pas à m'échapper de moi. C'est la mode des grands débats d'idées avec en première ligne les Sartre, Camus, Merleau-Ponty, Gabriel Marcel, Aron, Mauriac, Aragon, les revues. Des écrivains ont disparu pour mauvaise conduite ; d'autres, après avoir connu le paradis, sont relégués au purgatoire : les sensibilités ont changé, on ne les lit plus guère. J'écume la surface de ces eaux, je lis les poètes, Supervielle, Michaux, Reverdy, Saint-John Perse : eux seuls m'apaisent. J'ai trop de mal à vivre.

Le grand-oncle retraité s'était retiré à Évian. Je me rendis vers la rue des Envierges pour revoir la blanchisserie de ma tante morte deux ans plus tôt. Je reconnus quelques visages, échangeai des paroles de circonstance, puis trouvai logis dans un hôtel modeste près de la station de métro Pyrénées. Il me fut demandé une avance pour couvrir un mois. Par précaution, j'en réglai le double. J'étais tranquille pour soixante jours. Ma bourse était plate. L'automne annonçait les premiers froids. J'étais pourvu en vêtements. Pour la nourriture, j'achetai un sac de pain rassis destiné aux animaux et une boîte de bouillon Kub. Sur un réchaud à alcool, je mitonnais des panades. Pour les livres, je fus m'inscrire à la bibliothèque municipale.

Je ne vis pas s'écouler les jours. Seules les nuits d'insomnie et de ressassement me paraissaient interminables. Le moment vint où je fus à bout de ressources. A l'hôtel où l'on m'avait pris en sympathie, on voulut bien m'accorder du crédit en attendant que je trouve un emploi. Là, je donnai des coups de main, paille de fer, pâte Au Sabre et autres. Au Sentier, je fus aide-comptable durant que la titulaire du poste accouchait. Elle revint trop vite. Des assureurs engageaient des jeunes gens de façon temporaire, le temps pour la firme de profiter de leurs relations et de les renvoyer ensuite. Je ne pus placer une seule police. Je donnai des textes, reportages et contes, auprès d'une agence de presse et ne fus jamais payé. Je ne voulais pas retourner à mes anciens métiers, je les fuyais pour me fuir.

Je me rendis au marché aux puces de Saint-Ouen pour vendre une bicyclette. Les marchands me regardèrent, soupçonneux. J'étais déjà le Voleur de bicyclette. Un passant m'en donna une somme dérisoire.

A la porte de Clignancourt, je suis entré dans un café misérable. J'ai commandé un thé et beaucoup d'eau chaude : mon repas. Je revois cette soirée. Je fixe le bois brun de la vieille table où tant de liquides vineux, sirupeux ont coulé. Je regarde le bois en même temps que le creux de ma main. Rivières, monts et vallée. Le temps, la vie, la mort. La géologie, l'histoire, les guerres. Je médite sur le bois fendillé, sur les brûlures des cigarettes. De la table voisine, une voix me rejoint, comme venue de fort loin. Les bistrots sont faits pour se parler, se connaître. Les frontières invisibles que les hommes construiront n'existent pas encore. Je regarde mon voisin. S'il parle de la pluie, c'est pour ouvrir la conversation. La pluie, il s'en moque autant que moi. Je le regarde. Il est petit, fluet, bossu. Entre deux doigts, il tient un fume-cigarette. Il sort d'un roman de Dickens. Je vois qu'il porte trois bagues. A son gilet, une chaîne de montre avec des breloques. Il m'est antipathique. Soudain, il va droit au fait : ma détresse. Il devient mon prêtre. Et moi, je me confie à lui en qui je n'ai pas confiance. Il m'écoute. Son visage se transforme. Ma fâcheuse impression s'éloigne. Il devance mes paroles, il m'appelle « mon petit ». J'apprends que j'en verrai d'autres, que la vie est une tartine de mouscaille qu'il faut goûter chaque matin sans grimacer. Je reconnais d'anciennes voix : celles que j'entendais dans la boutique de ma tante. Il dit :

— Vois-tu, mon petit, j'ai l'expérience de la vie et j'en fais profiter les autres...

J'écoute cette voix enrouée. Elle me dit qu'il faut mettre le passé à la lanterne, ne regarder qu'aujourd'hui et demain. Ne pas rester immobile. Ne pas se complaire. Retrouver l'énergie perdue. Je tente de faire dériver le discours, de l'amener vers lui et il y consent avec parcimonie.

— Oh! moi, tu sais, mon petit, moi je ne suis pas moi. Je suis l'autre. Et je ne sais pas quel autre. Mais toi, qu'aimes-tu dans la vie?

J'ai répondu sans réfléchir :
— Les livres.

— Alors qu'est-ce que tu fais là, flemmard ? Va où il y a des livres. Tu verras, ça s'arrangera. Tu me paies mon verre ?

Et j'ai payé son verre.

J'ai décidé de revenir à pied à mon hôtel. J'ai marché sous la pluie. Je n'attachais aucune importance à cette rencontre idiote. Un type qui voulait se faire payer un verre. Je ne retenais qu'une phrase : « Va où il y a des livres... » Qui était cet homme ? Un escroc à la petite semaine, un clochard déguisé, le Diable ? Et si c'était l'Ange gardien ?

Je traverse Paris sous la pluie. Je suis une fourmi parmi les fourmis. L'eau me lave. Quand l'averse s'atténue, je la regrette. Dans le ruisseau, je vois un clou et je le ramasse. Je suis ce clou et je sais déjà où se trouve l'aimant qui m'attire.

Je hantais le Quartier latin. Des espoirs imprécis m'y amenaient. Le boulevard Saint-Michel : librairies et terrasses de café, les secondes me paraissant le prolongement des premières ; on y lisait, on y parlait des études, du monde. Aujourd'hui où les commerces de vêtements et de restauration rapide ont remplacé des lieux que je croyais ineffaçables, je pense à hier comme à une préhistoire. Lorsque je regardais les vitrines des libraires, fouillais les boîtes des bouquinistes, il me semblait que, par magie, toute la science des hommes pénétrait dans mon cerveau. Les vapeurs du meilleur alcool montaient jusqu'à mes narines ; je me grisais sans boire. Ce parfum mental dont a parlé Jules Romains, je le humais, je m'en imprégnais. La simple lecture d'un titre animait en moi des souvenirs, des analogies, éveillait mon désir ; je lisais une lettre d'amour. Pouvais-je imaginer que ma vie se fixerait sur les lieux de l'intelligence ?

J'en aurais pour un peu oublié l'objet de ma recherche : un gagne-pain, quel qu'il soit. Je me présentai chez un imprimeur de thèses qui cherchait un coursier. Ironie du sort, je fus refusé parce que je n'avais pas de bicyclette.

Je me promenais dans les jardins du Luxembourg, aux abords de la Sorbonne, du Collège de France, de Polytechnique. Je lisais les visages, j'imaginais les salles d'étude, les amphithéâtres, je regardais les statues, les ruines de Cluny, les oiseaux, le ciel. Je vendis mes livres qui se transformèrent en cornets de frites, les meilleures étant préparées dans une encoignure d'immeuble rue Mazarine. Je fumais du gris dans ma pipe, en l'économisant. Mes itinéraires étaient marqués par les noms des cafés : Mahieu, Dupont-Latin, La Source, des restaurants grands ou petits : Balzar, Capoulade, Polidor, Chartier, Julien. J'enviais les universitaires, les étudiants, jusqu'aux commis, aux coursiers d'édition et de librairie. Je croisais des originaux : ceux du *Paris insolite* de Jean-Paul Clébert ; j'ai relu ce livre : tout a disparu. Mes promenades s'arrêtaient à Saint-Germain-des-Prés, lieu si célèbre qu'il me semblait factice. Je ne me plaisais que dans le Ve arrondissement.

Va où il y a des livres... Ces paroles de l'inconnu me hantaient comme une énigme, la clé indéchiffrable d'une recherche de trésor. Devais-je y trouver une signification ?

Mon esprit était dans les nuages, mon estomac me ramenait à la réalité. Je te revois, jeune homme que j'étais. Tu regardes les livres dans les vitrines d'une grande librairie dépendant d'une maison d'édition universitaire. Un rayon de soleil te gêne. Tu te penches et tu lis sur la pancarte : *On demande une dactylo-facturière*. Tu pénètres dans la librairie. Les vendeurs sont en blouse verte. Tu t'adresses à la caissière, la seule sans cet uniforme.

— La place, dit-elle, quelle place ? Je ne suis pas au courant. Montez au premier. Demandez M. Mounin, c'est le gérant...

Tu as failli rebrousser chemin. Tu as frappé à la porte vitrée d'un bureau encombré. Le gérant est sorti, il a descendu l'escalier en trombe, il a appelé quelqu'un, il est remonté aussi vite. Dans ton souvenir, tu le vois toujours ainsi : tel un marathonien. Il t'a demandé sans amabilité ce que tu voulais. Tu as dit : « La place... Pourquoi pas *un* dactylo-facturier ? » Il a réfléchi, décidé : « Pourquoi pas ? Vous tapez à la machine, vous savez compter, écrire... Bon ! allez voir M. Boisselier, le directeur. C'est à la maison d'édition. Je lui téléphone... » Tu as couru jusqu'à l'adresse indiquée, en bas du boulevard. La standardiste t'a annoncé. Tu as dû attendre debout une dizaine de minutes.

Ce M. Boisselier me fit entrer dans son bureau où il me désigna un siège. Je m'expliquai. Lui aussi dit : « Pourquoi pas ? » J'appris que le sexe de son futur employé lui était indifférent, mais qu'il ne pourrait me payer qu'au tarif des femmes. Il me dit cela avec un air cynique. Je le jugeai malin, retors, intelligent aussi avec ces yeux vifs, son visage ingrat. Pourquoi me fit-il penser à un dessin de Maurice Henry ? A la question sur mon niveau d'instruction, ma gouaille prit le dessus. Je tendis ma main devant moi et l'élevai lentement.

— Arrêtez, me dit-il en riant, sinon vous allez faire le salut fasciste. Un étage de plus et je vais croire que c'est ma place que vous voulez. Vous pouvez commencer quand ?

Le lendemain, dès huit heures du matin, j'étais à pied d'œuvre. Je dus signer sur une bobine de papier où s'inscrivait l'heure d'une pendule pointeuse. Le gérant, M. Mounin, me présenta à M. Leconte, son adjoint, avec qui je travaillerais. Je reçus le présent non souhaité de la blouse verte. Trop courte pour ma taille, je retroussai les manches et la laissai ouverte pour oublier en partie l'uniforme. Mon lieu de travail se situait au deuxième étage dans une vaste pièce meublée de comptoirs de bois et de planches sur des tréteaux. Pour être à la bonne hauteur de la machine à écrire aux touches rondes, ma chaise était posée sur un socle. Je me trouvais au service des ventes par correspondance. Je fus mis au courant de ma tâche. M. Leconte, un homme frêle à la tête trop grosse pour son corps, et dont je n'ai rien à dire sinon qu'il était dévoué à ses patrons et tentait vainement de jouer au « petit chef », préparait les piles de livres, glissait la lettre de commande dans celui du dessus. Je devais taper la facture à la machine en double, au moyen de papier carbone, peser les livres pour ajouter les frais de port et faire l'addition. J'indiquais donc le nom de l'auteur, le titre de l'ouvrage, puis le prix. Pour les administrations, un mémoire en triple exemplaire était nécessaire. Il se terminait par cette formule : « Certifié sincère et véritable le présent mémoire arrêté à la somme de (en francs). » Ces feuillets, seul M. Mounin pouvait les signer.

A ma gauche, sur une table plus basse, se faisaient les paquets. L'emballeuse, une demoiselle proche de la retraite, Mlle Lavoix, ne manquait pas d'intérêt, bien qu'on la tînt pour quantité négligeable.

Les deux premiers jours, elle ne me dit rien d'autre que ce qui concernait le travail. Elle avait l'aspect de ces vieilles filles qu'on imagine du côté des sacristies. Son église était ailleurs : les employés l'appelaient « la Vierge rouge ». Ses cheveux blond filasse coulaient comme une pluie. Elle portait un fichu. On l'imaginait en pauvresse à la fin du siècle dernier, une « femme en cheveux », comme on disait. Après ce temps de silence, elle commença à fredonner en me regardant de côté. Je reconnus *Allons au-devant de la vie... La Jeune Garde... Le Drapeau rouge...* et le folklore de la Révolution et de la Commune. Par jeu, je sifflotai en même temps qu'elle, répétai un couplet. Ce fut pour elle une surprise. Où avais-je appris ? Je lui parlai de mon temps de maquis en ajoutant que nous chantions plus volontiers des chansons graveleuses. « Tous des cochons », dit-elle. Elle ajouta :

— Vous avez pourtant l'air d'un bourgeois.

Un bourgeois ! Avec mes mauvais vêtements, mes cheveux oublieux du coiffeur, ma mauvaise mine. Un bourgeois ! Elle n'en démordrait jamais. Le maquis : c'était un bon point pour moi. Lorsqu'elle chanta : « *A ma main droite, y a un rosier, à ma main gauche un cornouiller...* », je sus que j'étais le porteur de roses et l'infortuné Leconte le cornouiller. Il ne fallait pas aborder le domaine politique. Elle était intransigeante et sans nuances : ici les bons, là les mauvais, et plus de mauvais que de bons.

A midi, elle écartait papier d'emballage, cartons et pelotes de ficelle pour faire chauffer sa gamelle, un frugal repas qui se terminait toujours par une pomme.

— Vous ne mangez pas ?

Tous les jours elle me posait la question et tous les jours je répondais :

— Je sortirai tout à l'heure. Je ne mange pas beaucoup à midi...

— Et le soir non plus ? Vous êtes maigre comme un cent de clous. Bah ! un jour, vous serez gros. Les bourgeois, ça grossit...

— Cessez donc de m'appeler bourgeois !

— Je n'ai pas envie de ma pomme aujourd'hui. Prenez-la...

Et je la prenais : on ne refuse pas à ceux qui ont peu. Je disais qu'elle était savoureuse, que je n'épluchais pas les fruits. Elle me demanda pourquoi j'étais triste. Je me confiai à demi. Elle coupa court en me houspillant :

— Encore un qui va se plaindre ! Il a l'air malin avec sa blouse verte d'esclave (elle avait refusé de la porter)... Il ne pense qu'à lui... Il est jeune, il ne restera pas toujours là... Et il se plaint !

Cette rudesse ne me déplaisait pas. Mon amitié pour elle étonnait les autres employés. M. Leconte haussait les épaules. Dans la pièce voisine, le père Valensole, qui se disait géographe parce qu'il était abonné à une grande revue anglaise, préparait avec mollesse des piles de livres qu'il dirigeait vers le premier étage par un monte-charge. Il disait qu'il ne passerait pas toute sa vie dans cette galère. Il apparaissait de temps en temps pour faire la conversation. Lorsqu'il repartait, Mlle Lavoix murmurait : « C'est une andouille ! »

Je fis la connaissance de mes collègues à la blouse verte. S'il en était de toutes sortes, deux partis s'affirmaient : les vieux employés de librairie, ceux dont c'était le métier et qui le faisaient avec minutie ; les plus jeunes qui ne se voulaient que de passage, rêvaient d'un autre destin tout en craignant de s'enliser.

Parmi les anciens, les employés à demeure, Marbeau, qu'on appelait « ce bon Marbeau », semblait revenu de tout. Sans hâte, avec précision, il s'occupait dès le matin du réassortiment des livres qu'on appelait « le rassort ». Avec ses fiches réparties selon les éditeurs des titres inscrits, il semblait jouer au jeu de patience. Tranquille, il distribuait ses conseils aux plus jeunes et j'aurais pu établir une liste de ses propos dignes de ceux de M. Barenton, le confiseur. Je l'entends encore : « Ne travaille pas trop vite, tu passerais pour brouillon... Demande de temps en temps une augmentation, on te la refusera, mais tu auras eu le plaisir de causer un désagrément... Laisse du désordre sur ta table, ça fera croire que tu travailles beaucoup... Si le patron te fait des reproches, dis autour de toi que tu es le seul à bien le connaître et que ça l'agace... Dis à ton chef que tu ne partages pas les reproches qu'on lui fait... Parle à voix basse, il croira qu'il devient sourd... Écoute-le dire ses âneries avec intérêt, il sera enchanté de ta conversation... »

De Mme Billon qui dirigeait le rayon « Littérature », on disait qu'elle avait l'œil du gérant, et les médisants ajoutaient : « Pas seulement l'œil. » Le surnommé Saint-Fargeau, vieux routier lui aussi, devait me rendre un immense service. Pourquoi Saint-Fargeau ? Parce qu'il possédait un pavillon dans la ville qui porte ce nom, en était amoureux et commençait toujours ses phrases par : « A Saint-Fargeau... »

Parmi les plus jeunes, c'était un défilé constant. Pour la moindre faute, on leur désignait la porte. Parmi les fidèles, je liai des amitiés. Nicodème qui avait le physique d'un vieil acteur, bien qu'il n'eût pas trente ans, se rendait au sous-sol pour déclamer du Racine ou du Corneille.

Au bureau, je dactylographiais de courts textes que j'adressais à des revues. Nicodème s'en aperçut et conçut pour moi un vif attachement, au point de se confier : « Un jour, un jour... » Ainsi, je m'aperçus que chacun ne pensait qu'au lendemain pour oublier l'heure présente : « Demain à Saint-Fargeau... Plus tard quand j'aurai ma boutique... Si, un jour, je deviens gérant... » Les beaux lendemains chantants de Mlle Lavoix... Étais-je le seul à vivre le temps présent ?

Le plus ardent et cultivé des jeunes garçons, fin, tout en longueur, celui qui avait des *idées*, suivait le mouvement philosophique et théologique, était prêt à devenir l'intellectuel combattant, se nommait Florian comme le fabuliste. Il recevait dans son logis, une soupente de la rue de La Harpe, des penseurs qu'on disait alors d'avant-garde. Disciple du docteur Carton, il préparait, avant que ce fût la mode, une cuisine inventive qu'il servait dans des bols et qu'on picorait avec des baguettes orientales. Il m'inviterait à une de ces réunions, le temps de prendre ma mesure. Lecteur de Le Senne, il classait les êtres dans de subtiles catégories ; j'étais en attente. Il consacrait son mince avoir à acheter des livres spécialisés dans les matières les plus floues pour constituer le fonds de la future bouquinerie qu'il achèterait dans une ville normande d'où partiraient des messages qui lui vaudraient quelques ennuis, comme me l'apprit bien plus tard un article du journal *Le Monde*.

Certains de ces jeunes gens ont fui mon souvenir. Je ne dois pas être resté dans le leur. Ma surprise fut grande de retrouver l'un d'eux, le plus malicieux et vif, Ariel dit Sansonnet (Florian l'avait baptisé ainsi), maître d'une grande librairie de Grenoble. En bref, qualités et défauts confondus, de tous âges, de tous caractères, de toutes classes sociales, je me trouvais avec des personnes *intéressantes*.

Durant ces premiers jours de travail, la faim me tenaillait. J'avais parfois des vertiges. J'allais boire de l'eau au robinet. Je grignotais un croûton. Je n'aurais mon premier salaire qu'à la fin du mois et il restait deux semaines à attendre. Je fis patienter l'Auvergnat qui dirigeait mon hôtel rue des Pyrénées en lui annonçant que j'avais trouvé une place. Pour fêter la nouvelle, il m'offrit un verre de vin blanc et poussa vers moi une soucoupe de saucisson en tranches. Je lui demandai du pain et il avança une corbeille de métal. Je comptais les jours. Pouvais-je solliciter une avance sur salaire ? Je demandai conseil à Nicodème qui fut péremptoire : « Évite de le faire, tu finirais par être viré... » Le soir même, il me tendit quelques billets. Avec Florian et Sansonnet, ils s'étaient cotisés pour me prêter cette somme.

Place Saint-Michel, une boulangerie vendait de gros gâteaux mouillés faits avec du pain rassis qu'on appelait des puddings. Ils n'étaient pas chers et un seul suffisait pour caler l'estomac. Florian me voyant manger me dit : « Au fond, tu es un végétatif... », ce qui me fut désagréable.

Quand arriva la fin du mois, j'avais déjà pris mes habitudes. Le samedi, je pouvais faire des heures supplémentaires à la librairie. Quand je ne servais pas, je passais mon temps à classer les livres, à les caresser, à les parcourir. *Va où il y a des livres*... Ces paroles prophétiques du clochard de Saint-Ouen me suivaient. Tous ces ouvrages, en les rangeant, j'éprouvais l'impression d'allumer des lampes. Le soir, quand je lisais, je ne savais plus si j'avais choisi le livre ou si c'était lui qui m'avait choisi.

En tapant factures et mémoires, souvent je m'arrêtais pour lire et M. Leconte me désignait les piles en attente. Mlle Lavoix haussait les épaules et disait : « Alors, ça vient ? » Je pris l'habitude de taper et de compter vite. Je sus qu'on était content de moi. Et moi qui n'espérais plus rien, je sentis naître de minces ambitions. Les factures faites, en début d'après-midi, on me confia la correspondance avec la clientèle composée en grande partie de Français vivant à l'étranger. Comme je savais que M. Boisselier signait toutes les lettres, lorsqu'un des correspondants demandait des renseignements sur un livre, j'y allais de ce que j'appelais un « morceau de littérature », dans l'espoir que mes qualités d'écriture fussent remarquées — car je rêvais de travailler à la maison d'édition. J'ignorais que mon travail dans ce modeste poste étant satisfaisant, nul ne tenait à me faire changer d'emploi. D'autres circonstances me montreraient que, pour s'élever dans la hiérarchie, les qualités du travail ne suffisent pas.

Le gros Émile venait chercher les colis à expédier. Il prenait Mlle Lavoix pour tête de Turc, plaisantait sur les vieilles filles, lui reprochait de faire ses paquets tantôt trop lâches, tantôt trop serrés, de mal disposer et coller les étiquettes, tout prétexte lui étant bon pour s'inventer une supériorité sociale et humilier sa victime qui restait muette et méprisante. Alors qu'il devenait insultant, je pris ma décision. Je me levai à grand bruit, je lui fis face. J'avais une tête de plus que lui et l'avantage de la jeunesse. Les bras croisés, je le toisai en silence, avec calme, sans rien manifester d'autre que ma présence. Je sentis sa gêne. Il grogna : « De quoi je me mêle ! » Je répondis : « C'est parce que *je suis !* » L'imbécile répondit : « Ah ? Parce que vous êtes... je ne savais pas ! » Qu'avait-il compris ? Toujours est-il qu'il se troubla et sortit. Je dis à Mlle Lavoix : « Vous voyez, il suffit d'être... »

Plutôt que de me remercier, Mlle Lavoix me pria de « m'occuper de mes oignons », elle était assez grande pour se défendre. Si elle ne le faisait pas, c'était pour mesurer l'étendue de la bêtise. Elle y prenait plaisir. Je n'étais qu'un jeune coq. Par la suite, il m'arriva de me frapper la poitrine et d'affirmer : « Je suis ! » pour qu'elle acceptât de rire.

J'aimais bien les deux cyclistes chargés des livraisons dans Paris, deux titis, toujours d'humeur joyeuse, chantant ou racontant des histoires salaces qui amusaient M. Leconte quand il les comprenait et faisaient rougir Mlle Lavoix bien qu'elle affirmât en avoir entendu d'autres. Je m'enchantais de leur accent parigot, de leurs métaphores argotiques, de ce qu'ils portaient de naturel.

Un samedi, à la librairie, j'eus l'honneur de servir M. André Maurois qui désirait un livre d'Henri Clouard intitulé *Les Trois Dumas*. Il me parla de la biographie du créateur des *Mousquetaires* qu'il se préparait à écrire. Je lui indiquai d'autres ouvrages qu'il acheta. M. Mounin me dit que je pourrais être un bon vendeur. N'en ayant pas l'ambition, je décidai de limiter mon zèle.

Chaque jour ressemblait à celui qui l'avait précédé et je n'attendais rien d'autre du lendemain. Après trois mois de travail, je reçus une légère augmentation à quoi s'ajoutait le montant de mes heures supplémentaires du samedi. Je pus payer mes dettes à l'hôtel, rembourser mes amis, et même acquérir quelques livres à la librairie où on me consentait une remise, plus souvent chez les bouquinistes du quartier. Je parcours encore ce Sénèque de la collection Panckouke où des phrases sont soulignées au crayon et les pages marquées de tickets d'omnibus à quinze centimes. Je n'achetais aucun vêtement : peu m'importait ma tenue.

M. Boisselier vint sur mon lieu de travail. Il m'assura que s'il trouvait un emploi pour moi à la maison d'édition il me préviendrait. Et il ajouta : « Les places sont chères ! » J'eus des espérances, suivies de déceptions : les dirigeants donnaient la préférence aux gens de leur famille ou de leurs relations. Le président que tout le monde craignait pour son regard incisif et ses silences qui en disaient long — ou, du moins, le croyait-on —, s'il venait à la librairie, ce qui était rare, créait un événement. Il était long et maigre et son visage portait quelque chose d'aristocratique. Le bruit de sa venue circulait vite dans les étages et on assistait à une recrudescence, à une accélération des activités. Dès qu'il apparaissait, parfois suivi de son état-major, on observait une sorte de garde-à-vous général. On l'appelait « le Grand », comme pour un monarque.

Le matin, nous étions réunis devant la porte du

magasin en attendant l'ouverture, par M. Mounin, à huit heures moins cinq. Chacun mettait son point d'honneur à ne signer à la pendule pointeuse qu'à la dernière minute. Parfois, le chef du personnel venait surveiller, regardant chacun d'un air soupçonneux. Marbeau, « ce bon Marbeau », signait à huit heures pile et disait gravement : « Avant l'heure c'est pas l'heure, après l'heure c'est plus l'heure ! » Le surveillant lui jetait un regard haineux.

À midi, nous disposions d'une heure et demie pour le repas. Certains grignotaient sur place derrière les portes fermées. Je pris l'habitude de fréquenter le Dupont-Latin pour un casse-croûte rillettes ou jambon-beurre accompagné d'un bock de bière et dégusté sans hâte tout en lisant. Plus tard, ce serait un café et je fumerais ma pipe, ce que, à l'époque, personne n'aurait songé à me reprocher. Je ne regardais pas mes voisins. Seule une jeune créole aux yeux bleus qui vendait des cigarettes, en circulant entre les tables, retenait mon attention. En robe noire à col Claudine, elle proposait ses Gitanes et ses Baltos dans un panier d'osier rectangulaire suspendu à son joli cou et qui reposait sur son ventre. D'un mouvement gracieux, avec des effets de hanches, elle répondait aux désirs de la clientèle. Élancée, faite à ravir, je ne voyais que sa beauté comme s'il s'agissait d'une œuvre d'art, sculpture ou tableau, statuette plutôt car je la baptisai mentalement Tanagra. Elle n'était qu'un spectacle, elle n'éveillait, malgré ma jeunesse, aucun désir. Une femme vivait en moi, il n'y en aurait pas d'autre. Je répondais à son sourire par un vague signe de tête.

Le soir, il m'arrivait d'assister à une séance de cinéma dans le quartier Saint-Michel, puis je rejoignais ce que j'appelais « mes Pyrénées ». Durant ma période de soucis matériels, de faim, il m'était arrivé d'oublier l'abandon et la solitude. Ma peine toujours présente, je ne pleurais plus, je ne priais plus. Car j'avais prié, prié sans croire, sans rien avoir à demander, parce que cela me soulageait. Le plus difficile était de trouver le sommeil et je recourais aux stratagèmes : compter, épeler des mots très longs, tenter de ne pas penser, lire.

Les dimanches me paraissaient longs. Je parcourais les rues de Paris durant des heures. Le soir, je me rendais au restaurant Julien, rue Soufflot, le moins cher de tous. Je m'asseyais toujours au même endroit, au bout d'une longue table d'hôte, et toujours le même garçon me servait. Il se nommait Adrien et je finissais par confondre son nom avec celui du restaurant. Comme les autres garçons, il portait un long tablier et marchait comme s'il avait les pieds plats. Sur son bras gauche replié, des piles impressionnantes d'assiettes s'entassaient. Il m'avait, comme on dit, « à la bonne ». Je choisissais mes plats sur la grande carte aux mots inscrits en violet avec un produit qui sentait mauvais. Parfois, il me disait : « Prends pas ça, c'est pourri. Laisse-moi faire... » Je lui laissais prendre l'initiative, ce dont je n'avais jamais à me plaindre. Parfois, près de ma carafe de vin rouge, il posait celle qu'un client n'avait pas épuisée. Et je buvais plus qu'il ne fallait dans l'espoir que cela m'aidât à trouver le sommeil.

Moi qui l'aimais tant, je fuyais toute musique. Je ne voulais ni bercer ma peine ni lui apporter l'aliment de sensations redoutées. Seule la lecture m'était thérapie et, sans doute, les auteurs eussent été étonnés de se trouver guérisseurs. Les œuvres anciennes, les voyages dans le temps, les parcours d'autres univers devenaient baumes.

Un seul être vous manque... Non, c'était mon « être », mon devenir qui avaient disparu en même temps que l'être aimé. Le seul dépeuplé, c'était moi, moi dépeuplé de mon « être ».

Je devenais un piéton de Paris, un Paris où les immeubles, les statues étaient noirs, les ruelles sombres, où mon regard promeneur cherchait le spectacle, l'inattendu, la merveille. J'avais sur moi une édition minuscule des *Fleurs du mal*. Je connaissais par cœur des poèmes entiers. « *Dans les plis sinueux des vieilles capitales / Où tout, même l'horreur, tourne aux enchantements...* » Et je lisais, je lisais, m'arrêtant sur les bancs, dans les squares. Je lisais comme si je plantais des arbres en ma terre. Chaque livre, même le plus ancien, naissait au moment de ma lecture. Je ne lisais pas pour apprendre, m'instruire, accumuler du savoir, mais pour le désir, le plaisir, « le plaisir du texte », écrirait plus tard Roland Barthes.

Telle était ce que j'appelais mon après-vie, mon supplément d'existence, comme si, m'éloignant du bonheur, j'étais devenu un autre, étranger à moi-même, imitant les gestes du vivant, se jouant la comédie et la jouant aux autres avec naturel. La petite flamme tenace n'apportait qu'une faible lueur, aucune chaleur. Je n'en demandais pas plus. Et cette naissance d'un « Julien Noir » ! Quel nom ! Pourquoi pas Julien Blanc ou Victor Noir ? Une manière de rester anonyme, anodin, modeste comme mon emploi, comme la tournure que je voulais donner à mes jours futurs.

Ma maladie n'était pas de celles dont on meurt. Sous les apparences de la guérison, la douleur demeure. Elle s'apaise mais ne cesse jamais. Je vivais par automatisme. Certains me jugeaient froid, lointain, mystérieux, dissimulé. Heureux ces psychologues ! Je ne savais rien de moi sinon qu'une corde de l'instrument s'était brisée et que je croyais l'entendre encore.

Le matin, me rasant, j'apercevais un visage étranger. Il y manquait l'éclat de la vie, la joie, la présence de l'autre, d'*Elle* qui avait disparu. Il y manquait mon bonheur perdu en chemin. M'arrivait-il de rire ? Ce n'était pas mon rire. De parler ? Je ne reconnaissais pas ma voix. De rêver ? Chaque rêve était poignard.

Je rappelle ces souvenirs, leur cortège de gens côtoyés, de faits menus, non pour m'y complaire mais parce qu'ils sont utiles à la compréhension de ma narration — ou de ma confession. J'ai étalé la peinture de fond sur la toile. Je suis prêt à peindre un tableau mouvant que je veux fidèle. Eleanor, Olivia et Roland, le Professeur (Oncle) et tant d'autres vont surgir dans mes jours, apparaître dans mes lignes.

Deux

Durant l'heure du déjeuner, selon mon rite, tel un retraité craignant de trouver la mort derrière un changement d'habitude, tel M. Kant dont la promenade quotidienne donnait l'heure à ses concitoyens, sans rien espérer d'imprévu, absurde de régularité, je me rendais au même lieu que la veille, au même moment, il en serait de la sorte le lendemain, jeune homme aux airs de vieillard, maniaque au Dupont-Latin de ma place préférée, près d'un radiateur l'hiver, sous le vélum de la terrasse l'été.

Ce jour-là, je lisais un essai consacré aux origines et à la tradition des fabliaux acheté pour un prix modique chez le bouquiniste de la rue de Cluny qui me consentait une remise jusque sur ses prix les plus bas.

Dehors, il pleuvait sans discontinuer, une pluie entre hiver et printemps, droite, interminable, irritante. Il n'y avait plus de ciel, de lumière. Cette douche durait depuis la veille. Elle peignait la ville en gris. Sa musique monotone, sans nuances, accablait. Mes vêtements encore humides, dans une heure je quitterais ce lieu protecteur et chaud pour me jeter sous le déluge, un chapeau fait d'un journal et qui ne me protégerait pas longtemps. Je commandai un second café. Je me souvins d'une expression entendue naguère : « Il pleut des pièces de cent sous ! » Ou « des cordes ». Ou « des hallebardes ». Il faudrait « passer entre les gouttes ». Je fis défiler le folklore langagier de la pluie et d'autres expressions me revinrent en mémoire. Petite pluie abat-elle grand vent ? Impossible de penser à autre chose. Et cette coulée incessante s'accordait à mes jours : deux ans s'étaient écoulés sans que rien ne changeât. Deux années, des milliers de factures, des centaines de lettres. Je me dis que c'était bien ainsi. Une vie sans ennuis. Et sans Ennui : merci les livres !

Dans ce café, les habitués retrouvaient *leur* place et montraient leur contrariété si elle était occupée. On échangeait de discrets regards de reconnaissance, plus rarement des saluts. Les journaux se déployaient. On entendait le toussotement des percolateurs dont la vapeur se mêlait à la fumée du tabac. Des arômes se répandaient, se mêlaient, ceux du café, des croissants, des anis, des apéritifs sirupeux, et, moins agréables, des relents de crésyl, de savon noir et d'eau de Javel. La sciure de bois était réservée à la terrasse, mais la pluie l'avait collée aux semelles qui laissaient des traces sur le carrelage.

La belle Antillaise montait du sous-sol, plaisantait avec les garçons, faisait sa tournée : « Cigarettes, cigarettes... » Ses clients lui tournaient des compliments, bonimentaient, elle se contentait de sourire. « Encore un raseur ! » devait-elle penser. Moi je fumais ma pipe. Elle ne vendait pas de tabac gris. En passant, elle me disait : « Rien pour vous ! »

Trois étudiants entrèrent en courant, trempés et comme heureux de l'être, riant, se bousculant, projetant des gouttes autour d'eux comme le font les chiens mouillés. Je les regardai avec un air de complicité mêlé d'indulgence comme si j'avais été de beaucoup plus âgé qu'eux. Ils s'installèrent à la table proche de la mienne, s'essuyèrent le visage avec des mouchoirs. L'un deux se servit d'un peigne et le prêta aux autres. Celui-là était plus grand, plus beau que ses compagnons. D'une blondeur nordique, les cheveux ondulés, la mâchoire carrée, les traits énergiques, les lèvres pleines, des yeux presque gênants d'être d'un tel bleu (le mot « turquoise » doit convenir), de longs cils de fille, bien bâti, il regarda autour de lui. Qui cherchait-il ? Je le compris bien vite : c'était la belle créole que j'avais baptisée Tanagra.

Elle s'approcha de lui, fit glisser son panier sur le côté, se pencha et effleura ses lèvres d'un baiser rapide. Un vers de Paul Verlaine me hanta : « *J'ai peur d'un baiser comme d'une abeille...* » Je ressentis une gêne, pas de la pudibonderie, non ! une sorte de désagrément.

Ce n'était pas de la jalousie. Plutôt l'émergence d'un souvenir. J'avais été embrassé de cette manière, un baiser léger, aérien, comme un insecte qui se pose sur une fleur et s'envole aussitôt. Et cela me paraissait délicat, furtif, fugace comme la vie, subtil comme un instant dérobé à la durée. « Jamais, jamais plus... », me disait une voix intérieure.

Et ce garçon étala sa fatuité en lui tenant la taille, en disant : « C'est à moi, tout ça... » Comme si un être pouvait être la propriété d'un autre ! Il me parut rustaud, lourdaud. Et elle, la belle créole aux yeux de ciel marin, se dégagea, me regarda comme si elle lisait mes pensées, m'adressa un léger clin d'œil qui me déplut et s'éloigna en fredonnant : « Cigarettes, cigarettes... »

Je regardais travailler les garçons de café. Ils demandaient : « Comme d'habitude ? » Ils criaient au serveur du comptoir : « Trois dont un ! » Le matin, cela signifiait : deux cafés crème et un noir. A midi, le même appel signifiait le contraire : deux noirs et un crème. Parfois ils disaient : « Une piscine et un plongeoir ! » Seuls les initiés savaient qu'il s'agissait d'une carafe et d'un verre. Les anciens prix des consommations figuraient sur les soucoupes, peu élevés, d'un autre temps.

Mes trois voisins buvaient des grogs. Le rhum sentait bon. Ils avaient entamé une conversation incompréhensible entrecoupée de ricanements et de rires n'exprimant rien d'autre que le plaisir d'être réunis. Ils me parurent anonymes, semblables à des centaines d'autres qui peuplaient le quartier.

L'étude que je lisais, enrichie de citations difficiles à déchiffrer (aucune traduction en français moderne pour faciliter ma compréhension), au fond, ne me passionnait pas. Je posais le livre, le reprenais, m'obligeais à lire car je n'ai jamais laissé aucun ouvrage en chemin. Je perçus le silence de mes voisins. Ils m'observaient. Puis ils chuchotèrent. Je savais qu'il était question de moi. Étais-je si intéressant ? Plus tard, deux d'entre eux s'en allèrent. Resta le jeune fat que j'appelais « le beau gosse ». Il regarda mon livre en marquant son étonnement, puis il me dévisagea. Je me sentis rougir. Enfin, il paya sa consommation, se leva et partit sans me quitter du regard. Puis, se ravisant, il revint vers moi, désigna la chaise me faisant face : « Je peux ? » Il s'assit sans attendre ma réponse. Il posa son index sur mon livre et demanda :

— Ça vous intéresse vraiment ?
— Assez pour que je le lise, répondis-je.

Curieux manège. Je devais bientôt en avoir l'explication. Pourquoi cet air mystérieux ? Après un silence, il me dit :

— Imaginez-vous que ce livre que personne ne lit, à part vous, j'en connais l'auteur. Je vis même près de lui.

— Vraiment ?

Il posa son index sur le nom de l'auteur : Slanëîtsky.

— Imprononçable si on ne connaît pas le slovaque. Parce qu'il est slovaque... Non, ce n'est pas mon père. Je l'appelle Oncle comme les Chinois le font pour les gens âgés.

— Il a publié d'autres livres ?

— Non, c'est le seul, et à compte d'auteur, mais il écrit sans cesse. Rien ne le décourage. C'est un savant exilé. Il a un emploi dans un collège privé, professeur ou pion, je ne sais. Notre famille l'a en quelque sorte adopté. Ma mère a un cœur gros comme une maison. Certains croient qu'il est son mari. Peut-être qu'il voudrait bien. En fait, il est marié avec la bouteille...

— Je comprends maintenant...

— Pourquoi je vous regardais, oui. Quand je vais

dire au Prof que j'ai rencontré quelqu'un qui lisait son bouquin, il va être aux anges.

— Une intéressante étude, dis-je, difficile mais intéressante.

Il se leva, me tendit une main qui serra fortement la mienne et ajouta :

— Nous nous reverrons peut-être, je m'appelle Roland.

— Et moi, Julien.

Nous dîmes « enchanté ». A cette époque-là, les jeunes gens portaient encore des cravates.

Notre lieu de travail était bordé d'un étroit balcon dominant le boulevard Saint-Michel. Nous ouvrions rarement une fenêtre sinon pour assister à quelque défilé revendicatif avec pancartes et banderoles, slogans et chants. Mlle Lavoix criait alors ses encouragements tandis que M. Leconte s'efforçait de la ramener vers son comptoir d'emballage. Lorsque, en fin de journée, eut lieu une manifestation contre la Communauté européenne de défense, les manifestants et la police en vinrent aux affrontements. Mlle Lavoix se transforma en personnage combattant. Elle ouvrit la fenêtre et prépara une pile de projectiles : ses colis de livres.

— Vous êtes folle ! Que faites-vous ? s'écria M. Leconte.

Elle jeta son premier paquet qui s'écrasa sur le trottoir près d'un agent.

— Mal visé ! dit-elle, et elle recommença.

— Il faut la retenir ! dit M. Leconte.

Qu'y faire ? Gavroche était sur la barricade, Jeanne Hachette défendait sa ville de Beauvais, Louise Michel prenait part à la Commune, et elle, Mlle Lavoix, était devenue la Pasionaria. L'infortuné Leconte me regardait, cherchant un secours.

— Mademoiselle Lavoix, vous allez vous attirer des ennuis, dis-je sans qu'elle m'entendît.

M. Leconte appela les vendeurs du premier étage. Les plus âgés, Marbeau et Saint-Fargeau, sans trop de hâte, ramenèrent la furie à son comptoir, fermèrent la fenêtre et Marbeau agita l'index en disant : « Jacqueline, ce n'est pas raisonnable ! » Cela ne calma pas Mlle Lavoix qui détestait son prénom.

— Cette fois, dit M. Mounin qui venait d'arriver, c'est trop fort, oui : trop fort ! fort de café, même. Et avec nos livres ! Vous n'y coupez pas d'un rapport.

— Ah ! encore les bolcheviks ! dit Valensole qui passait.

— Fascistes ! hurla Mlle Lavoix. Et, à mon intention : Vous aussi, vous êtes comme les autres, un sale bourgeois !

Elle s'assit, laissa tomber son front contre le bois de son comptoir, entoura sa tête de ses mains et je compris qu'elle pleurait.

— Ce n'est peut-être pas si grave..., dis-je à M. Mounin.

— Et nos livres, vous y pensez à nos livres ?

J'aurais dû y penser, moi qui les aimais tant. Ce bon Marbeau m'aida :

— De cette situation, dit-il avec une fausse gravité, je ne retiens que l'aspect comique, ou plutôt théâtral, car voyez-vous...

Mais M. Mounin était déjà parti. Je descendis à mon tour. Je voulais parler aux plus jeunes, Nicodème, Florian et Sansonnet. Cette Mlle Lavoix m'étonnait. Avoir des convictions à ce point ancrées, être la maîtresse de tant de certitudes, pour un peu, je l'aurais enviée. Le doute ne l'effleurait pas. Elle connaissait le lieu exact de sa vérité. Elle était eau bouillante, je restais tiédasse. Comment distinguer ce qui est important de ce qui ne l'est pas ? Certes, j'ai changé depuis, j'ai défendu quelques causes, jamais gagnées, jamais tout à fait perdues. Aujourd'hui, il m'arrive de penser que je suis homme de mon temps. Durant celui de ma jeunesse non pas folle mais désespérée, je vivais sur mon île, me partageant entre un travail fastidieux — comme pour me flageller — et la lecture, ma récompense.

Au passage, Saint-Fargeau me dit en haussant les épaules :

— Pauvre fille ! Et il y en a qui tirent les fils de ces pantins.

— Nous sommes aussi des pantins, répondis-je.

Mes trois jeunes camarades voulurent bien m'accompagner au bureau de M. Mounin pour plaider la cause de celle que nous voyions déjà mise à la porte. Il nous rassura :

— On n'en parle plus. D'ailleurs, les livres ont été récupérés sur le trottoir. Vous, monsieur Noir, essayez de la calmer...

Durant deux jours, Mlle Lavoix resta silencieuse, me jetant des regards qui en disaient long, comme si j'étais responsable de ses excès, puis un matin, elle chanta de nouveau de sa voix de petite fille, cassée, venue d'un autre temps : « *A ma main droite, y a un rosier...* » Je sus que j'étais rentré en grâce.

Ce Roland qui m'avait abordé au Dupont-Latin prit l'habitude de s'asseoir à côté de moi sur la banquette de moleskine ou, si la place était occupée, en face à ma table en disant un vague : « Vous permettez ? » tantôt sûr de lui, tantôt embarrassé. Dépensant en gestes vains un trop-plein de vie ou se souvenant qu'il devait se conduire en garçon bien élevé, il parlait d'abondance ou affectait une bouderie d'enfant gâté. Je n'étais guère encourageant. Bien, il m'avait vu lire le livre de celui qu'il appelait Oncle, il le lui avait dit, avait observé son contentement. Je connaissais ses paroles : « Ce doit être un garçon intéressant. J'aimerais le rencontrer... » Certainement pas ! Que lui aurais-je dit ? Avec ce Roland qui ne m'était pas antipathique mais me laissait indifférent, nous pouvions en rester là. Or, il s'accrochait. Dès que je le sentais prêt à se lancer dans quelque tirade, je disais :

— Cela ne vous ennuie pas que je poursuive ma lecture ?

Rien ne le décourageait. Pas même l'insulte voilée. Son moment de gloire ou de contentement de soi s'étalait quand la belle créole aux cigarettes lui donnait un baiser rapide ou lui disait quelques mots à voix basse. Lui, au contraire, parlait assez fort et c'était à mon intention :

— A quatre heures chez toi ?

Elle répondait par un signe affirmatif. Alors, il se pavanait, redressait sa cravate, se recoiffait. Attendait-il des applaudissements ?

Je suis capable de froideur. Je sais aussi que je ne résiste pas longtemps aux assauts répétés d'une recherche de dialogue. Mes contacts avec autrui sont parfois étranges. Je me souviens d'un voyage en train. Nous longions un fleuve et je voyais un homme debout sur une barque. J'eus une illumination. Je me trouvais dans le couloir de ce wagon qui fuyait sur ses rails et j'étais aussi cet homme immobile sur sa barque. La distance l'avait effacé et m'avait aussi effacé à ses yeux — car j'étais sûr qu'il me regardait. Il m'apparut que nous étions le même. J'y pensais quand Roland me demanda :

— On peut parler ?

— Si vous voulez... Pour dire quoi ?

— Parler ! Parler pour parler ! Vous êtes exaspérant. Parfois, j'ai envie de vous casser la figure.

Curieuse manière d'entamer un dialogue. Il eut lieu cependant et se renouvela de jour en jour, entrecoupé de silences ou de son manège de don Juan avec la belle créole. Il évitait ses amis ou ses condisciples (j'appris qu'il était étudiant en droit) pour ne s'intéresser qu'à moi. J'aurais dû être flatté. Cela me déplaisait-il ? Sans doute moins que je ne le croyais. Je ne désirais pas d'amitiés suivies. En Lorraine, j'avais connu l'abandon d'un être mais aussi la trahison de faux amis.

Roland lisait ses cours de droit, les annotait. Il avait choisi la seule discipline qui l'intéressât et correspondît à son tempérament et à ses goûts. Ou bien, volubile, il m'accablait de questions comme s'il était dans un prétoire. Tu fais du sport ? — Non, je ne faisais pas de sport. Étais-je solide ? — Mon corps ne me trahissait pas, mes chagrins ne l'avaient pas affecté. J'avais envie de lui répondre que je n'étais pas solide mais liquide. Lui encore : « Ça t'amuse tellement de lire des livres ennuyeux ? » Comme si ses livres de droit étaient follement gais ! Et puis, l'amusement, l'ennui, ces mots restaient pour moi sans signification.

— Tu n'es pas étudiant et tu étudies...
— Si tu appelles cela étudier, eh bien ! j'étudie... J'étudie parce que je ne suis pas étudiant.
— Tu es un drôle de type, mais un type !

S'il m'agaçait fort, qu'il s'intéressât à moi qui me jugeais sans intérêt me touchait. Je m'habituais à lui. Aurait-il oublié de me rejoindre qu'il m'aurait manqué. Et les questions se poursuivaient, devenaient indiscrètes. Avais-je des parents ? — Non, aucun. Où avais-je passé mon enfance ? — Ici et là. Quels étaient mes projets ? — Pas de projets ! Et pour plaisanter : « Les projets qu'on ne fait pas sont ceux qui réussissent le mieux. » Il en venait à la grande question : Avais-je une petite amie ? — Certes pas. Étais-je « comme ça » (il remuait le petit doigt en l'air) ? — Non, ni « comme ça » ni autrement. Comment trouvais-je la belle aux cigarettes ? — Admirable ! Il prenait son air orgueilleux pour m'expliquer que « les petites amies » ne lui manquaient pas. Je détournais la conversation :

— Ainsi, étudier le droit te passionne ?

Dès qu'il parlait de ses études, il redevenait sympathique. Le droit était pour lui l'essence même de la vie sociale. Il transcendait la matière de ses études, ne s'exprimait pas en futur juriste ou magistrat mais en idéaliste, en sociologue, en humaniste, ce qui me surprenait. Il allait du droit romain à Montesquieu dont il citait des phrases, du code civil à Tocqueville, décrivait les formes, les avatars, les conquêtes. Les fondements de la société, la justice, le droit international... sans doute aurait-il surpris jusqu'à ses maîtres. Il donnait plus d'importance au socle qu'à la statue et choisissait des cadres concrets pour me démontrer quelque point échappant à ma compréhension. Peu à peu, l'austérité s'éloignait, le squelette prenait de la chair, les chats fourrés sortaient de leur torpeur, et de son discours, je retenais son enthousiasme. Ainsi, on pouvait être le jeune sportif, le séducteur fat et porter en soi des trésors. Comme j'étais mauvais juge des êtres!

— Oui, mais, cependant...

Mes pauvres mots ne servaient qu'à relancer la conversation. Alors il comparait le fonctionnement de la Justice, cette Dame au visage innombrable, en France, en Angleterre, aux États-Unis.

— Ma mère est américaine, me confia-t-il, et je le suis à moitié. Mon père, que je n'ai pas connu, est mort des suites de la guerre d'Espagne. J'ai du sang espagnol. On ne le dirait pas. J'ai plutôt le genre scandinave. Ma sœur jumelle, par je ne sais quel accident de la nature, est brune et, grâce au ciel, nous ne nous ressemblons pas...

— « Grâce au ciel... », ce n'est pas très aimable pour elle.

— Pas plus que pour moi. Cet état de gémellité ne lui plaît pas plus qu'il ne me plaît. C'est un sujet à éviter.

Et il reprenait son discours. Aucun système de justice ne lui paraissait parfait, mais chacun aurait pu être pire. Une synthèse restait impossible. Il fallait tenir compte des particularités des peuples. Puis il revenait à ses questions :

— Où habites-tu ?

— Du côté des Pyrénées.

Il se méprit. Il croyait que je lui parlais des montagnes. Je précisai :

— Vers la rue des Pyrénées.

— C'est au diable !

— Par le métro, ce n'est pas si loin.

— Tu ne préférerais pas habiter le Quartier ?

Quelle question! J'avais fait des recherches et même du porte-à-porte chez les concierges pour trouver une chambre de service à louer. En vain. Ou bien à des prix pas à portée de ma bourse.

Nous nous tutoyions. Je préférais cela.

— Tu te débrouilles mal, dit-il. Je vais m'occuper de toi.

Qui l'autorisait à se mêler de mes affaires, ce garçon dont j'étais l'aîné ? Certes, mon problème de logement me préoccupait. Je remis au lendemain d'y penser. J'eus le front de dire :

— Je me trouve bien où je suis.

Au moment de me tendre la main, Roland marquait une hésitation : sa force était telle qu'il vous broyait les os. Je devais me préparer à la résistance. Un jour, il retint ma main, prit l'autre et affirma que j'avais des doigts de pianiste. Sa mère lui avait appris à envisager les gens non sur leurs traits, leur tournure, leur langage, mais sur la forme de leurs mains.

— Toutes les mains sont intéressantes, dit-il. J'aime ces petites bêtes que nous avons au bout des bras. J'admire les « doigts de fée » et les poings des boxeurs. Rien n'égale les mains de Marie-Julie (c'était le prénom de la belle créole). Elles sont exquises de longueur, de finesse, et elle sait s'en servir, la diablesse ! (Ô fatuité !) Tout est beau chez elle, le visage, les seins, le corps...

— Et l'âme ?

Il haussa les épaules et ajouta :

— Tes mains manquent de souplesse et de force. Je t'enseignerai une gymnastique pour les muscler. On n'a pas le droit d'être faible.

Je regardai mes doigts, mes paumes, le dos de mes mains et je mesurai ma niaiserie.

Avant que ce deuxième étage où je travaillais ne s'incorporât à l'ensemble de la librairie réservé aux clients, près de la salle de vente par correspondance, se trouvait un local libre. Il fut attribué aux rédactions des diverses revues, chacune ayant son jour : le lundi l'histoire, le mardi la philosophie, le mercredi la sociologie, et, ensuite, la psychologie, la psychanalyse, etc. Je ne connaissais ces personnages, maîtres des différentes disciplines, que par les titres de leurs livres. L'un d'eux, M. Pierre-Maxime Schuhl, spécialiste de Platon, me demanda le service de lui taper un article à la machine, ce à quoi je consentis. Ces demandes se renouvelèrent et s'étendirent à d'autres professeurs. Ne pouvant répondre à tous, je m'en ouvris à M. Mounin. Il fut convenu que je resterais une heure de plus le soir au bureau, à charge pour les rédactions de me payer ce temps de travail. Cela me permit d'améliorer mon traitement.

A mon hôtel, je connaissais des difficultés. Le patron qui devait s'imaginer mon emploi lucratif ne cessait d'augmenter son tarif. Il me laissait entendre qu'il aurait intérêt à prendre un locataire en pension ou en demi-pension. Il me reprochait de laisser ma chambre éclairée avant dans la nuit : l'électricité coûte cher. En bref, il voulait se débarrasser de moi. Cette modeste chambrette, sans commodités, mangeait la moitié de mon salaire. Je ne savais que faire. Je vivais au jour le jour dans la crainte qu'on ne me signifiât mon congé.

Je pensais à autre chose, à mes lectures présentes, à mon programme futur. Le bouquiniste de la rue de Cluny m'avait vendu un lot de bouquins poussiéreux à un prix dérisoire. Il s'agissait de la « Bibliothèque latine française » des Éditions Garnier publiée au siècle dernier. Les textes et les traductions étaient juxtaposés. Les adaptations à notre langue étaient-elles parfaites ? Quoi qu'il en fût, ces maîtres du XIXe siècle avaient une écriture limpide et je lisais avec plaisir et passion. Ovide, Horace, Tacite, saint Augustin, Virgile, Catulle, Tiburce et Properce firent mes délices, devinrent mes contemporains. J'allais de conquête en conquête. Je détachais des phrases pour les inscrire sur un carnet, je les apprenais par cœur.

Je n'oubliais pas les nouveaux auteurs. Je les découvrais entre deux lettres, entre deux factures, ou quand il y avait un trou, une pause. Si je travaillais vite, ce n'était pas par zèle mais pour me ménager des minutes agréables. Mes lectures s'accompagnaient de désordre. Je n'étais pas l'autodidacte de *La Nausée* qui épuisait les bibliothèques dans l'ordre alphabétique et M. Roquentin ne m'aurait pas reconnu.

Durant le cours de mes lectures, parfois, je me sentais traversé par un rayon lumineux. J'étais chargé, comme une pile, d'une étrange électricité. L'inconnu de la vie se révélait le temps d'un éclair. Il fuyait et je devais lire et lire encore dans l'espoir d'un nouvel éblouissement, d'une nouvelle charge d'énergie. C'était comme si je cherchais mon salut dans une inhabituelle beauté. Comme si un second cœur était entré dans ma poitrine pour battre à l'unisson du mien. Comme si l'intelligence des textes ne résidait pas seulement dans mon cerveau mais dans mon corps entier.

Dois-je ajouter que cet état ne m'a jamais quitté? Aujourd'hui encore, malgré l'âge, malgré le temps, dans ma petite officine de la rive gauche, je le connais encore. J'ai la même faim, les mêmes enthousiasmes, le même état d'attente qu'en mes jeunes années. La différence vient peut-être de ce que je ne lis plus pour meubler ma solitude mais pour accompagner le dénuement et l'abandon des autres.

Vint le jour où Roland surgit au Dupont-Latin dans un état de vive excitation. Il jeta ses livres et ses copies attachés par une ficelle (cela faisait partie de la coquetterie estudiantine) sur la banquette et commanda deux coupes de champagne. Je demandai :

— C'est pour fêter quoi? Tu as réussi un examen?
— C'est pour te fêter, toi !

Il me laissa dans l'attente. J'allumai ma pipe en lui adressant des regards interrogatifs. Lui se trémoussait, semblait chercher l'inspiration comme s'il préparait quelque discours. Il finit par dire :

— Il fait un temps magnifique! Vois-tu, on ne parle pas assez de la pluie et du beau temps...
— Intéressant !
— Regardez-moi ce petit ironique. Il ne sait pas encore que son ami s'occupe de lui. Il a horreur qu'on se mêle de ses affaires. Et bientôt, il sera fou de joie...

— Tu ne voudrais pas être plus clair?
— A ta santé! dit-il en levant sa coupe.
— A la tienne! Elle est bonne, je vois...

Il se leva, alla parler à Marie-Julie, sa belle maîtresse, salua ses amis, s'assit un moment avec eux, me fit attendre. Je fermai mon Ovide et le fis entrer dans ma poche. Je consultai cette montre à couvercle qui retarde de trois minutes par jour, un cadeau du grand-oncle retiré à Évian et dont j'étais sans nouvelles. Je devais éviter d'arriver en retard au travail. Bien que M. Mounin me témoignât de l'estime, je n'aurais pas manqué de recevoir ce qu'on appelait un « blâme ». Au cinquième « blâme », le directeur du personnel, Orliac, vous convoquait et vous « remerciait », terme élégant pour dire « mettre à la porte ».

Roland revint, vida le fond de sa coupe, fit la grimace parce que le champagne avait tiédi et parla enfin :

— Voilà : tu vas déménager en fin de semaine. Peut-être vendredi. Demande ta matinée à ton boss et va chercher tes cliques et tes claques, salue les Pyrénées de ma part...

— Pour aller où?

— Chez moi... je veux dire : chez nous. Dans un pigeonnier.

— Je ne comprends pas. Je n'ai sans doute pas les moyens...

— Et en plus, tu es pingre!

— Ce n'est pas de l'avarice. C'est un problème d'argent.

— Oh! l'argent...

L'enfant gâté! Que n'avait-il pas inventé? Quelle prise de possession de ma personne cela sous-entendait-il?

— Je suis très bien aux Pyrénées (quel mensonge!) et je veux garder ma liberté.

— Tu ne seras pas en prison. Quel scie, ce type! Ouvre tes oreilles : ma mère t'attend après-demain soir à six heures. Rassure-toi. Bien qu'américaine, elle parle le français comme toi et moi. Elle connaît des tas de langues mais pas le slovaque. Par courtoisie envers Oncle, on ne parle que français.

Il arracha une page de carnet, ouvrit son porte-plume à réservoir et traça quelques mots avant de me tendre le papier.

Je lus « Mrs. Eleanor S.W... » (Par discrétion, je n'indique pas son nom complet.) C'était rue Gay-Lussac. Facile à trouver.

— Écoute, Roland, je ne sais que dire.
— Alors, ne dis rien.

Il avait toujours la bonne réplique. Au moment de partir, il me broya les phalanges et me donna une claque sur l'épaule.

Je restai sans voix.

Le lendemain matin, une panne du métro provoqua mon retard. Heureusement, le chef de station distribuait de petits carrés de papier pour en donner témoignage et que l'on remettait à l'employeur.

A la librairie, Nicodème vint vers moi. Abattu, il me fit penser à ces chiens à la tête basse, aux longues oreilles et qui ont toujours les yeux humides. Il se confia à moi :

— Ce matin, j'étais en retard de deux minutes. Cet abruti d'Orliac était là, à côté de la pendule. Il m'a engueulé comme du poisson pourri, m'a traité de tous les noms, et tout ça pour deux minutes. J'ai tout encaissé, j'ai perdu toute dignité, je ne suis plus rien...

— Tu exagères. On s'en remet.
— Tu ne sais pas ce qu'il m'a dit ? Écoute. Tu vas entendre sa sale voix : « Il paraît que vous déclamez des vers. Monsieur se croit poète. Il doit avoir de la mémoire. Vous voyez ces rayons, la collection "Que sais-je ?". Vous allez apprendre par cœur tous les numéros correspondant aux titres. Quand un client demandera un livre, vous direz tout de suite le numéro. Je vous interrogerai moi-même. Si vous vous trompez, vous pourrez dire adieu à la librairie et aller déclamer vos insanités dans les cours... » Quelle ordure !

Je compatis. Cet Orliac agissait ainsi avec les faibles. Avec Marbeau ou Saint-Fargeau, il n'aurait pas osé. Avec moi non plus. Le dominant de ma taille, je l'aurais regardé d'un œil froid et il se serait tu. Je déplorai les malheurs de Nicodème et montai l'escalier.

Au passage, je serrai des mains en expliquant : « Panne de métro ! » Sansonnet sifflota comme pour répondre à son sobriquet. Ce bon Marbeau me donna un de ses conseils : « Ne travaillez pas trop vite. "Ils" s'y habitueraient. » Florian, scandalisé par la manière dont Nicodème avait été traité, lisait la *Bibliographie de la France* où figuraient de rares offres d'emploi. Saint-Fargeau me dit que chez lui, à Saint-Fargeau, le jardin était fleuri et qu'il m'inviterait un dimanche.

Au deuxième étage, d'impressionnantes piles de livres à facturer m'attendaient. Il s'agissait d'ouvrages techniques destinés à l'Institut du pétrole. Je me mis au travail et tapai tous ces termes rébarbatifs. Entre deux feuillets, je dis à Mlle Lavoix :

— Je crois que je vais habiter le quartier.

— A l'hôtel ?

— Non, chez des particuliers.

— Des bourgeois ?

— Je n'en sais rien. La dame est américaine.

— Elle doit être de la C.I.A., une espionne !

— Le père de ses enfants est mort durant la guerre d'Espagne.

— De quel côté ?

— Du bon, le vôtre. Mais pour la piaule, rien n'est encore sûr. C'est un copain du Dupont-Latin qui m'en a parlé. Et comme il est bizarre... Mais il y a des chances.

— Tant mieux pour toi. Et que le bon Dieu t'accompagne !

Pourquoi parlait-elle du bon Dieu, elle qui n'y croyait pas ?

« — Ne perdez pas trop de temps, me sermonna M. Leconte.

Le bruit de mes espoirs d'un logement proche se répandit. Les employés, et même M. Mounin, vinrent me féliciter comme s'il s'agissait d'un exploit.

A midi, je revis Nicodème qui avait commencé son pensum. Il me récita les numéros et titres des quinze premiers volumes de la collection qui en comptait des centaines.

— Ce qu'on m'oblige à faire est si bête! dit-il, d'autant qu'il existe un catalogue avec un index. Le salaud! Je vais tout apprendre. Je lui réciterai, puis je lui donnerai ma démission en lui flanquant ma main sur la figure...

Je savais qu'il ne le ferait pas. Lui aussi me félicita :

— En habitant le quartier, tu auras moins de chances d'être à la bourre. Tant mieux pour toi. On serait capable de te faire apprendre le dictionnaire par cœur.

Trois

Je pris la rue Soufflot où les terrasses ensoleillées étaient pleines de mouvement et de joie, les garçons en chemisette ou en chemise aux manches retroussées, les filles en robes fleuries. Par la courte rue Le Goff, j'atteignis la rue Gay-Lussac.

Au cours de mes promenades parisiennes, je parcourais du regard les immeubles, de la loge de la concierge aux logis en soupente. Entre le très bas et le très haut, je voyais tous ces balcons, ces fenêtres, ces ornements de la pierre et, tel un héros de roman, j'imaginais la vie des autres, de ces milliers de gens que je croisais dans la rue, de toutes ces têtes où l'univers me semblait coulé, moulé, et qui avaient leur « chez-eux », loin des tristes hôtels à bas prix.

Peu de mois auparavant, j'avais vécu (je n'osais penser *nous* avions vécu) dans un appartement d'angle, à l'étage noble, qui donnait sur une place où s'élevait une cathédrale gothique sans cesse visitée, où se tenait chaque semaine un marché, une place calme mais jamais déserte. Il suffisait d'ouvrir la fenêtre pour être ce spectateur en quête de personnages toujours renouvelés, jugeant de la qualité des bruits, de l'air, des odeurs, ce spectateur heureux.

Je revoyais tout cela, le ressentais, en poussant cette lourde porte aux cuivres bien astiqués, en entrant dans un ascenseur ancien au mouvement assez lent pour qu'on eût installé une banquette au siège canné. J'appuyai sur le bouton le plus haut et je m'élevai dans un mouvement rythmé et grinçant. Cela m'enchanta comme si cette boîte en mouvement allait percer le toit, me conduire de la Terre à la Lune — ô Jules Verne !

Sur le palier, les manchons à gaz inutilisés depuis longtemps révélaient l'ancienneté de l'immeuble. Il n'y avait qu'une porte et je craignis encore de m'être trompé. J'appuyai sur le bouton de la sonnette dont la musique me fit tressaillir. Je lissai mes cheveux et tirai les pans de ma veste.

La porte s'ouvrit. Je vis s'éloigner une jeune fille. Apparut alors, telle une image, la maîtresse du lieu. En kimono fleuri, elle portait d'un bras, contre sa poitrine, un haut vase de cristal qui contenait des fleurs blanches parmi des feuillages. Grâce à cet album illustré que m'avait fait connaître le prêtre, mon éducateur, je reconnus des orchidées, des arums, des lys exotiques et des amaryllis. Toutes ces fleurs, celles vivantes et celles imprimées sur le kimono, semblaient faire partie de cette dame, la mère de Roland, qui m'accueillit d'un sourire.

— Je vous reçois avec des fleurs, dit-elle en posant le vase sur un guéridon. Vous êtes Julien. Un joli prénom. Nous allons faire connaissance...

Que pouvais-je dire ? Roland m'avait parlé du caractère de sa mère sans faire allusion à son physique.

— Quel plaisir de vous recevoir, dit-elle. Cette maison va être pleine de jeunesse.

Je ne me sentais pas si jeune. La chevelure blonde de cette dame était serrée en un volumineux chignon. Plus tard, je distinguerais mieux la couleur de ses yeux, un bleu tirant sur le violet comme je n'en avais jamais vu, la blancheur de sa peau, ses pommettes hautes, sa bouche grande et bien dessinée. Dans cette entrée, elle m'offrait une vue d'ensemble si noble et si gracieuse que je me sentis intimidé.

Elle me précéda vers le salon. Là, elle désigna son kimono.

— Pardonnez-moi cette petite tenue. Il fait si clair

aujourd'hui que je n'ai pas vu passer le temps. Un tel soleil ! Voilà que je parle de la pluie et du beau temps. Dans tous les pays du monde, la conversation s'engage ainsi. Il est vrai que je préfère parler du temps qu'il fait plutôt que du temps qui passe.

— Je vous remercie de me recevoir. Peut-être suis-je venu trop tôt...

— Je lisais, je n'ai pas regardé l'heure. Et puis, qu'importe ! Ainsi, vous êtes cet ami dont Roland ne cesse de parler. Feriez-vous du sport avec lui ? Non, je ne crois pas. Puis-je voir vos mains ?

Je tendis mes mains, les retournai, comme un écolier pris en faute. Oui, mes mains étaient propres... Et cette dame si intimidante d'allure, de chic, ponctuait ses phrases de rires de jeune fille.

— Les mains savent me parler...

Ce fut comme si j'étais mis à nu. Par défense, je mis — ou je le crus — de l'ironie dans ma question :

— Et puis-je savoir ce que les miennes racontent ?

— Je vous le dirai plus tard, si vous le voulez bien. Mais passons aux choses sérieuses : Roland souhaite que vous soyez son hôte. Je vais vous montrer cette chambre, en fait ce n'est pas vraiment une chambre mais un des caprices de Roland quand il veut jouer à l'architecte. J'avoue qu'il a assez bien réussi. Êtes-vous étudiant ?

— Non, madame, répondis-je, je suis un simple employé de librairie.

— Pourquoi : *simple* ? Je suis sûre qu'il y a des employés de librairie très compliqués.

Elle rit de nouveau.

— Je vais vous montrer le lieu. Si cela vous convient, vous pourrez faire venir vos malles.

Mes malles ? Elles se réduisaient à une valise et deux cartons de livres.

Dans l'entrée, elle écarta un rideau de velours bleu et m'engagea à gravir les hautes marches d'un escalier en spirale. Elle me suivit et nous atteignîmes une vaste terrasse ornée de grands pots portant des arbustes. A chaque extrémité, je vis la même construction en ciment et en bois recouverte d'ardoises, ce qu'on appellerait bungalow dans un village de vacances. Celui de droite était le lieu de résidence de Roland. Son vis-à-vis me serait destiné après qu'on l'aurait débarrassé de quelques rebuts.

Je découvris plus qu'une chambre, un gîte, un lieu comme je n'aurais pu le rêver, un espace plus grand que l'extérieur ne le laissait supposer, et il ne manquait rien : toilettes, douche, lavabo, petite cuisine, réfrigérateur, radiateur, ventilateur. Tout était conçu pour la vie d'hiver et pour la vie d'été.

— Cela vous convient-il? me demanda la dame. Ce n'est pas très grand mais confortable.

— Si cela me convient? Ce serait inespéré...

Je pensais au prix qui me serait demandé. J'étais prêt à tous les sacrifices pour vivre en un tel endroit.

— Roland vous aidera à vous installer, et même Olivia, ma fille. Elle adore s'occuper de ce genre de choses. Vous ferez sa connaissance. Elle n'est pas... ordinaire, vous verrez. Et il y a aussi Oncle : c'est ainsi que mes enfants appellent le Professeur, notre hôte depuis quelques années. Lui aussi est très... particulier.

— Le Professeur, j'ai lu un de ses livres. Il m'a permis de faire la connaissance de Roland.

— Je sais aussi cela.

— En ce qui concerne le prix de la location? risquai-je.

Elle eut un geste insouciant. Comme si elle vivait loin des choses matérielles.

— Vous verrez cela avec Roland. Vous êtes chez vous désormais. Roland sera ravi. Mon fils ne parle que de son désir de solitude tout en ayant horreur d'être seul. Vous l'aiderez à résoudre ses contradictions.

Revenus à l'appartement, elle me dit qu'elle allait revêtir une tenue décente, puis nous prendrions un *drink*. Pour que je me sente chez moi, plutôt que de rester assis comme dans une salle d'attente, elle me proposa de visiter le *home*, de me promener partout, à l'exception de la « pièce interdite », de m'acclimater tout seul. Elle n'aimait pas faire visiter. Bien qu'elle parlât un français correct, parfois même recherché, un accent plus anglais qu'américain perçait. Une *grande dame* me recevait.

Je parcourus l'appartement à pas feutrés comme si je visitais un sanctuaire. Le parquet ciré du lieu de séjour apparaissait sur les côtés d'un tapis de Chine. Un canapé Chesterfield, des fauteuils de styles anglais et français entouraient une table laquée chinoise comme on les aimait au XVIIIe siècle. De hauts guéridons Art nouveau portaient des lampes tarabiscotées. Des appliques de cristal ouvragé étaient surmontées d'abat-jour dentelés. La lumière diffusée devait être douce. Je vis des vases de Lorraine emplis de fleurs. Ces éléments disparates s'harmonisaient si bien que j'en vins à penser que le « bon goût français » manquait de hardiesse.

Quatre fenêtres donnaient sur un balcon fleuri. Je revins à l'entrée où un miroir me renvoya mon image. Je me sentis mal vêtu. Je retroussai les poignets de ma chemise sous ma veste pour cacher l'effilochage, je serrai ma cravate qui ressemblait à de la ficelle, rajustai mes vêtements, passai un peigne dans ma chevelure oublieuse du coiffeur. Les pointes du col de ma chemise rebiquaient. Il faudrait que je soigne ma tenue. Les poches de ma veste étaient déchirées. Vraiment, je « marquais mal », comme on dit à la campagne.

Je vis une porte à quatre battants vitrés avec des rideaux blancs à mi-hauteur. Hissé sur la pointe des pieds, j'aperçus les rayons d'une bibliothèque, des rayons montant jusqu'au plafond et chargés de livres au point que les planches pliaient. *Va où il y a des livres...* Cette phrase me hantait. Depuis des mois, n'avais-je pas suivi le conseil de ce traîne-savates rencontré à Saint-Ouen ? Je compris qu'il s'agissait du domaine de celui qu'on appelait Oncle. Je me permis d'entrouvrir la porte. La pièce était vide de son occupant. Un bureau ancien, avec des tirettes sur les côtés, portait des masses de documents, de dossiers. La pièce sentait le tabac froid et le papier d'Arménie.

N'étais-je pas indiscret ? Je me référai à la permission d'Eleanor que j'appelais encore la Dame. Je vis une cuisine où une demoiselle s'affairait. Elle était brune et élancée. Elle ne m'entendit pas ou ne voulut pas m'entendre. Je sus que ce n'était pas une servante, mais Olivia, la fuyante Olivia, la jumelle de Roland.

Je suivis un long couloir, lisant les murs illustrés de portraits, peintures ou photographies mêlant gens inconnus de moi et célébrités. Je reconnus la longue silhouette de James Joyce, les moustaches de Faulkner, le front dégarni de Shakespeare, puis Liszt, Chopin, Schubert, des tableaux représentant des vanités, deux images de Marcel Proust. Se trouvaient là des photos de famille, des groupes de collège ou d'université, la Dame, jeune fille portant une coupe sportive dans ses mains, et, émouvant, ce cliché maladroit d'un homme brun portant un calot de soldat. Je compris qu'il s'agissait du compagnon disparu, du combattant de la guerre d'Espagne.

La porte d'une chambre était ouverte : celle de l'Oncle que je reconnus à l'odeur : la même que celle de la bibliothèque. Je passai vite devant une autre où j'entendis des bruits : sans doute celle où la Dame se préparait. D'autres portes et, plus loin, au bout du couloir, ce que je devinai être la pièce interdite, le domaine d'Olivia. Sur la porte étaient peints des tibias croisés, une tête de mort, et, en lettres écarlates : *Défense d'entrer. Danger de mort.* Cela me parut enfantin et, somme toute, sympathique.

Je revins à la grande pièce où je me plaçai près d'une fenêtre pour regarder le ciel. Des verres tintaient. Mon hôtesse me rejoignit portant un plateau. Je me précipitai pour l'aider.

Elle m'offrit le choix entre pur malt et madère. Je choisis ce dernier. Elle emplit les verres et me tendit le mien. Je lus sur la bouteille qu'il s'agissait d'une vieille cuvée. Elle désigna les fauteuils. Je m'assis Chippendale et elle Directoire. Je tentai de ne pas avoir l'air gauche. J'avais perdu l'habitude du monde et de ses manières.

— Je ne me suis pas bien présenté, dis-je. Vous connaissez mon prénom : Julien. Mon nom, c'est Noir, noir comme la couleur...

Le noir était-il une couleur ? Elle répéta mon nom entier, comme s'il lui rappelait quelque souvenir.

— Mes enfants m'appellent Eleanor, c'est plus simple. Je sais que vous direz Madame. Comme vous n'êtes guère plus âgé que mes enfants, vous serez notre Julien. Et, peu à peu, pour vous aussi je serai Eleanor, le plus tôt possible j'espère. Quand j'entends « Madame », j'ai l'impression de diriger un mauvais lieu.

Nous fûmes silencieux. Par-dessus mon verre, je l'observai. Ses vêtements, bas et jupe gris, chemisier blanc, chaussures noires fort simples, la sobriété. Aucune parure, pas de bijoux ni le moindre maquillage. A peine un parfum de poudre de riz. Et ce visage, ce beau visage aux joues creusées, cette perfection sans froideur, ces traits où tout pouvait se lire. Des larmes avaient dû couler de ses grands yeux bleus au moment de son deuil. Le temps les avait effacées. Que de quiétude ! Quelle sérénité ! Pour écarter ma gêne, je parlai de mon emménagement. Elle m'expliqua que je passerais par l'appartement. Elle avait préparé une clé. Je regardai mes mains et elle me dit :

— Vos mains... je vous dois une explication. Je ne lis pas les lignes de la main comme une voyante. J'en distingue plutôt les signes, les formes, le mouvement. Je ne pousse pas trop loin la lecture psychologique. Je pense à des mains peintes par de grands artistes, je fais des comparaisons. Je ne sais pas tout. Ainsi chez vous, j'ai distingué deux choses...

— Je suis curieux de savoir...

— La franchise. Vous êtes franc, droit, et votre qualité essentielle, c'est la discrétion, la discrétion de votre franchise.

— Je suis flatté, répondis-je. D'autant que, parce que je parle peu, certains me jugent... « dissimulé », pour ne pas dire hypocrite.

— Hypocrite, oh non ! Mais il y a autre chose :

vous n'avez pas toujours été heureux : cette crispation des doigts comme lorsqu'on serre un mouchoir mouillé de larmes...

Je rougis. Non pas de son indiscrétion mais de la mienne, comme si j'avais étalé mes sentiments. Or, je n'avais fait que montrer mes mains.

— Allez, dit-elle, je dois dire des sottises. Je sais que vous allez être heureux.

— Je le suis déjà. Je vous remercie. Je vais remercier Roland. Mais il est tard...

— Oui, sans doute avez-vous des choses à faire. Moi aussi. Je dois terminer une étude qui traîne, qui traîne... depuis des mois, des années... et qui peut bien attendre un peu. Il est si agréable de rencontrer quelqu'un, de parler avec un jeune garçon. Ma fille cultive le mutisme. Roland procède par foucades : tantôt une pie, tantôt une tombe. Et l'Oncle vit dans sa cathédrale...

Je lui demandai l'heure convenable du lendemain pour mon emménagement. Elle me proposa l'après-midi car il fallait auparavant préparer la pièce.

Sur le seuil de la porte, je ne sus comment m'y prendre pour la saluer. Elle me mit à l'aise en me tendant la main, une main ferme comme celle de Roland, et referma la porte sur moi.

Je descendis l'escalier deux marches par deux marches comme M. Mounin à la librairie. Sur le boulevard Saint-Michel, je m'aperçus que je sifflotais. Cela ne m'était pas arrivé depuis longtemps.

Je passais devant le Mahieu quand je vis à la terrasse Roland en compagnie de Marie-Julie. Ils m'appelèrent. Roland me désigna une chaise de rotin. Il me serra la main et, à ma surprise, la belle me tendit sa joue.

— Quel hasard ! dis-je.

— Ce n'est pas un hasard. Je te savais avec ma mère et je me doutais que tu passerais par ici. Alors, raconte ! Tu as l'air tout joyeux. Tu n'es plus croque-mort ? Ta résidence te plaît ? Et ma mère, qu'en dis-tu ?

— Oui, j'ai vu Madame... enfin, ta mère.
— Elle t'a intimidé. Tu en bafouilles encore.

Non, je ne bafouillais pas. Comment répondre à tant de questions à la fois ? Il appela le garçon, fit renouveler les consommations. Je pris un diabolo menthe. Durant ce temps, il entoura les épaules de Marie-Julie, lui caressa la nuque. Je repris :

— Si ça me plaît ? Ce serait épatant. En principe, je devrais emménager demain après-midi. En principe...

— C'est un type à principes, dit Roland à son amie. Pourquoi : en principe ?

Gêné par la présence de la jeune fille, je tentai de lui dire, par allusions successives, ma crainte de ne pas être en mesure d'assurer le prix de la location. Certes, j'avais donné mon accord. Mais peut-être sans réfléchir. Je me trouvais en situation de choisir. Pour moi, il s'agissait d'un tournant. Cependant...

— Quelle clarté dans l'exposé ! dit Roland. Je croyais que la lecture des classiques... Enfin, c'est oui ou...

— Si tu me disais le prix de la location !

— Le prix de la... location. Ah ! Ah ! Très cher, ça va être, très cher, mon cher. Mais tu as accepté, tu t'es engagé, tu vas t'en mordre les doigts.

— Combien ?

— Ma parole, il me parle comme à une prostituée ! C'est bien simple : je ne te demande pas d'argent. Rien. Pas un sou. Mais tu seras mon esclave, voilà. Pas mon domestique. J'ai bien dit : mon esclave !

— C'est une plaisanterie ?

— Rassure-toi. Ce sont les esclaves qui gouvernent les maîtres. Je te vois déjà en *butler* hautain et méprisant. Ou en valet de chambre à gilet rayé qui vole les cigares de Monsieur. Ou avec un boulet au pied cassant des pierres. De savantes tortures ! Roland le sadique ! Cessons de plaisanter. Je te demanderai en échange de petits services. Balayer la terrasse, entretenir les plantes, c'est toi. Fiche la pagaille, c'est moi. Faire les vitres, c'est toi. Te critiquer, c'est moi.

— En somme, tu me demandes de me mettre librement en esclavage?
— Réponds : « J'accepte ! »
— *Yes, sir.* J'accepte. A une condition...

Je dis que je tenais à payer un loyer, si modeste qu'il fût, même symbolique. Qu'il me fixe une somme.

— Ce garçon est parfois d'un ennui ! dit-il en bâillant. Un esclave ne paie pas plus qu'on ne le paie. Autre chose : tu devras encaisser tous mes sarcasmes, supporter mes humeurs. Tu auras le droit de répondre à condition d'être spirituel. Tiens : tu auras même la permission de séduire ma sœur !

Ce devait être fort drôle car il éclata d'un rire sonore. Lorsqu'il s'apaisa, voyant mon étonnement, il précisa :

— Lorsque tu la connaîtras, tu comprendras pourquoi c'est drôle ! On ne séduit pas un mur.

En le quittant, je me demandai s'il était un brave type jouant les odieux — ou le contraire. Puis je haussai les épaules. A force de prendre tout au sérieux, je risquais de devenir un bonnet de nuit. Autrefois, j'étais joyeux, j'adorais les canulars, je n'étais que rires. Je savais que ce temps-là ne reviendrait jamais. En descendant les marches du métro, je compris que la monotonie allait être rompue. Le lendemain m'apparaissait comme un grand jour.

Je quittai mes Pyrénées en douceur. Quand le patron qui surveillait le garçon de comptoir et la fille de salle en buvant son café arrosé me vit descendre l'escalier avec mon sac tyrolien arrimé aux épaules, mes cartons de livres et ma valise, il manifesta sa surprise en haussant les sourcils et en remuant la tête en signe d'incompréhension.

— Voilà, dis-je, je vous quitte. Vous allez pouvoir tirer meilleur profit de la chambre.

Je n'y mis aucune ironie. Ses paroles me surprirent :

— C'est dommage. Ici, on s'était habitués à vous.

Si tranquille, si calme, jamais de filles dans la chambre. Ce que je vous reprochais, l'électricité, tout ça, c'était par habitude. Le commerce, vous comprenez. Tout a une fin. Je vous prépare votre petite note. Vous quittez Paris ? Non. C'est bien...

Il alla lui-même appeler un taxi au coin de la rue, m'aida à ranger mes bagages dans le coffre. Nous nous serrâmes la main comme de vieux amis.

Rue Gay-Lussac, je ne fis qu'un voyage jusqu'à la porte de l'ascenseur : ainsi, mon corps suffisait à porter tout mon bagage. Je revins vers la loge de la concierge pour lui expliquer ma présence. Elle était déjà renseignée. Je me promis de lui faire un cadeau à la fin du mois.

L'appartement était silencieux, vide de ses occupants, à l'exception peut-être d'Olivia cloîtrée dans sa chambre.

Je gravis l'escalier tournant, transportai mes biens, frappai à la porte de Roland ; il était absent. En face de chez lui, sur la porte, se trouvait une grosse clé. Une pancarte portait le mot *Bienvenue*. Dès mon entrée naquit le ravissement. La pièce avait été mise en état, nettoyée, rangée. Le carrelage brillait. Le lit était préparé, un lit d'angle entouré de rayons pour les livres. Le linge sentait la lavande. Dans l'armoire, je vis des couvertures, des draps, des taies d'oreiller, plus de cintres qu'il ne m'en fallait. Dans la petite cuisine, de la vaisselle, quelques ustensiles, un bougeoir en cas de panne d'électricité. Dans la salle de douches, je trouvai une savonnette, des serviettes, un peignoir de bain. Le réfrigérateur contenait des bouteilles d'eau minérale. Sur la table, un vase étroit portait une rose rouge.

Je revins sur la terrasse. A peine entendais-je les bruits de la rue. Je vis s'envoler un merle. Je regardai le peuple des toits. Je respirai. Ainsi, je revivais. Le lieu semblait vouloir faire échec à ma souffrance.

Tant de générosité, de confiance me confondaient. La vie m'offrait des présents. J'étais décidé à observer une totale discrétion. La porte de l'appartement ouverte, il suffisait de quatre pas pour atteindre l'escalier. Je les ferais sur la pointe des pieds, prendrais soin de ne pas faire craquer les marches.

Le lendemain, je croisai la Dame, celle que je nommerais bientôt Eleanor. De sa belle voix calme, chantante, elle se préoccupa de mon installation. Avais-je besoin de quoi que ce soit? Elle se tenait à ma disposition. Par ces journées chaudes, je ne devais pas hésiter à me servir du ventilateur. N'avait-elle pas oublié de remplir les bacs à glaçons dans le réfrigérateur? J'appris que sa fille Olivia avait aidé à la remise en état de la chambre.

— Olivia sait tout faire. Moi, je suis assez maladroite. Comme si j'avais deux mains gauches...

J'aurais voulu que mes mots de remerciement fussent originaux, mes gestes élégants. Je n'avais pour alliée que ma sincérité. La rose rouge? Ce devait être aussi Olivia.

Quelques jours plus tard, j'eus l'occasion de remercier la jeune fille. Ou plutôt je tentai de le faire. Je pénétrais dans l'appartement portant un de ces filets à provisions à mailles comme on en utilisait alors. Il contenait les éléments de mes petits déjeuners, lait concentré, beurre, biscottes, café soluble... Elle venait d'entrer. Elle serrait une toile peinte qu'elle retourna pour cacher le tableau, une de ses œuvres assurément. J'eus un court instant la faveur de son regard bistre. Curieuse Olivia! Une sorte de négatif de son frère jumeau tant elle était brune de peau et de cheveux. Cette différence avec la blondeur de son frère créait une dissemblance qui n'était qu'apparente. Elle regarda mon filet.

— Mes commissions, précisai-je.

— Cela paraît évident. Vous êtes le locataire de l'Oiseau?

— De Roland, oui.

— Cela fait donc deux oiseaux, là-haut.

Elle le disait sans apparente ironie, d'une voix lointaine, aux intonations d'alto. Elle se détourna. Au contraire de sa mère, aucune élégance. Elle portait des vêtements masculins: longue veste et pantalon large. Absence de coquetterie ou pose d'artiste?

Je vis bouger la masse de ses cheveux noirs. Avant qu'elle disparût, je l'appelai :

— Mademoiselle...
— Appelez-moi Olivia. « Mademoiselle », c'est ridicule.
— Je voulais vous dire : Merci... pour la rose.
— Quelle rose ? Ah oui ! la rose... Il paraît que cela se fait.

Je grimpai l'escalier. Comme « colimaçon » ne me plaisait pas, je le désignai sous le nom de « vis d'Archimède ».

La relation de ma rencontre avec Olivia pourrait laisser imaginer les préliminaires d'une lente mutation de nos rapports jusqu'à l'accomplissement d'une idylle. Si j'excepte un curieux incident que je raconterai en temps voulu, nous ne dépasserions jamais les limites de la camaraderie.

Des liens affectifs s'établiraient avec l'Oncle, avec Eleanor même. L'amitié de Roland serait sans faille. Olivia occuperait une place en marge. Reconnaissant ses talents, considérant sa personnalité, admirant sa beauté froide, elle resterait en retrait.

Tout aurait dû me porter vers elle. Roland avait dit : « Tu devrais séduire ma sœur ! » et il avait ri — un rire que je comprenais mieux.

Je balayais la terrasse quand apparut en haut de l'escalier un homme de petite taille, maigrelet, un gnome, un personnage de Tolkien. Essoufflé, il se reprit en s'appuyant contre le mur. Je compris qu'il s'agissait de l'Oncle. A bout de souffle, il essuya son front avec un vaste mouchoir qu'il portait en pochette, consulta sa montre de gousset, regarda les arbustes et le ciel. Enfin, il s'adressa à moi en bon français avec un accent d'Europe centrale :

— Il faut bien que je fasse la connaissance de notre nouvel ami. Il passe comme une ombre. J'ai voulu m'assurer qu'il était bien réel, n'est-ce pas ?

Il fit quelques pas titubants, ramassa le balai qu'il venait de faire tomber, se redressa lentement en massant son genou et en parlant d'arthrite. Je l'invitai à se reposer dans mon logis. Là, il s'assit sur le fauteuil de rotin et moi sur le lit. Durant ce déplacement, j'eus loisir de l'observer.

Je compris pourquoi Roland l'appelait Oncle. De son menton coulait une barbiche longue et étroite qui faisait penser à l'Oncle Hô, cet Hô Chi Minh qui exposait ses conditions d'armistice à la France. Là s'arrêtait la ressemblance. Son visage était plus rond. Ses sourcils épais étaient bruns tandis que sa chevelure hirsute formait une excroissance grise. A qui pensai-je encore ? Au Professeur Unrat d'Heinrich Mann tel que le personnifiait l'acteur Emil Jannings dans *L'Ange bleu* de Sternberg.

— Vous êtes jeune, dit-il, je suis un barbon, mais nous avons au moins une chose en commun.

Je pensai à ma lecture de son livre, à une allusion au Moyen Age. Je fus détrompé.

— Nous sommes, vous et moi, les hôtes d'Eleanor. Je suis toujours tenté de l'appeler Aliénor d'Aquitaine ou Éléonore de Guyenne, n'est-ce pas ? Chère, très chère Eleanor ! Si je dis qu'elle est unique, exceptionnelle, c'est une banalité, n'est-ce pas ? J'ai l'impression de lui porter atteinte. C'est mieux que cela. J'éprouve envers elle quelque chose de plus grand que la gratitude. Si j'étais un jeune homme, je l'aimerais. Si j'étais un sculpteur, j'érigerais sa statue. Si j'étais un prêtre, je l'adorerais comme une sainte. Si j'étais... mais je ne suis que l'Oncle. Je parle comme un sot. Comment définir l'Adorable ? Depuis sa rencontre chez un ami, André Spire, n'est-ce pas ? elle m'a couvert de bienfaits. Je n'étais qu'un alcoolique (je le suis encore un peu) et j'ai repris goût à l'étude, à l'ambition...

Il me dit qu'il était une custode bavard ou plutôt un cicérone pour me guider dans ma connaissance de cette famille à laquelle il se sentait appartenir. Il se leva, regarda les livres sur un rayon. Il prit l'un d'eux. Sa vue était si mauvaise que, pour lire le titre, il approchait l'ouvrage à quelques centimètres de ses verres.

— Ah ! vous lisez Ovide. Il a inspiré de belles œuvres au Moyen Age. Au Nord comme au Sud, que de poèmes dérivés des *Héroïdes*, de *L'Art d'aimer* ou des *Métamorphoses* ! Ovide : une bonne lecture pour un jeune homme, n'est-ce pas ? Je sais que vous travaillez dans une librairie. Cela m'intéresse. Je vous parlerai de quelque chose...

Il se redressa, prit un air cérémonieux, s'inclina et dit :

— Je me présente : Mihoslav Slaněîtsky, un nom que vous allez oublier aussitôt. Seule Eleanor m'appelle parfois par mon prénom. Pour vous, je suis Oncle. J'enseigne dans une institution privée. J'espérais mieux. J'ai des titres, des diplômes qui ne valent qu'à Bratislava où je les ai obtenus. Ici, pffft ! ce n'est plus rien. Je devrais être à la Sorbonne. Des amis influents s'en occupent. J'ai quelque espoir.

— « Oncle », dis-je, cela sonne bien.

— Je voulais vous parler de la famille. Olivia a tous les talents : le piano, le chant, la peinture, la danse, et elle ne renie pas pour autant les travaux ménagers, la cuisine, le ménage, tout. Et même la broderie, la couture (elle fait elle-même ses vêtements), je ne sais plus quoi encore. On croirait qu'elle veut vivre à la fois plusieurs existences. Le seul art qu'elle ne pratique pas est celui de la conversation. Le mutisme. Elle doit se complaire à des dialogues silencieux. Je crains que vouloir saisir le tout ne fasse oublier le principal, n'est-ce pas ? Mais qu'est-ce que le principal ? Si vous en tirez deux mots, estimez-vous favorisé.

— Elle a bien voulu échanger quelques paroles...

— Roland, c'est l'inverse. Secret, hautain, jouant les cyniques, les séducteurs et les dandys, je le soupçonne d'être plus sérieux qu'il n'y paraît. Il étudie des choses graves et compliquées. Autrefois, cela aurait été la théologie. Aujourd'hui, c'est le droit et la science criminelle. Ne vous laissez pas trop dominer par lui. Il n'aime que ce qui lui résiste.

Il ajouta sur un ton comique :

— C'étaient là les conseils d'un Oncle. Je vais vous laisser maintenant. J'espère que vous me rendrez ma visite. Je vous montrerai ma bibliothèque. Ne venez pas à l'improviste. Je suis si fatigué, si fatigué! Je vais prendre ma potion.

Il tira un flacon plat de sa poche et but une rasade. Je reconnus l'arôme du cognac. Sa potion...

— Vous viendrez, n'est-ce pas? C'est moi qui vous adresserai un signe. Bientôt. Un soir. Je ne sais quand. Pour *parler*, oui, parler. Je ne sais plus que penser de certaines choses, du monde, je ne sais.

Je frappai mon front de l'index comme si je me souvenais d'un oubli. Il s'agissait d'un prétexte pour accompagner l'Oncle dans sa descente d'un escalier propice aux chutes. Quel curieux bonhomme!

Va où il y a des livres. Ces paroles entendues à Saint-Ouen revenaient comme une prophétie.

Le Quartier, l'immeuble, l'appartement (même si je ne faisais qu'y passer), la terrasse : mon refuge, et mon lieu de travail à la librairie, tout me semblait bénéfique, existant pour éloigner la souffrance. Allais-je devenir un autre, personnage ignoré, enfoui en moi, et qui s'éveillait après un long sommeil? Mes jours d'hier, mes beaux jours, pourrais-je jamais les oublier? Et ce visage qui me hantait depuis des mois et que je ne pouvais noyer dans mes larmes, s'il ne disparaissait pas, voilà qu'il s'éloignait, s'estompait, devenait flou comme une photographie surexposée et qu'apparaissaient d'autres visages, et ceux-là, je croyais ne jamais les perdre.

Lorsque je pénétrais dans cet appartement, que je montais vers ce que Roland appelait cagna, piaule, turne et autres mots et que je nommais pigeonnier ou refuge, je me sentais le maître d'un privilège, et cela m'émerveillait. Je vivais une aventure si belle que je la voulais protéger, lui offrir la durée. Il existait un contraste entre ces lieux magiques et ma pièce de travail à la librairie, cet autre qui sentait la colle et la poussière, et je connaissais ce paradoxe que chacun de mes lieux me faisait apprécier l'autre comme pour m'apprendre à mériter les deux. Je connaissais la plénitude en me mêlant à deux formes d'existence, en me sachant n'appartenir entier à aucune.

Mon travail aurait été monotone si, entre mes doigts de facturier, n'étaient passés tant de livres. Le poids, le format, le papier, le choix des caractères, l'habillage, je savais les apprécier. Je me trouvais devant des écrins et j'aimais quand ils se montraient aussi beaux que les bijoux de texte qu'ils étaient censés contenir. Ces livres, je les touchais comme des talismans, tapais le nom de l'auteur, le titre, le prix, les abandonnais à regret. Et ma journée se passait dans la compagnie de M. Leconte qui m'appréciait pour les erreurs que je lui évitais de commettre, de Mlle Lavoix qui venait d'un autre temps, celui des *Cerises* qu'elle chantait, de Valensole, le maître de géographie, et de tous ceux-là de la librairie que je n'oublierais pas.

Quand les deux coursiers venaient se charger des colis à livrer et répandaient leur bonne humeur en propos peu réfléchis, mais avec des pointes de drôlerie, M. Leconte oubliait pour un temps sa dignité de chef, et perçait dans sa jovialité un accent faubourien qu'il ne faisait que dissimuler.

Bien que Mlle Lavoix fût ma confidente, je ne vantais pas trop l'endroit où je vivais, les gens que je côtoyais, la proximité de mon lieu de travail. Elle devait, chaque soir, connaître l'ennui et la fatigue du métro, puis du train pour rejoindre sa lointaine banlieue, une banlieue que je savais laide et triste et, chaque matin, refaire ce chemin en sens inverse. Elle ne parlait jamais d'elle-même mais, dès qu'il s'agissait de ses deux chats, elle devenait prolixe comme si, chaque jour, ses compagnons à quatre pattes lui offraient matière à conter de nouvelles aventures.

Au travail, la vie se poursuivait sans heurts. J'assistai cependant à une scène digne d'un fabliau, avec sa moralité, ou à un de ces passages cocasses comme Shakespeare en glissait entre ses actes.

J'avais douté de la docilité de Nicodème à apprendre par cœur les numéros et titres de la collection « Que sais-je ? ». Je m'étais trompé. A la librairie, il était devenu une sorte de phénomène, un héros de la pensée mécanique. A peine un vendeur avait-il nommé un titre qu'il donnait le numéro correspondant : *Le Marxisme ?* — Numéro 300. *L'Existentialisme ?* — Numéro 253, etc.

Oui, je m'étais trompé. Je trouvais lâche qu'il eût ainsi cédé. Son jeu était plus subtil que je ne le croyais. Quand le redoutable M. Orliac vint se placer près de la pendule moucharde, ce témoin des turpitudes retardataires, il commença à interroger Nicodème en ricanant. Catalogue en main, il guettait ses erreurs et le vendeur répondait avec exactitude et calme à chaque question. Il se produisit alors un phénomène sensible. Je sentis que le tortionnaire était envahi par quelque chose d'inconnu qui le troublait — comme s'il avait perdu un combat qu'il croyait gagné d'avance. Pauvre Goliath !

Après l'interrogatoire, Nicodème changea de ton :

— Au fait, Orliac...

— On dit : *Monsieur* Orliac !

— Vous n'êtes pas un « Monsieur ». Au fait, je vous donne ma démission, et autre chose aussi...

— Quoi ?

— Ma main sur la figure !

Et la main partit en même temps que les mots, claqua contre le visage gras au point de laisser des traces imprimées en blanc. Orliac se tourna vers les employés.

— Il est fou. Arrêtez-le. Faites quelque chose...

Personne ne bougea. Seule la caissière dit : « Ce n'est pas convenable ! » Nicodème se défit de sa blouse verte, la roula en boule et la jeta aux pieds d'Orliac. Et il quitta le magasin.

Trois jours plus tard, Nicodème nous attendait, hilare, à la sortie du magasin. Comme je n'avais plus de loyer à payer, je me croyais riche. Je lui proposai de l'aider. Point n'était la peine. Sa tante tenait en grande banlieue une boutique de journaux. Il allait la reprendre. Il écrirait des poèmes, des pièces de théâtre, et un jour, un jour... Il nous indiqua son

projet le plus immédiat : « Je ne vendrai pas seulement des journaux et des magazines. Je ferai entrer le livre dans la boutique, le livre, vous comprenez... »
Le Livre !

Quatre

Comment un poème du XIIe siècle pouvait-il m'enchanter à ce point? Je ne lisais pas une geste mais une sorte de roman merveilleux et comique, où l'auteur, digne de la moderne science-fiction, mêlait l'invention incessante à la cocasserie et à l'ingéniosité. Pourquoi l'enseignement dédaignait-il ce *Pèlerinage de Charlemagne à Jérusalem et à Constantinople* dont les scènes, sans la moindre longueur, se déroulaient comme les séquences d'un film à grand spectacle?

Je suivais Charlemagne et ses douze pairs sur la route d'Orient. Avec lui, je rencontrais le roi Hugues labourant avec une charrue d'or qu'il abandonnait dans le champ, son pays ne connaissant pas de voleurs. Je voyais des milliers de chevaliers vêtus d'hermine jouant aux échecs, entourés de belles demoiselles, un riche palais aux meubles d'or, aux soldats de bronze que des machineries faisaient jouer du cor, et ce palais pouvait tourner sous le souffle du vent! Et tant de fêtes ahurissantes où les chevaliers français rivalisent de fanfaronnades et de *gabs* : Roland sonne de l'olifant avec une telle puissance que les portes sortent de leurs gonds. Turpin, monté sur un coursier, jongle avec quatre pommes. Ce vantard de Guillaume d'Orange se fait fort de renverser les murailles du palais avec une boule d'or et d'argent que lui seul peut porter. Bernard de Brusban peut détourner, comme Hercule, le cours d'un fleuve. Hernaut de Gérone, comme saint Jean-Porte-Latine, le futur patron des imprimeurs, peut être plongé dans le plomb fondu et en sortir vivant. Olivier réussit cent prouesses érotiques avec la fille du roi Hugues... Et cette parade folle se poursuit dans la splendeur orientale telle que la rêvera Baudelaire. Quel bonheur de lecture! et comme ce Moyen Age apparaît fantastique, joyeux, bachique! La nuit du Moyen Age : quel cliché!

J'étais ainsi, installé dans ma chambre sous le ciel, éclairé par ma lampe de chevet. Comme j'étais bien! Et voilà qu'on m'arrachait à mes Orients, qu'on frappait à la porte. « Oui, entrez! » C'était Roland, pas celui du poème, l'autre, le contemporain.

— Je croyais que le maître ne frappait pas à la porte de l'esclave.

— La nuit, dit Roland, je le libère de ses chaînes.

Il tenait un flacon à la main. Je crus qu'il venait me proposer un verre. Il regarda autour de lui. J'étais en peignoir blanc car je ne porte pas de pyjama. Il me dit :

— Tu es comme un coq en pâte! Cela fait plaisir.

Et j'apparais comme un intrus.

— On ne te voit plus au Dupont.

— J'ai été absent quelques jours. Un voyage à Boston. Et puis, au Dupont, je bats froid à certaine demoiselle, qui tu sais. Je n'aime pas ses incartades...

— Parce que...

— Parce que rien. Ça ne te regarde pas. Tu vois la famille?

— J'essaie d'être discret. C'est avec l'Oncle que j'ai parlé le plus.

— Il t'a dit qu'Eleanor était une déesse, Olivia un génie et moi un type sans intérêt.

— Nous avons parlé d'Ovide.

— Passionnant!

— Oui, passionnant, comme tout ce que dit l'Oncle. Aussi passionnant que l'étude des crimes...

— Tu m'espionnes?

— Non, Oncle m'en a parlé. Et même avec considération.

Cela parut le surprendre. Il sourit. Mais pourquoi se tenait-il immobile, le visage crispé ? Avait-il perdu sa nonchalance ? Il était vêtu d'un maillot de corps et d'une culotte brillante, sans doute une tenue de sport.

— Ce ne sont pas les crimes qui m'intéressent mais les défenseurs. Je viens de lire un plaidoyer de Me Chaix d'Est-Ange. Ces gens du siècle dernier avaient du style et du talent.

— Tu seras peut-être un grand avocat.

— Je serai *sûrement* un grand avocat. A moins que je ne choisisse l'instruction. Au fond, ce qui m'amuserait : être détective.

— Comme Maigret et Hercule Poirot.

— Non, comme Lord Peter, celui de Mrs. Sayers, mais tu ne le connais pas. Je te ferai lire aussi des Ellery Queen et des John Dickson Carr, cela t'apprendra la subtilité.

Je lui parlai de mon installation, de la manière dont la pièce avait été installée, préparée, décorée.

— Il y avait même une rose.

— Sans doute d'un bouquet dont on ne voulait plus.

— Toujours aimable !

— Je ne te persécute pas. J'offre des aliments à ton masochisme.

— Ainsi, tu te crois sadique...

Il changea de ton. Nos jeux ne duraient jamais bien longtemps. J'eus l'explication de son immobilité. A sa salle de gymnastique, il était tombé d'un trapèze et souffrait de la jambe. Accepterais-je de le masser ?

Il me tendit le flacon : de l'embrocation. Il boitilla jusqu'à mon lit, s'allongea. Ses longues jambes montraient un fin duvet doré.

— Je pense qu'il s'agit d'un muscle froissé, maître. Tu ne peux pas mieux tomber. Je suis secouriste.

— Toutes les qualités !

Avec la préparation huileuse, je lui massai les muscles de bas en haut comme on me l'avait appris. Il poussa des soupirs de satisfaction et attendit un moment avant de préciser :

— Je te signale que c'est l'autre jambe.

Rien de grave. Tandis que je m'activais, il s'enquit de mes projets, de mon avenir. Ce job à la librairie, était-ce provisoire ? Je lui répondis que je n'avais pas de besoins.

— Parce que tu as une faiblesse de vessie ?

Il n'en manquait pas une. Je lui confiai qu'un jour j'aimerais être bouquiniste ou marchand de livres anciens.

— Ah ? Je te vois bien sur les quais devant des boîtes pleines de bouquins sales, assis sur un pliant, en bourgeron de velours, des sandales, et lisant *Le Libertaire*.

— Et plongeant dans la Seine pour sauver des paumés comme toi...

— Tu es une larve qui ne deviendra jamais insecte !

— Et toi une chenille qui restera chenille !

« Et toi... Et toi... » Cela devint un jeu enfantin. Je massais Roland sans ménagement, d'une main ferme, en ajoutant des coups rapides avec les côtés des mains. Si je m'arrêtais, il me demandait de poursuivre le traitement :

— Tu me remets en place. Fameux rebouteux !

— Tu ne vas pas en faire tout un plat. Un muscle froissé. Moi, tu ne me froisses jamais, malgré des efforts que tu crois intellectuels.

— Je ne te froisse pas, je te déchire !

— Dans deux jours, tu ne sentiras plus rien.

— Deux jours !

— Peut-être moins si je te masse demain. Tu pourras courir la gueuse.

— « Courir la gueuse ! » c'est d'un provincial ! Enfin, tu es vraiment précieux.

— Toi aussi, mais pas dans le même sens.

Il se leva et je l'aidai à traverser la terrasse. Son bras entourait mon épaule. J'eus la sensation d'être utile.

— A charge de revanche ! dit-il. Et merci pour... l'hospitalité.

L'hospitalité : il me signifiait ainsi que j'étais bien

chez moi. Cette délicatesse fut suivie d'une rosserie comme pour l'atténuer :

— Si tu te conduis correctement, je t'inviterai chez moi. Mais il faut le mériter.

Quelle noix ! Pourquoi l'avais-je retenu plus longtemps qu'il ne fallait ? La peur de la solitude ? Mes souvenirs d'une époque heureuse me tiraient en arrière. Comment les effacer de ma mémoire, me persuader que ce bonheur, dès lors qu'il avait été détruit, n'avait jamais existé ? Changer de peau, changer l'homme en moi, abolir le sentiment... Ces ressassements, je le savais, retardaient mon sommeil, provoquaient l'insomnie, ces nuits qu'on dit « blanches » et qui ne font qu'épaissir la noirceur.

Le lendemain matin, je sus que je m'étais tout de suite endormi. Une nouveauté pour moi !

S'écoulèrent des jours sans rien de notable. Le soir, je m'asseyais sur le banc de la terrasse où je fumais la pipe en regardant la fumée monter vers le ciel et se dissoudre. J'avais installé une lampe baladeuse qui me permettait de lire. Je n'étais plus à Paris mais à la campagne, au sommet d'une colline.

Un soir, au retour du travail, je trouvai une feuille de papier glissée sous ma porte, un message : *Si vous en avez le désir et le temps, venez passer une heure avec moi dans la bibliothèque, un soir, à votre convenance, et même ce soir si vous le pouvez !* Suivait la signature : *L'Oncle Mihoslav.*

Je grignotai cette saucisse sèche et plate qu'on appelle gendarme. Une tartine de crème de gruyère suivit, puis un plum Plouvier dans son papier d'argent. Je bus de l'eau fraîche et attendis que mon réveil m'indiquât une heure décente : je ne voulais pas surgir au moment du dîner. J'entendis Roland monter dans sa cambuse et le vis ressortir, un sac de sport à l'épaule. J'attendis un quart d'heure avant de descendre.

Aucun bruit dans l'appartement. Je toquai à la porte vitrée. L'Oncle m'ouvrit, en pantoufles, un plaid couvrant ses épaules. Une photographie représentait Mallarmé ainsi.

— Quel plaisir! dit-il. Vous êtes un de mes trois ou quatre lecteurs, n'est-ce pas?

Je m'assis face au bureau sur une chaise étroite, au dossier droit, en bois, inconfortable. Il avait le même siège. Il me parla de la nécessité d'utiliser de tels instruments de supplice pour s'asseoir lorsqu'on veut travailler. Sinon, on s'endort.

Pour capter la fumée de sa pipe, deux bougies étaient allumées. Il prit sa bouffarde, une pipe Jacob, tassa le tabac gris. L'odeur du suif était celle d'une église. Son encens : des feuillets de papier d'Arménie qui se consumaient dans une soucoupe. Je sortis ma pipe de ma poche. Il poussa vers moi son paquet cubique de tabac trop sec.

— Prenez tout votre temps, me dit-il. Goethe raconte que son père passait plus de temps à accorder son luth qu'à en jouer.

— Par comparaison, dis-je, je passe plus de temps à prendre des livres entre les mains qu'à les lire. C'est mon travail à la librairie. Parfois je rêve que les phrases deviennent des parfums volatils et qu'ils pénètrent dans ma cervelle par mes narines ou mes yeux.

Il me proposa du cognac. La bouteille et les verres apparurent sans que j'aie eu le temps de voir où il les avait pris. En nous servant, il m'expliqua que, n'étant plus alcoolique, il pouvait boire autant qu'il le désirait. Sans m'attarder sur ce raisonnement, je lui portai la santé.

— Pourquoi, me demanda-t-il, ai-je la sensation de vous connaître de longue date, de vous avoir déjà vu en d'autres lieux?

— Sans doute fréquentons-nous les mêmes bouquinistes? Moi, j'ai la sensation de vous avoir toujours connu.

— Étrange, n'est-ce pas? Ainsi, le Moyen Age vous intéresse?

— En amateur. Je suis curieux, je vais d'une chose à l'autre, je suis distrait.

— Un homme distrait est, en général, un homme attentif, mais à autre chose que ce qu'on attend de lui.

— Je ne suis qu'un amateur, je ne vais jamais jusqu'au bout des choses.

— Un de vos généraux ou maréchaux, ah! Lyautey, se disait « spécialiste en généralités ». L'idée d'amateur me plaît. Amateur, du latin *amator*, et en ancien français *amaor*, soit amour. Un « amateur » comme un peintre du dimanche et qui peindrait tous les jours...

Notre conversation fut interrompue par l'entrée de la Dame, d'Eleanor. Je me levai. Elle m'invita à me rasseoir. Ses cheveux de lin glissaient sur le côté de son kimono. Elle écarta une mèche de sa tempe et je suivis la danse de ses doigts effilés, je vis la blancheur lustrale de ses bras.

— Pardonnez-moi, dit-elle à l'Oncle, je vous croyais seul.

— Je vais me retirer, madame.

— Eleanor, vous ai-je dit, pas madame. Je venais voir si vous n'aviez besoin de rien, Oncle... Attention au cognac! Il n'est pas toujours votre ami. Je vous laisse...

Après son départ, Oncle regarda son cognac comme s'il voulait s'en débarrasser. Il dut trouver plus simple de le boire.

— Si nous parlions de *La Chanson de Roland*?

Je ne fis qu'écouter. Il me chanta les louanges d'un médiéviste espagnol dont j'ai oublié le nom. Puis il me parla des personnages de la geste d'oïl retrouvés dans les poèmes du Sud. Il parlait, parlait, mêlait ses propos, réfléchissait, revenait à son sujet. Il chantait le français sur une musique étrangère. Ses phrases cherchaient la précision. Il prononçait chaque mot avec une révérence particulière. Il le modulait, le dégustait, le répétait, l'écoutait encore, en cherchait l'étymologie, en appréciait le sens et le son comme le goûteur d'un grand cru.

— Pour en revenir à *La Chanson de Roland*..., dis-je.

Il se leva, tira les doubles rideaux comme s'il fallait que nul ne nous entendît. Il alluma une lampe ronde surmontée d'un abat-jour grenat. Les reliures reflétant ces nouveaux feux parurent s'embraser. Les livres brochés, eux, devinrent ternes. L'heure n'existait plus. Cette rencontre sous la clarté des lampes et des livres se renouvellerait-elle ?

— Pardonnez-moi, dit-il. Pour venir de Bratislava à Paris, j'ai fait tant de détours qu'ils se poursuivent dans ma conversation. *La Chanson de Roland*, une geste nationale. Parfois je lui préfère *Raoul de Cambrai*. Nos deux héros, Roland et Olivier, bien qu'Olivier soit Olivia, nous les avons à demeure. Croyez-vous qu'Eleanor a donné ces prénoms aux jumeaux par hasard ? Elle ignore que, dans son subconscient, ils allaient de pair.

— Leur père l'a peut-être voulu ainsi.

— Quand ils sont nés, le malheureux était mort. Je pourrais vous conter l'histoire d'une jeune fille de Boston, cette ville snob, vivant dans une famille patricienne, hommes d'affaires, hommes de loi, pasteurs, rentiers, plus proches de la *gentry* anglaise que de leurs compatriotes. Sans doute des conservateurs. Imaginez cette jeune rebelle se moquant de son ascendance remontant au *Mayflower*, s'enflammant pour une idée jusqu'à rejoindre les Brigades internationales en Espagne, une nation malheureuse bientôt personnifiée par son amant, le père des enfants... Enfin, j'abrège, et naissent Roland et Olivia... Prenons un peu de cognac.

Après ce verre, le deuxième pour moi, il poursuivit :

— Pour les bessons, comme on disait, un prénom attire toujours. Pas de Roland sans Olivier. Comme dans les *Héroïdes*, pas de Pénélope sans Ulysse, de Briséis sans Achille, n'est-ce pas ? Et Oreste avec Pylade. On pourrait s'amuser longtemps. A Rousseau son Voltaire, à Pascal son Descartes, à Racine son Corneille, autre chose, bien sûr...

— Mais Roland ne s'oppose pas à Olivier, au contraire.

— Ils se sont quand même flanqué la tannée! Donc, ce médiéviste espagnol a voulu montrer qu'il existait des gestes de Roland et Olivier antérieures à celle que nous connaissons : *Ci falt la geste que Tuoldus declinat*..., autrement dit le nommé Turold ou Theroulde. Il « déclinait ». Cela veut-il dire qu'il ne faisait que réciter? Et son poème est celui que nous connaissons. Il existait des textes antérieurs qui remontaient peut-être au temps de Charlemagne, des siècles auparavant, qui sait? A Angers, Béziers, Brioude, dans le Béarn, à Barcelone même, des archives ont montré qu'il était coutumier de prénommer des jumeaux Roland et Olivier, n'est-ce pas? L'existence historique de Roland est prouvée. Quant à Olivier, ne serait-ce pas une création littéraire? C'est l'objet d'une de mes recherches. Un travail de détective, en somme...

— C'est passionnant, dis-je. Roland et Olivier, Roland et Olivia.

— Entre Roland et Olivia, j'ai du mal à répartir les qualités de nos héros : fierté, vaillance, courage, ce serait pour Roland. Action, création, mystère, ce serait pour Olivia. Ah! les jeunes brigands! Un dimanche, parce que la conversation tombait, nous avons parlé des signes du zodiaque. Olivia a prétendu qu'elle était née sous le signe du Scorpion et Roland a revendiqué le Lion. Alors qu'ils sont nés ensemble!

Je dus refuser un troisième verre de cognac. Il hésita avant de se resservir, mais le fit.

— Mon cher, dit-il, je suis très *ficelle*, au fond. Je vais avoir besoin de vous... Du travail, toujours. Des amis me laissent espérer la Sorbonne. Je ne méprise pas le collège qui me fait vivre, mais la Sorbonne! Vous imaginez mon nom barbare suivi de *Professeur à la Sorbonne*? Alors, je me sentirai vraiment français. J'ai connu à Bratislava un jeune homme de qualité qui vous ressemblait...

— Je suis flatté.

— Moi aussi. Ce jeune homme, c'était moi, n'est-ce pas? Un curieux, un fouilleur de livres, un philosophe...

— Je ne suis pas un philosophe.
— Eh bien, disons un non-philosophe qui pense. Que savez-vous de la philosophie médiévale ?
— Rien. La querelle des Idéaux et des Universaux, je n'y comprends rien.
— Entre votre rien et mon presque rien, il ne doit pas y avoir une longue distance. Il me faudrait mieux distinguer la perception que les Anciens avaient d'Aristote puisqu'il dominait toute la pensée médiévale. Comment pénétrer dans la matière des textes sans connaître le cerveau de ceux qui les ont conçus ? J'ai quelques hypothèses, mais il me faut votre assistance.
— Mon assistance ?
— Vous allez comprendre.

Il me tendit des feuillets manuscrits. Il attendait de moi une recherche de documents.

— J'ai relevé des titres d'articles parus dans des publications françaises et étrangères, des livres, des plaquettes, des thèses, des mélanges... Je me suis dit que vous consentiriez peut-être à m'aider. Je n'y vois plus très clair, et je suis fatigué, si fatigué... En échange, je vous offrirai... un pain de savon de Marseille (il rit). Oui, pour vous laver de toute la poussière que vous allez soulever. Je vous donnerai quelques repères...
— Je chercherai volontiers, mais ne passerai-je pas par des lieux que vous avez défrichés ?
— Sait-on jamais ?

Je pris les listes. Je me sentis submergé. Après tout, que risquais-je ? Ne trouverais-je qu'une infime partie de ces textes, ce serait déjà beaucoup pour lui. Et puis cette confiance...

— Voyez-vous, reprit-il, l'auteur espagnol du *Poema del Cid* devait connaître l'épopée de Roland tout comme *Garin le Lohérain*. Je dois trouver ce qui a été écrit sur les poèmes bretons, allemands, italiens et autres à partir de ces poèmes, suivre à la trace des personnages comme Obéron qu'on retrouve chez Shakespeare et d'autres Anglais, n'est-ce pas ?

Tandis qu'il parlait, qu'il *se* parlait, je parcourais les listes, distinguant des noms comme Boèce, Avicenne, Averroès, Maître Eckart, saint Augustin, Abélard, d'autres inconnus de moi : al-Fārābī ou al-Ghazālī. Il faudrait que je recopie à la machine.

— Je ne vous offrirai pas seulement un pain de savon, mon cher Julien, mais l'accès permanent à ma bibliothèque. Je dois vous paraître bien démodé. Nous vivons une période de grande activité intellectuelle, je le sais, je ne suis pas dans les nuages : existentialisme, marxisme, personnalisme et autres. Je serai toujours en retard, mais je sais où la pensée contemporaine a ses sources. Il faudrait plusieurs vies...

Il se leva, bâilla. Il devait être fort tard. D'un geste large et tournant, il désigna les rayons de sa bibliothèque et me dit dans un bredouillement lyrique :

— Tout cela vous accueille. Venez, puisez, creusez avec moi le lit de la Merveille !

Le lit de la Merveille... Je quittais l'Oncle sur ces mots.

Je glissai dans la machine à écrire le plus grand nombre de feuilles de papier séparées par des feuilles de carbone que je pus. Je déchiffrai l'écriture en pattes de mouche de l'Oncle et tapai des listes lisibles. J'en remis une à Florian, une autre à Sansonnet en leur demandant leur aide. Je me proposais de faire la tournée des bouquinistes de la rive droite ; il en était de nombreux du côté des rues de Châteaudun, de la Victoire ou de Montholon.

Je fis la connaissance du successeur de Nicodème que j'appelai mentalement « le jeune homme à la tête de mort » et qui ressemblait aux portraits et auto-dessins du jeune Verlaine. Je lui parlai de mes recherches de textes ; cela le laissa indifférent. Il ne s'intéressait qu'aux œuvres nouvelles, aux poèmes et au théâtre d'avant-garde, à toutes sortes de musiques dont j'ignorais tout.

Lui aussi fréquentait le Dupont-Latin. Dans les

jours qui suivirent, je tentai l'amorce d'une conversation. Il écartait tout ce dont je l'entretenais, ne connaissant que les contemporains, comme si la littérature n'avait pas existé avant le jour de sa naissance. Comme j'ignorais les auteurs dont il me parlait, je paraissais aussi inculte à ses yeux qu'il l'était pour moi. Il citait des noms, des titres bizarres, disait avec autorité : « Il *faut* lire... » ou « Comment ? tu n'as pas lu... » Il me parla de Beckett et je crus qu'il s'agissait de *La Vie de saint Thomas Becket* de Guernes de Pont-Sainte-Maxence. Je reçus ainsi de ce garçon qui ne savait rien des trésors des siècles passés une leçon d'humilité. Les inconnus dont il me parlait, Larronde, Bonnefoy, Dupin, Jaccottet... et qui en étaient à leurs premières œuvres, plus tard, bien plus tard, certains de mes correspondants rechercheraient leurs éditions originales. J'entends encore la voix éraillée de « Tête de mort » :

— Tu te noies au fond de l'eau. Il faut nager à la surface, mon vieux !

Dès qu'arrivaient les nouveautés de Gallimard, du Seuil, de Seghers, parfois d'éditeurs de petite étendue, il se précipitait, les lisait, les empruntait sans autorisation et ne les rapportait jamais. Pour lui voler un livre n'était pas un péché. Il portait, même si l'objet était différent, autant de passion que moi, et c'est pourquoi je ne répondais pas à son mépris.

Le gentil Sansonnet, lui aussi, prisait les contemporains. Après avoir lu les Gide, Martin du Gard, Romain Rolland, Mauriac, Montherlant, Aragon, Giraudoux, Malraux, Julien Green, Céline, Cendrars, et continuant à lire ceux qui publiaient encore, il puisait son plaisir du côté des « Hussards » réunis autour de Roger Nimier. Il adorait Blondin, Kléber Haedens, Nourissier... Il se répandait en anathèmes contre les tenants de ce « Nouveau Roman » qui serait le pain des universitaires, à ce point que les Américains croient encore qu'il ne s'est rien fait depuis en France.

J'aimais bien mes compagnons en blouse verte. Chacun avait des goûts affirmés : Florian et ses spiritualités, Valensole et sa géographie, Mlle Lavoix et son militantisme. Ce bon Marbeau recherchait les traités de jardinage et les ouvrages de gastronomie. Même Saint-Fargeau, le plus éloigné des choses de l'esprit, et qui ne connaissait des livres que les titres et les éditeurs, pourrait bientôt me surprendre.

Je dois à ce garçon au visage glabre, surnommé « Tête de mort », d'être délivré de quelques idées reçues : par exemple qu'il n'existait pas de salut hors de ce qui me passionnait. Et que coexistaient par le livre d'autres formes de culture, que le savoir n'était pas la propriété de quelques-uns, chercheurs, écrivains ou critiques. La lecture : affaire de passion. Le plus haut personnage : le lecteur inconnu.

Par la fenêtre de ma chambre, je recevais un soleil d'été. Un beau dimanche s'annonçait. J'étais encore allongé sur mon lit, en peignoir de bain, avec *Guerre et Paix*, dans la compagnie du prince Pierre, mon personnage favori. Cette vieille Russie naissait avec ses écrivains. Cette impression qu'ils étaient ses révélateurs et ses sauveteurs... Ainsi, ni rasé ni lavé, méditais-je.

Qui frappait à ma porte ? Je dis « Entrez ! » et personne n'entra. On se contenta de cogner plus fort contre le bois. J'ouvris. Je vis Olivia en longue jupe et chemise d'homme aux manches déboutonnées et ballantes comme pour une pantomime. Je m'effaçai pour la laisser passer.

— Je n'entre pas chez les autres, dit-elle.
— Et on n'entre pas chez vous. Je sais.

Comme si chaque mot lui coûtait, elle précipita ses paroles :

— Le dimanche, repas de famille. Ma mère vous invite. Midi trente. Oui ou non ?
— C'est oui. Voulez-vous dire à...

J'arrêtai ma phrase. Elle s'était déjà engouffrée dans l'escalier à vis. Je ne vis que sa chevelure noire. Roland était sur la terrasse, en short, le torse nu, un haltère à chaque main. Il répéta mes paroles en se moquant :

— *C'est oui. Voulez-vous dire...* Si Olivia n'avait pas filé, tu aurais continué : *Voulez-vous dire à madame votre mère que tralala la la...* Mademoiselle Court-toujours est insaisissable. Elle se protège. Pas de temps à perdre. Il faut tout faire, tout connaître, tout régenter. Te voilà de la famille !

Tandis que je me rasais, je songeais à la personnalité d'Olivia. Étais-je si différent d'elle ? Elle usait de tous ses talents sans discontinuer. De talents, je n'en avais aucun. Pourquoi ma folie de lecture ? et pourquoi tant de diversité dans mes choix ? Olivia et moi n'étions-nous pas en fuite ? Avait-elle comme moi son secret, sa blessure cachée ? Si la mienne se cicatrisait, il en resterait la trace. Mais elle ? Que ne pouvions-nous parler ! Il est vrai qu'un secret ne se confie pas à un autre secret.

En lisant les livres du passé, ne faisais-je pas un saut en arrière, un bon par-delà mes années de bonheur et de souffrance ? Tandis que je me rasais, toutes ces pensées me parurent absurdes. Je pensais trop. Je pensais faux. Il me fallait l'insouciance de Roland qui, en ce moment, s'occupait de son corps, de ses muscles. Je me précipitai sous la douche et la pris froide. J'avais hâte de retrouver mon ami, de jouer à notre jeu du maître et de l'esclave, d'échanger des reparties.

Il m'attendait sur la terrasse. En pantalon de toile et en chemisette, il était plus élégant que moi. Il m'apprécia du regard et me donna son opinion :

— Effort dans la tenue. La nécessité de tenir le bras droit le long du corps pour cacher la déchirure de la poche. La chemise en nylon, trop souvent lavée, a jauni. Le pantalon tire-bouchonne. Les chaussures éculées...

Depuis que les Pyrénées ne dévoraient plus une grande partie de mon budget, je pouvais me permettre des achats de vêtements, mais je remettais au lendemain. A la librairie, la blouse verte cachait la misère. Et Roland poursuivait sa diatribe, y ajoutait quelques fleurs :

— ... Mal coiffé : un épi se dresse en haut de la

tête. Les chaussettes sont laides. La cravate a l'aspect d'une saucisse. A part des détails, pas mal ! Élancé, la taille bien prise, comme on dit dans les romans, un visage qui semble appartenir à quelqu'un d'intelligent, de belles mains. Plutôt beau garçon, au fond !

— La liberté de blâmer et les éloges flatteurs réunis, dis-je. Essaie tes rosseries sur toi-même. Elles ne t'habilleront pas si mal.

— Esclave, je bois tes paroles comme une cuillerée d'huile de foie de morue.

Il consulta la montre à son poignet et m'invita à m'asseoir près de lui, sur le banc de jardin peint en vert adossé au mur. Je lui dis que, pour la première fois, j'allais voir sa famille réunie. Il se crut permis de procéder à une cérémonie d'intronisation, me parla de chacun des membres de la tribu, m'apporta des conseils.

— ... Si l'Oncle vit avec nous, s'il a sa chambre et a envahi la bibliothèque, tu te doutes bien qu'il n'est pas l'amant d'Eleanor. L'Oncle, c'est une sorte d'alibi. Il apporte un équilibre à l'idée qu'a ma mère de la famille. En fait, il est marié avec la bouteille.

— Ravi de l'apprendre !

— Ma mère est d'une autre race. Aristocratique, tu ne trouves pas ? C'est Boston, mon cher. Supérieure et naturelle, sachant ce qu'il faut dire au moment de le dire. Capable de fantaisie, aussi. De pittoresque. Artiste autant qu'Olivia mais ne le montrant pas. Intelligente et belle. Riche et se moquant des palaces, joyaux et fourrures. Elle a sa cour et ce qu'elle détesterait que j'appelle son « salon »...

Roland parlant de sa mère quittait son dandysme de potache. Pourquoi ces confidences ? Il ne connaissait pas mon intuition. Allait-il me donner des conseils de bonne tenue : ne pas mettre ses coudes à table, ne pas nouer sa serviette autour du cou ou ne pas porter son couteau à sa bouche ?

— ... Pour Olivia, continua-t-il, ne te mets pas en frais. Ne lui demande pas de te montrer ses tableaux, ce serait la gaffe. Elle veut rester seule. Mais je lui soupçonne une âme d'infirmière qu'elle sait cacher. Pas méchante. Originale comme nous tous...

— Parce que... toi aussi, tu t'estimes original.
— Non, mais différent.
Par une de ses pirouettes habituelles, il fit le clown :
— Moi, je suis le plus beau, le plus fort, le plus réaliste, le plus séduisant, le plus...
— ... le plus intelligent, le plus... et tout et tout. Et ton ramage ressemble à ton plumage.
— Infect, tu es un infect salaud, dit-il en me donnant de petits coups de poing sur l'épaule. C'est Olivia qui fait la cuisine. On va s'en mettre plein le cornet.

J'ouvris la porte donnant sur la vis d'Archimède. Nous nous fîmes des politesses du genre : « Après toi... Je n'en ferai rien... Le privilège de l'âge... » pour singer nos aînés.

Roland me précédant, nous descendîmes l'escalier à grande vitesse et à grand tapage. A la dernière marche, mon compagnon s'arrêta et je butai contre lui. Eleanor nous accueillait, souriante, dans l'entrée.

La Dame était vêtue d'une robe sac de couleur bise serrée à la taille par une cordelette. Qui aurait pu porter cette tenue monacale avec une telle élégance ? Nous la suivîmes en direction de la salle à manger. Droite et souple, Eleanor s'inclinait parfois sur le côté, ce qui lui donnait un mouvement dansant. Sa chevelure blonde avec quelques fils gris descendait en cascades bouclées sur ses épaules. Si je prends plaisir à la décrire, je sais le portrait provisoire. Plus tard, je la découvrirais vraiment. Je distinguerais ses qualités d'intelligence et de cœur, sa science des relations et de la conversation, son retrait de soi-même, son attention à autrui car elle possédait cette qualité rare : savoir écouter.

La diligente Olivia s'affairait à la cuisine. L'Oncle avait oublié l'heure. Eleanor effleura mon épaule de sa main et me dit :
— Nous sommes ravis de vous avoir parmi nous. Ne faites-vous pas partie de la maisonnée ?
Elle s'exprimait dans un français sans fautes. A

peine distinguait-on un temps d'arrêt avant un mot peu usité, comme « maisonnée ».

Un plateau portait des verres emplis d'un liquide ambré. Elle distribua ces verres.

— C'est du château-chalon, dit-elle. C'était le vin préféré de mon père. Nous le prenons en « apéro », comme disent les Parisiens. Roland, peut-être faudrait-il appeler l'Oncle...

— *Réveillez-vous, cœurs endormis...*, chantonna mon ami en se rendant à la bibliothèque.

L'Oncle apparut, se fit excuser, baisa la main d'Eleanor, nous adressa un signe, prit un verre et le vida d'un trait.

Je regardai la table de chêne, les cinq chaises en bois noir, aux dos ronds, aux sièges cannés. Les assiettes en Wedgwood apportaient de la gaieté. Les verres en cristal taillé, les couverts en argent, la carafe embuée de fraîcheur scintillaient. Les serviettes étaient posées en triangle sur les assiettes, chacune dissimulant un petit pain rond. Au centre de la table, des raviers offraient des hors-d'œuvre de toutes sortes, certains présentés de manière artistique. Je vis encore de petites salières individuelles, un moulin à poivre, des coquillettes de beurre. Depuis des mois, je n'avais participé à un repas de famille.

— Ne vous étonnez pas, me dit Eleanor, si, durant le déjeuner, je ne m'occupe de rien. Ce n'est pas un effet de ma paresse, mais de l'intransigeance d'Olivia.

Cette dernière nous rejoignit, ôta son tablier de cuisine, le plia et le posa sur une desserte. Elle le reprendrait à chaque déplacement et le quitterait avec le même soin.

Eleanor me désigna ma place à sa droite, tandis que l'Oncle se tenait à sa gauche, Olivia près de lui. Roland et moi étions voisins. Oncle servit le médoc couché dans son panier d'une main tremblante. Il leva son verre comme pour porter un toast, oublia sans doute ce qu'il voulait dire et commença à boire.

Et ce fut la ronde des raviers. Eleanor observa que

ce déjeuner devait me paraître bourgeois, mais que cette habitude ne s'étendait pas à la semaine où chacun mangeait sur le pouce à la cuisine sans horaire précis. Olivia, de sa voix grave, nous demanda de prendre notre temps. Le gigot réclamait dix minutes de plus pour sa cuisson. Elle se reprocha d'avoir mal calculé son horaire.

— Ma sœur *jumelle* (Roland appuya sur le mot) a une pendule dans la tête.

— Oh toi... le *jumeau!* répliqua Olivia.

Cette gémellité les agaçait-elle à ce point? Eleanor me reparla de la coutume du dimanche. Son oncle était pasteur. Son père, un industriel du textile, était mort l'année passée. Déjà, sa mère songeait à se remarier, cette fois avec un homme de loi qui dirigeait un cabinet d'avocats.

— Je suis toujours américaine, confia-t-elle. Oncle n'est pas encore naturalisé français. Mes enfants sont à demi catalans. — Elle ajouta avec humour : ... et nous formons une vraie famille française!

Et, sans transition :

— Julien, nous aimerions mieux vous connaître. Cela se fera tout naturellement, je pense. Il ne suffit pas de lire vos mains. Vous êtes si discret, si effacé, et je ne crois pas que ce soit votre nature. Quelque chose vous a changé. Si vous éprouvez le désir de parler à quelqu'un, considérez-moi comme une amie.

Je dus rougir. Grande était ma confusion. Je sentis une étrange chaleur m'envahir. Je dus ma délivrance au gigot qu'Olivia apporta dans son plat ovale. Eleanor déplaça l'assiette de l'Oncle et le plat fut posé devant lui, pour lui montrer qu'il était le personnage important. Olivia sortit, sans quitter son tablier cette fois, et revint avec les haricots verts et les flageolets. Elle apporta le nécessaire à découper, tailla elle-même ce morceau qu'on appelle la souris et glissa l'os dans ce manche à gigot qui me parut un accessoire ridicule. L'Oncle réclama un fusil pour aiguiser le couteau. Il se dépensa en gestes inutiles et emphatiques avant de découper avec maladresse. Olivia l'aida tandis qu'Eleanor recueillait les tranches avec une fourchette pour nous servir. Le plat de légumes circula. Je craignais de tacher la nappe. Il n'y avait pas de porte-couverts, ces objets n'étant pas de bon ton.

Ainsi, pour la première fois, je voyais mes hôtes réunis. Eleanor, droite sur sa chaise, nous dominait. Les reflets de sa chevelure me suggéraient des mots comme miel, or, sable, paille. Pour ses yeux, je pensais à des fleurs : lavande, myosotis, bleuet, ou à des pierres précieuses : émeraude, aigue-marine, turquoise. Quand elle regardait ses enfants, je lisais sur son visage cette attention particulière des mères, un mélange de tendresse et de vague inquiétude.

L'Oncle, avec son costume trois-pièces bistre et luisant, ses gros verres de myope, son nœud papillon mal noué, sa barbiche poivre et sel, ses gestes d'écureuil effarouché, suscitait mon attendrissement. Lorsqu'il eut achevé son laborieux découpage du gigot, il dit d'une voix pâteuse :

— Mes amis, si le monde doit être sauvé, ce sera par des gens comme vous.

Roland ricana. J'attendais un sarcasme qui ne vint pas. Je l'observai. Pourquoi n'avais-je pas remarqué l'asymétrie de son visage ? D'un côté, résolution et brutalité. De l'autre, douceur angélique. De face, il me fit penser à un visage romain, nez droit, regard fixe, inquisiteur, lèvres pleines au-dessus d'un menton volontaire. Il ressemblait à un dessin de Jean Cocteau.

Je ne me mêlai guère d'Olivia : son indifférence devait être contagieuse. Elle ouvrait sa porte à toutes les muses et la fermait devant tous les êtres. Je soupçonnais un orgueil sans bornes. Savait-elle seulement qu'elle était belle, aussi belle que mal attifée ? Tout en bruneurs, son visage ne portait aucun maquillage, ses sourcils étaient touffus. Sans ses formes pleines, ses doubles fossettes qui mettaient sa bouche entre guillemets, je l'aurais jugée garçonnière. Tout était lisse jusqu'à ses cheveux aile-de-corbeau qui tombaient droit sur sa nuque. Elle représentait une telle forêt de points d'interrogation que j'étais décidé à me tenir à son orée.

Et moi, la cinquième branche de cette étoile, me dominait une étrange jubilation. Apercevais-je une lumière au bout d'un long tunnel? J'étais au sein d'une famille; elle aurait pu être la mienne, une vraie famille comme celle que j'avais voulu inventer et qui était morte peu après sa naissance.

Ces personnes que je considérais presque comme les miens, quels liens les unissaient — ceux de leur propre singularité? J'eus la vision d'îlots réunis en un archipel mais que des bras de mer séparaient. Et moi, n'étais-je pas un navire allant de l'un à l'autre?

Les mets, le vin qu'on renouvela étaient délicieux. La conversation fut intéressante. Eleanor nous entretint de la troupe joyeuse des préraphaélites, de leurs rapports et de leurs idéaux picturaux. S'ajoutèrent à ma connaissance des noms comme Dante Gabriel Rossetti et Edward Burne-Jones, ceux de Millais, Brown ou Morris. Elle décrivit l'art et le caractère de chacun d'entre eux. Puis elle traita de James Tissot, ce Français de la Commune passé à l'Angleterre, d'Alma Tadema. Elle dit son goût pour l'étrangeté des portraits de Romaine Brooks, étendit son propos aux symbolistes français et étrangers, parla de rapports avec les premières œuvres du surréalisme, tout cela avec clarté et minutie. Olivia, pour une fois, quittait sa réserve. Elle marqua accord ou désaccord sans qu'aucune flamme traversât ses yeux mats, sans le moindre éclat de voix, mais toujours sur un ton de certitude absolue.

L'Oncle écoutait poliment, approuvait de la tête comme s'il jugeait de la musique des voix plutôt que de l'intérêt des propos. Roland dévorait une tranche de gigot après l'autre. Moi, je mesurais l'étendue de mon ignorance dans certaines matières.

Au moment du dessert, une tarte aux cerises, l'Oncle, éméché, cramoisi, se lança dans une improvisation. Enfourchant son dada comme un chevalier son destrier, il établit des parallèles entre les débats des cours d'amour, la *Dialectica* d'Alcuin et fit l'éloge de la *disputatio* universitaire. Il oubliait qu'il parlait pour lui seul.

— C'est fumeux! me glissa Roland à l'oreille.
— Je ne trouve pas, répondis-je.
— Faux cul!
— Mieux vaut faux que vrai.

L'Oncle changea de discours. Sous l'empire du vin, il ne pouvait réprimer son besoin de parler, et ce fut sur un autre sujet, plus abordable pour tous. Il se confia :

— Au pays de Rabelais, de Montesquieu et de Voltaire, je ne me sens pas plus en exil que si j'étais né en Bretagne et que je vive à Paris. Ce sont les autres qui me considèrent comme un étranger. Savent-ils seulement où se trouve mon pays? C'est le nationalisme qui crée l'exil, mais je parle la langue française, n'est-ce pas? C'est pourquoi je ne me sens pas étranger.

Il gloussa comme une poule et s'adressa à moi parce que je l'écoutais avec plus d'attention que les autres :

— Je pense ainsi. A d'autres moments, je pense autrement. La nostalgie, n'est-ce pas? Au fond, je suis de nulle part. Je me demande même si j'existe.

— Mais oui, Oncle, vous existez! dit Roland.

Alors le vieil homme risqua des plaisanteries incompréhensibles, se moqua de lui-même, du bout des doigts envoya des baisers à chacun, en lança autour de lui, à droite, à gauche, vers le plafond. Il se leva, ouvrit la fenêtre et jeta ses baisers vers la rue.

— J'embrasse le monde tout entier, la vieille dame qui passe là-bas, le cycliste, le sergent de ville... J'embrasse l'univers, je le couvre de baisers, je fais fuir les dictatures, les souillures...

Il ferma la fenêtre, se rassit, vida son verre et recommença ses divagations. Eleanor, qui savait faire face aux situations les plus gênantes, dit :

— L'Oncle, quel homme, quel homme!

C'est Roland qui mit fin au déluge de paroles. Il interrompit le vieil homme.

— Oncle, dit-il, vous êtes épatant. Quel esprit subtil, aérien, comme les vapeurs d'alcool ! Je vous souhaite d'épouser la Sorbonne, une vieille fille encore jeune, et de lui faire beaucoup de petits médiévistes !

— Roland !... fit Eleanor.

L'Oncle, ne retrouvant pas le fil imprécis de ses idées, murmura : « Ah ! la Sorbonne... » et il s'endormit sur sa chaise.

Par courtoisie, Eleanor annonça qu'elle aussi allait faire la sieste.

Cela mit fin au déjeuner. Tandis que nous nous levions, qu'Olivia reprenait son tablier de cuisine et refusait toute aide, le regard d'Eleanor rencontra le mien. Il me sembla qu'elle et moi étions les seuls adultes dans un monde d'enfants.

Cinq

Pour trouver tout au moins quelques-uns des ouvrages de la liste de l'Oncle, je fis de vaines tentatives. Les bouquinistes, les marchands de livres rares, les éditeurs de thèses, tous me reçurent, tous me déçurent. Je fis ronéotyper la liste, l'expédiai à de nombreux spécialistes en province, en particulier à Nantes, Lille, Montpellier. Je reçus le service de catalogues, les lus ligne à ligne sans jamais rien trouver.

Ni Florian ni Sansonnet ne m'apportèrent secours. Le plus inattendu des hommes à la blouse verte m'offrit une lueur d'espoir, et ce fut celui dont je ne connaissais encore que le sobriquet « Saint-Fargeau ». Cet homme d'une cinquantaine d'années, vendeur de son état, et satisfait de l'être, ne briguant aucun autre poste, ressemblait à ce point à Monsieur Tout-le-monde, qu'il échappait à la description. Il aurait pu être le plus parfait des inspecteurs spécialisés dans les filatures tant il passait inaperçu. A la librairie, il était indispensable. Qu'un problème se posât, on faisait appel à lui et jamais en vain. Sans aimer, semblait-il, la lecture, il était une bibliographie vivante, et le meilleur vendeur qui fût. S'il fallait tracer son portrait avec précision, je ne saurais à quel détail me raccrocher : rien en son physique d'original. A sa taille, à ses traits, on n'aurait su trouver d'autre qualificatif que *moyen*. Son visage s'est estompé. Il devait pourtant apporter du bonheur à deux êtres au moins : l'Oncle et moi. Un lundi matin, près de la pendule espionne, il me dit :

— Pour ta gouverne (il adorait cette expression et l'employait hors de propos), apprends que pour tes bouquins à la noix, j'ai une piste...

Je fis la grimace. Pourquoi « bouquins à la noix » ? Le mot *bouquin* a des origines diverses : néerlandaise *(boec)*, allemande *(buch)*, anglaise *(book)* et rien d'infamant. Je le trouve même noble s'il s'agit de livres passés de main en main et revendus. Mais je déteste qu'on l'emploie à propos d'une nouvelle parution car je vois là quelque chose de péjoratif. *Livre* alors me convient mieux.

— Pourquoi « à la noix » ? demandai-je.

— Si tu préfères : « à la mords-moi le doigt ». Ne fais pas ta tête de buse. A Saint-Fargeau, je connais une bonne femme, la plus vieille de la ville, qui a des paperasses plein son grenier. Elle les tient du mari de sa sœur aînée. Tu vois que ça remonte aux calendes. C'est dans un tel état que même les brocanteurs n'en ont pas voulu. Elle s'en sert pour allumer sa salamandre, c'est te dire ! J'ai jeté un coup d'œil à ses cartons. Je me demande si tu ne trouverais pas quelque chose...

— Tu es sûr que...

— Je ne suis sûr de rien. Tout ce que je sais : le beau-frère était un historien et un fouineur. Voilà ce que je te propose : dimanche, tu prends le « dur » avec moi. Je te fais connaître ma femme de Saint-Fargeau (il disait cela comme s'il en avait une autre). On déjeune chez moi. La vieille habite à côté...

J'acceptai en pensant que j'allais manquer le déjeuner du dimanche chez Eleanor, et sans doute pour rien.

— Et tu vas connaître Saint-Fargeau, pas moi, la ville...

Il savait qu'on lui avait donné ce surnom. Il me dit qu'il s'en trouvait satisfait car son prénom était le même que son nom : Jacques.

— Tu comprends : Jacques Jacques... On a l'impression de bégayer. Si seulement mes parents avaient pris Jean. On m'aurait appelé comme Rousseau.

Nous nous donnâmes rendez-vous à la gare, le dimanche matin. Nous rentrerions par le train du soir. Saint-Fargeau me précisa qu'il avait des cartons et de la ficelle.

Nous étions en octobre. Il fallut débarrasser tous les comptoirs, les plats-bords du rez-de-chaussée, disposer par classes les livres scolaires. Pour la recette, c'était la journée la plus faste de l'année. Le travail de ce samedi fut considérable. La caisse enregistreuse ne cessait de sonner. Il y avait des files d'attente sur le boulevard et les clients entraient par groupes. Le soir, j'étais las d'avoir prononcé tant de paroles, servi tant de gens. Une journée à la campagne me ferait du bien.

Je prévins Eleanor de mon absence le lendemain. Je lui en expliquai les raisons. Qu'elle ne dise rien à l'Oncle. Peut-être aurait-il une bonne surprise mais je n'en étais pas assuré.

Le pavillon de mon collègue était charmant, la façade, simple, pimpante et gaie. Les barrières de bois, portes et fenêtres peintes en vert me montrèrent qu'une demeure peut sourire. Le jardin qui la bordait portait tant de plantes et de fleurs diverses qu'on aurait cru les sachets de graines semés à la volée. Non seulement je fis des compliments mais je les exagérai.

— Tu vois, Saint-Fargeau, c'est ça...
— Et c'est toi!
— Derrière, il y a un potager.

Autant l'homme paraissait terne avec son imperméable gris et sa casquette déformée, autant son épouse me parut colorée, comme sa maison. Toute ronde, en robe semée de fleurettes, elle évoquait pour moi une jolie citrouille. Son visage faisait penser à d'autres légumes et fruits rouges. Un modèle pour Arcimboldo. Je fus présenté :

— C'est mon ami Julien Noir. Et voici Marguerite.

Je saluai Marguerite et elle me souhaita la bienvenue. Il était trop tôt pour le repas. Saint-Fargeau me dit que je pouvais l'appeler Jacques. Il alla se changer et revint en salopette et en tablier de jardinier. Ce n'était plus le vendeur de librairie. Il joua de la cisaille et du sécateur bien que ce ne fût pas nécessaire. Il me montrait ainsi un aspect de sa vraie vie. Il posa ses outils sur le perron, m'adressa un clin d'œil.

— Je vais te montrer quelque chose...

Nous contournâmes le pavillon pour suivre l'allée cailloutée qui séparait le potager en deux parties avec leurs alignements de salades, carottes, choux et autres. Au fond se dressait un appentis. La tôle ondulée couvrait un bâtiment de briques rouges. Je crus qu'il s'agissait d'une remise pour le matériel de jardinage.

— Essuie bien tes pieds.

Il me fit entrer et désigna des rayons de bois portant des piles de ce que je pris pour des journaux et des magazines. Ainsi, lui aussi, il lisait.

Je découvris qu'il s'agissait de publications qu'on ne trouvait pas à notre librairie, si achalandée qu'elle fût. A hauteur des yeux, je vis des piles égalisées de ces livraisons bon marché, imprimées sur du mauvais papier mais à la couverture illustrée flamboyante. Jacques me dit :

— J'ai tous les *Nick Carter*, les *Nat Pinkerton*, les *Buffalo Bill*. Il me manque quelques *Morgan le Pirate*. Mais voilà *Cri-Cri*, *L'Épatant*...

Un autre monde de la lecture, celui de l'enfance, et qui se prolongeait dans l'âge mûr. Les livres, les imprimés... Aussi divers que la vie, les êtres, les mœurs. Et encore des noms d'auteurs : Arnould Galopin, Jean de La Hire, Paul d'Ivoi, la baronne Orczy, Michel Zévaco, Paul Féval, Ponson du Terrail... Toute une série de livres épais contant les aventures de *Carot Coupe-Tête* ou de *Naz-en-l'air*. Et les mélos de Jules Mary, Xavier de Montépin ou Georges Ohnet... La collection « Le Masque », les reliés, avec jaquette...

— Et voilà !

Il était satisfait comme un acrobate qui vient de réussir un tour de force et salue le public. Je dis :
— Quelles collections ! Un trésor...
— Tu n'aurais pas cru, hein ?

La souriante Marguerite nous appela : le fricot était prêt. Auparavant, on prit l'apéritif : un « communard », cette boisson composée de vin rouge et de cassis. Suivirent charcuteries, bœuf bourguignon, fromage et œufs à la neige, le café et le calvados. De quoi s'endormir. Mais nous avions rendez-vous à trois heures chez la vieille dame.

La personne qui nous reçut habitait un dernier étage dans ce qui avait dû être une maison de maître avant sa location par appartements. Cette trotte-menu en charentaises s'appuyait sur deux cannes. Sans doute ne pouvait-elle plus atteindre son grenier, ce qui avait préservé du feu ce que nous allions découvrir. Après un échange de politesses, elle nous tendit une grosse clé attachée à un os à moelle.
— Prenez garde, dit-elle, les marches sont traîtresses et le plancher pourri. Il y a des rats. Je les entends la nuit au-dessus de ma tête.

Elle branla du chef et ajouta :
— Emportez ce que vous voulez. Mais quelle idée de s'intéresser à ces paperasses ! Personne n'en veut. Pouah !

Nous ne vîmes pas de rats. Une poutre qui soutenait le toit, sans doute habitacle de termites, menaçait de s'effondrer. Qui resterait en vie le plus longtemps de la femme ou de la toiture ?

Nous portions des cartons neufs, un rouleau de papier gommé et une pelote de grosse ficelle. D'autres cartons déchirés et rongés étaient béants et poussiéreux. Je quittai ma veste sans savoir où la poser, retroussai mes manches. Saint-Fargeau en salopette ne craignait pas de se salir. Il émit un sifflement. Il venait de découvrir des suppléments illustrés du *Petit Journal* qui l'intéressaient et dont il fit un paquet. Les premiers livres que je pris en main dans un nuage de poussière s'intitulaient *Les Idées morales chez les hétérodoxes latins* et *Tableau des* *mœurs au xe siècle*. Une belle promesse pour la suite. Figuraient-ils sur les listes de l'Oncle ? Qu'importait ! J'étais décidé à tout prendre. On verrait bien après. Je déplaçai des catalogues spécialisés, des revues, des tirés à part, des dictionnaires, des *Mélanges* offerts à des maîtres qui se nommaient Charles Bémont, D'Arbois de Jubainville, Julien et Louis Havet, Paul Fabre, Émile Chatelain, Ferdinand Brunot... Une cinquantaine de titres portaient ce mot *Mélanges* et devaient contenir un grand nombre d'articles. L'Oncle possédait-il déjà la série des *Douze Pairs de France*, ces bestiaires, ces gestes, ces Mystères et ces Miracles, ces traités didactiques ? Je ne pouvais contrôler. Et les cartons bien ficelés s'empilaient. Il fallut les descendre sur l'épaule en bas de l'escalier, un véritable déménagement. Je me sentis dans la peau d'un pillard, d'un cambrioleur.

Lorsque le travail fut terminé, nous étions en bel état, maculés de toiles d'araignées et de poussière gluante. Saint-Fargeau se rendit chez lui et revint avec une brouette. Il fit trois voyages.

— Voilà ce que je te propose, dit-il en passant son mouchoir sur son front, ce soir on emporte deux cartons chacun par le train. Tu es costaud, moi aussi. A l'arrivée à Paris, tu m'offres le taxi. Les autres cartons, Marguerite les donnera demain au service rapide. Il me faut l'adresse de ton... maniaque.

Comme si lui-même, avec ses collections de romans populaires, n'avait pas aussi sa manie !

Revenus chez lui, nous nous lavâmes les mains et le visage. Je parlai du pain de savon que m'avait promis l'Oncle. Marguerite qui était, elle aussi, solide, nous accompagnerait à la gare qui était proche.

Nous attendîmes l'heure du train. Puis je m'aperçus que nous n'avions pas rendu la clé à notre bienfaitrice. Nous retournâmes chez elle. Au moment de sonner, Saint-Fargeau me dicta cet ordre :

— Tu remercies et tu ne dis pas un mot de plus. C'est moi qui parle !

Je procédai ainsi et Saint-Fargeau en rendant la clé dit :

— Vous aviez raison, madame, rien d'intéressant.
— Vous étiez prévenus.

Comme je n'avais pas le culot de mon compagnon, je pris la parole :

— Madame, aimez-vous les chocolats ?
— Si j'aime les chocolats ? Quelle question ! On voit que vous êtes jeune. Bien sûr que j'aime les chocolats, surtout les fourrés.

Je me proposai de lui en faire parvenir une grande boîte par l'intermédiaire de Saint-Fargeau la semaine suivante. Il ne rejoignait son paradis que le dimanche, parfois le samedi quand il le pouvait. Durant la semaine, il habitait une pension de famille rue Danton. Le taxi nous déposa rue Gay-Lussac. Je bénis l'ascenseur où les cartons furent déposés. Je payai le taxi. Saint-Fargeau rejoignait sa pension de famille à pied, ce n'était pas si loin.

— Ce fut une belle journée, dis-je, tu as des collections magnifiques, ta maison et ton jardin sont sublimes et comme ta femme fait bien la cuisine !
— Salut, dit Saint-Fargeau, à demain au turbin !

A l'appartement, seule la bibliothèque était éclairée. *Va où il y a des livres...* J'entendais la voix de Saint-Ouen, cette voix déjà lointaine. L'Oncle dormait sur sa chaise, la tête sur le bureau. Je déposai les cartons, allumai les lampes, toutes les bougies et je dis :

— Oncle, Oncle... Réveillez-vous ! C'est la fête ! Le père Noël est passé en avance, Oncle ! Oncle !

Il se redressa, frotta ses yeux, ajusta ses lunettes, respira à petits coups et réclama un verre d'eau que j'allai lui chercher à la cuisine.

— Mon cher ami Julien, que se passe-t-il ? Il est tard ?
— Regardez ces cartons. Ce sont des livres, vos livres. Peut-être pas tous ceux de vos listes, mais beaucoup sans doute. Et puis d'autres, d'autres...
— Tous ces cartons ?
— Il en arrivera encore en début de semaine par un service rapide, de province...

Il se leva, prit sa canne, la posa et glissa le long du bureau.

— Où avez-vous déniché...

— Dans un grenier à la campagne. J'avais l'autorisation mais j'ai l'impression de les avoir volés.

— Volés !

— Pas vraiment. Je vous expliquerai. Voulez-vous commencer à les regarder ?

Lui disant cela, je ne savais pas encore qu'une scène allait rester à jamais gravée dans ma mémoire. Comme un symbole. Comme *L'Adoration des mages* ou *L'Adoration des bergers*. Ici, c'était *L'Adoration des livres*. Jamais rien ne m'émouvrait autant que de voir l'Oncle, le Professeur, le médiéviste, oubliant son arthrite et se mettant à genoux devant un carton contenant des ouvrages poussiéreux. Comme une bête sauvage découvrant un lieu pour son terrier, il allait creuser ce qu'il appelait « le lit de la Merveille ».

Il prit le premier livre, si sale, si misérable avec sa couverture décollée et souillée, ses pages fuyantes, avec délicatesse et respect, l'approcha de ses yeux malades, et fit : « Oh ! » simplement « Oh ! » et ferma un instant les yeux. Il me dit : « Il est bien tard... » sans que je sache s'il s'agissait de l'heure ou de sa vie.

— Je peux vous aider, dis-je, posez le carton sur le bureau...

— C'est bien ainsi. Vous devez être fatigué. Pourriez-vous m'aider ? Je vous passerai les livres et vous les mettrez en piles selon mes indications.

La fatigue. Quelle fatigue ? J'étais prêt à lui apporter mon soutien. Toute la nuit s'il le fallait. Mais c'est à lui que je pensais. Je proposai :

— Nous pourrions inventorier un carton et garder les autres pour demain. Nous aurons des idées plus claires.

M'écoutait-il ? Il lisait les titres, les murmurait. Certains étaient en langue étrangère et j'entendais :

— *The Lays of Désiré... De los trovadores en España... Dante e i trovatori provenzali... Rhätoromanische Chrestomathie...*

Il me tendait chacun d'eux lentement, comme à regret, et m'indiquait : « Pile de droite, pile du milieu, pile de gauche, une autre pile... » Et des observations : « Ces deux-là sont sur mes listes... Ce sujet, je ne savais pas qu'il avait été traité... » Il mêlait les noms de trouvères et de troubadours au nom de qui les avait étudiés. Il ne cessait de s'exclamer.

Cela dura le temps d'explorer deux cartons. Je pris alors sur moi de lui dire avec fermeté :

— Oncle, cela suffit pour cette nuit. Il faut aller dormir. Les livres ne s'envoleront pas...

— Mais... demain j'ai mes cours.

— Alors le soir, ou après-demain. Nous sommes hors du temps...

— Dans l'intemporel, c'est vrai. Vous avez raison. Allons nous coucher.

J'éteignis toutes les lampes, les bougies. Je donnai de la lumière dans l'entrée. Oncle me suivit, docile. Ses yeux étaient humides. Avait-il trop bu de cognac avant de s'endormir sur un livre ? Ou bien la fatigue des yeux, l'âge ? Ce n'était rien de tout cela. Sur ce vieux visage, les pleurs au long des rides, c'était la joie qui les provoquait, un bonheur liquide qui coulait en prenant de faux airs de tristesse. L'Oncle, j'avais envie de l'embrasser, de le serrer contre moi. Aurait-il trouvé cela ridicule ?

Avant le sommeil, une douche serait la bienvenue. Je gravis la vis d'Archimède comme si je montais vers le ciel.

Quelques jours plus tard, le soir, alors que je rentrais du travail, je pris l'ascenseur en même temps qu'Eleanor. Son manteau bleu était simple et bien coupé. Son élégance ne pouvait être prise en défaut... « Ne se remarque pas dans le métro, se remarque dans un salon... », disait, je crois, le couturier Jacques Heim.

— Notre déjeuner du dimanche, sans vous, nous a semblé désert, dit-elle. Pour jouer aux quatre coins, il faut être cinq...

— J'étais moi-même bien désolé.
— Vous vous êtes absenté pour la bonne cause, Julien. Depuis l'arrivée de ces livres, l'Oncle ne quitte plus la bibliothèque. D'autres cartons sont arrivés hier.
— Ce fut une belle aventure.
— Depuis, l'Oncle vous appelle « l'Ange » ou « l'Ange là-haut ». Il est vrai qu'il me nomme « la Déesse »...

Nous étions maintenant à l'appartement. Alors que je tirais le rideau de l'escalier tournant, Eleanor me fit un reproche :

— Vous passez trop vite dans cette antichambre. Comme un ludion. Nous voudrions bien vous avoir plus souvent. Cela arrivera, j'en suis persuadée et d'avance heureuse. Je vous inviterai bientôt hors le dimanche...

Je me promettais une soirée agréable. Du pain, des rillettes, du vin et des biscuits m'attendaient. Pour les livres, j'avais fait une petite folie. Mon goût des textes s'accompagnait de celui des curiosités. Qu'une dame anglaise du XVIIe siècle, auteur de drames, s'appelât Mrs. Centlivre me ravissait et j'achetais un livre que je ne lirais pas. Je m'intéressais à ces poèmes didactiques de l'époque napoléonienne où l'on versifiait à tout va le potager ou la botanique, l'astronomie ou la vaccine, la bouillotte ou le baccara, ou encore les traités scatologiques sur la « crépitomanie » ou la « chézomanie ». J'y découvrais des énormités ravissantes. Ma petite folie dépensière, je la devais à Mrs. Ann Radcliffe dont on avait tout traduit en français, en ajoutant les apocryphes nombreux. J'avais trouvé toute une série reliée et je m'étais laissé tenter.

J'entrais dans le domaine du mystérieux et du terrible. Je parcourais les souterrains du vide et de la torture, moi qui déteste toute violence, comme si je découvrais éveillé l'univers du cauchemar.

Roland à qui je devais mon gîte, mais aussi Roland le fâcheux, Roland l'empoisonneur, surgissait toujours au moment le plus passionnant de mes lectures. Il n'y manqua pas ce soir-là. Adieu le livre !

Il plaça son visage près de la lampe de chevet et me dit :

— Tu peux me regarder, je n'ai pas honte...

— Honte de quoi ?

La réponse était sur ses traits. Son visage gonflé portait des ecchymoses, son œil droit était à demi fermé, sa peau tachée de sang, et il riait !

— La rançon du noble art, dit-il. Dix rounds. Et j'en ai pris plein la tronche.

— Tu fais de la boxe ! m'écriai-je.

— De la boxe, tous les sports et le droit. Étonné, choqué, l'esclave ! Il doit trouver ça très mauvais genre, comme dirait ma mère. Ce n'est pas à toi qu'il arrivera de prendre des coups, limace. Bien trop froussard. Tu lis et tu penses...

— Entre coq de combat et penseur, mon choix est fait.

— Peuh ! Tu ne penses qu'à toi et tu appelles cela penser.

— Si tu voyais ta tête !

Il tenta de rire de nouveau mais ce fut une grimace de douleur. Comme il portait une trousse pharmaceutique, je compris ce qu'il attendait de moi.

— J'aurais pu demander à ma sœur, mais je ne tiens pas à subir son air supérieur et sa mentalité d'infirmière.

— Je passerai donc ma vie à te réparer. Obéis ! Pose tes fesses sur la chaise devant le lavabo, et tais-toi !

— Surtout pas de mercurochrome sur ma figure. J'aurais l'air d'un clown.

— Mais... tu es un clown ! dis-je.

Le réfrigérateur me permit de préparer une poche de glace qu'il maintint sur son œil au beurre noir. Après avoir fait bouillir de l'eau, je lavai avec du coton hydrophile les parties saignantes. Puis je me servis d'alcool à 90°, ce qui le fit hurler.

— Douillet, en plus !

Mon nettoyage achevé, j'appliquai du sparadrap. Enfin, je lui massai le cou et le dos.

— *Asinus asinum fricat*, dit-il.

— Tapez-lui sur la figure et il parle latin!
— L'âne frotte l'âne, traduisit-il.
— J'avais compris. Le genre pages roses du dictionnaire.
— Et si tu m'offrais un verre?

J'avais de la limonade et du sirop de menthe. Il en but plusieurs verres. Sans m'en demander la permission, il s'allongea sur le lit, les mains croisées derrière la tête. Il m'apporta des explications que je ne demandais pas :

— Je comprends que tu prennes plaisir à lire. Tu aimes les plaisirs solitaires (je saisis une allusion) et c'est ton droit. Mais respecte les goûts des autres. Ce qu'il faut que tu saches, mon petit, c'est qu'il existe des sensations que ne donne pas la lecture. Un bouquin ne fait pas l'amour à ta place. Tu es ignorant de tout le reste...

— Les livres répondent à tout, même au sport : Montherlant, Paul Morand...

— Je connais. Celui-là quand il parle de la boxe, il fait son plus mauvais livre.

— Un copain de la librairie me parle d'Arthur Cravan, un poète surréaliste qui était boxeur.

— Je ne le connais pas. Il n'a pas dû gagner beaucoup de matchs...

— Comme un certain Roland le Terrible!

— Il est impossible de parler sérieusement avec toi. Je t'emmènerai dans une salle d'entraînement.

— Non, merci.

— Tu vois bien : tu es fermé. Tu ne vois que la bagarre, les coups, la brutalité. Moi, je connais d'autres sensations. Tu pénètres dans la salle. Ton odorat est le premier sollicité : la résine, la sueur, l'embrocation, de fortes senteurs. Et l'ouïe : on ne peut oublier le bruit rapide et régulier des poings de cuir frappant les sacs ou les punching-balls, les encouragements des entraîneurs, le souffle des boxeurs, les reniflements, les halètements, parfois un coup plus dur qui se prolonge en écho, le retentissement des sauts, le sifflement de la corde...

— Tout cela est des plus charmants. Tu peux ne

pas continuer. J'ai vu cela au cinéma parfois. *Gentleman Jim*, tu connais ?

— Raoul Walsh, avec Errol Flynn. Et je préfère *Nous avons gagné ce soir*...

— Cinéphile, en plus !

— Les origines de la boxe sont aristocratiques...

— Les origines seulement. Maître, et je m'adresse au futur avocat, votre plaidoyer est admirable, mais pas votre bobine.

Ces échanges l'amusaient. Il m'expliqua qu'il devait être plus américain que français, que j'appartenais à un peuple timoré. Nous ne serions jamais d'accord sur quoi que ce soit. Toutes mes opinions étaient de source livresque tandis que les siennes venaient de l'action. Il s'étira, fit jouer sa musculature et jeta cette question :

— Tu ne trouves pas que je suis beau ?

— Beau comme un paon. Oh ! pardon... Beau comme Adonis, Apollon, Antinoüs...

— N'est-ce pas ?

— Et pas prétentieux ou fat. Pas du tout. Oui, mais...

— Mais quoi ?

— Tu n'as pas de charme !

— Salaud ! J'entends encore Sa Grâce me dire : « Julien est plutôt bien de sa personne. Il a dû souffrir. Il a le charme des êtres blessés... »

— Sa Grâce ?

— Eleanor, c'est évident.

— Je suis flatté. Bon, tu peux filer. Je ne te fais pas d'ordonnance. Sinon d'oublier tes amoureuses pendant quelques jours. La créature de Frankenstein leur ferait peur.

Il me dit alors que j'étais jaloux. Si je le désirais, il pourrait me faire rencontrer des filles.

Je rétorquai que je n'avais pas besoin d'un entremetteur. Il me demanda ce que j'attendais. Je pourrais recevoir dans ma chambre. Eleanor ne voyait pas ces choses-là. Il dirait que des étudiantes venaient bûcher avec lui, comme d'habitude.

Je lui dis sans colère mon désintérêt pour ce genre

de sport, que je n'étais ni impuissant ni homosexuel, simplement j'avais mieux à faire. Sais-je pourquoi, je balbutiai :

— ... Je ne te l'ai pas dit, mais je suis veuf. Un veuf de mon âge, c'est inhabituel. Ne me parle plus des femmes. J'ai tiré un trait.

Il parut gêné. Pour le dissimuler, il haussa les épaules et dit que la vie reprenait toujours le dessus. En sortant, il ajouta :

— Merci. Tu es un frère...

J'eus une sorte d'élan vers lui, je me sentis envahi par quelque remords. Je retins un instant la porte et débitai d'un trait, d'une voix assourdie :

— Je ne suis pas vraiment veuf, c'est moi le mort.
— Tu es sinistre.

Qu'avais-je dit là ? L'influence du roman noir d'Ann Radcliffe ? Et pourtant, j'avais hâte de retrouver *Les Mystères d'Udolphe.*

Eleanor ne gravissait jamais la vis d'Archimède. Aussi fus-je surpris quand elle frappa à ma porte. Parmi mes manies, j'ai celle de l'ordre, de l'harmonie. J'avais garni pour moi seul un vase de tulipes. Elle commença une phrase en anglais, se ravisa et dit :

— C'est ravissant *chez vous !* J'ai pensé que ce serait ridicule de vous adresser un carton. Je viens vous inviter. Tous les mardis soir, je donne une réception, un six à huit qui se prolonge jusqu'à dix heures et plus. Rassurez-vous : je ne me prends pas pour Mme du Deffand ou Mme Geoffrin, ce n'est pas un salon littéraire, mais une simple partie entre amis intimes réunis par les mêmes goûts. Ces goûts, il est vrai, sont de toutes sortes. Une occasion de faire se rencontrer des gens. On parle beaucoup, on rit aussi. Accepteriez-vous d'être des nôtres ? Je ne veux pas que vous vous croyiez obligé. D'ailleurs, si vous vous ennuyez, vous filez à l'anglaise. Chacun fait cela.

— Ce serait... euh, ce sera avec plaisir. Je ne sais comment vous exprimer...

Ma réserve venait de ma tenue. Sans doute fallait-il s'habiller bien.

— Savez-vous que je ne suis pas tout à fait désintéressée ? poursuivit-elle. Olivia est trop isolée et rencontrer des personnes de qualité, pouvant apprécier ses talents, l'éveille comme la Belle au bois dormant. Quant à l'Oncle, je prends soin d'inviter des gens pouvant servir ses ambitions. Pour vous, Julien, j'ai ma petite idée derrière la tête. Vous verrez... Alors, la semaine prochaine, mardi ?

— Je viendrai.

— Six heures, sept heures... selon votre désir. Et ne venez pas qu'à un seul de mes mardis.

Je pensai aux *Mardis* de Mallarmé. Ainsi Eleanor ne répudiait-elle pas la mondanité.

Cette fois, je devais vraiment me vêtir. Or acheter un costume était pour moi un supplice. Je me sentais ridicule. Je ne savais fixer mon choix. Je détestais les essayages avec ces tailleurs, leur pelote à épingles fixée au bras et qui tournent autour de vous comme des guêpes, et ce rite de se redresser, de tourner, d'écarter les jambes. Je me sentais comme une marionnette, un mannequin de bois. Je choisis un magasin de la rue Monsieur-le-Prince où l'on faisait la demi-mesure. Mes craintes disparurent. Le tailleur avait le même âge que moi et il n'était pas obséquieux. Il me conseilla un complet croisé en serge brune tout uni qui, selon ses paroles, convenait à la ville et au soir. Ce costume, après quelques retouches, serait prêt le surlendemain.

Sur ma lancée, j'achetai des chemises et des boutons de manchettes, des chaussures noires et des chaussettes unies. Je continuai par une planche et un fer à repasser, un produit contre les taches et un nécessaire de couture. Je m'installais de plus en plus. Vivrais-je longtemps sur cette terrasse ? Il me semblait qu'il en serait toujours ainsi, comme si rien ne pouvait modifier le cours de ma vie.

Ma situation financière s'était améliorée. Je n'étais ni avare ni économe mais, quand je fis ces dépenses, j'eus l'impression que je volais de l'argent aux livres, à tous ceux que je prévoyais d'acheter.

Lorsque je revêtis mes nouveaux vêtements,

devant le miroir, je me fis l'effet d'être un singe habillé, puis l'impression fâcheuse s'estompa : après un nouvel examen, je me jugeai sinon élégant, du moins convenable. Je préparais déjà des réponses aux sarcasmes du nommé Roland.

« Je sais bien qu'avant que d'entrer dans le détail des conversations que j'ai eues avec la Marquise, je serais en droit de vous décrire le château où elle était allée passer l'automne. On a souvent décrit des châteaux pour de moindres occasions; mais je vous ferai grâce sur cela... »

Pourquoi ces phrases de Fontenelle chantaient-elle en moi quand j'entrai dans le domaine — je devrais dire le salon — d'Eleanor ? Peut-être parce que cette rhétorique légère du XVIIe siècle s'accordait au génie du lieu. Étais-je embarrassé ou prenais-je un air trop sûr de moi, je ne le sais plus. La plupart des invités étaient déjà arrivés. Eleanor me reçut comme l'un d'entre eux, à qui, parce que nouveau venu dans la société, on accorde une attention particulière. Elle me présentait à chacun en trouvant chaque fois une nouvelle formule :

— Voici Julien Noir qui vit avec nous... Julien, le meilleur ami de mon fils Roland... Julien Noir, un dénicheur de vieux livres... Venez que je vous présente Julien...

Elle nommait tant de personnes que je ne pouvais retenir les noms. Nous allions ainsi de groupe en groupe. Des saluts, indifférents ou intéressés, s'échangeaient. Je fus impressionné car se trouvaient là l'ambassadeur des États-Unis et une cantatrice américaine célèbre. Comment décrire tous les aspects, tous les propos échangés alors que la conversation se distribuait entre tant d'assemblées et qu'il ne m'était pas possible de tout suivre, de tout entendre ? Par les propos que je saisis à la volée, il m'apparut que les invités, dans leur majorité, ne semblaient avoir d'autres préoccupations que celles des concerts, des opéras, des ballets, des expositions. Leur vie était-elle composée des seuls temps de loisir ? Je m'approchai d'un groupe où l'on parlait des nouveautés romanesques. Un jeune romancier passait en revue toute cette production éditoriale en donnant sur chaque livre, chaque auteur, une opinion nette et tranchée. Comment avait-il pu lire autant de pages ? Je croyais qu'on ne pouvait parler d'une œuvre sans la bien connaître. Un peintre de la nouvelle abstraction voulait parvenir au dépouillement total, à la toile blanche, mais il n'était pas encore prêt.

Me pardonnera-t-on ces poncifs ? Je ne savais pas que certains propos, pour moi inédits, relevaient de la caricature. Dans ce mélange de gens et de genres, le bon l'emportait sur le passable, je m'en apercevrais bientôt. Deux extras faisaient circuler verres et assiettes. Eleanor se multipliait. Cette fois, Olivia ne l'aidait en rien. La jeune fille portait une robe de soie noire serrée à la taille, ce qui mettait ses formes en valeur. L'élégance que je supposais cachée derrière ses habits informes habituels n'existait pas. Les hauts talons dont elle n'avait pas l'habitude lui donnaient une démarche empruntée. Elle paraissait désemparée comme un animal sauvage qu'on aurait mis en cage. Je me portais vers elle quand elle me tourna la tête et alla s'asseoir sur un coin de canapé, les genoux serrés, les pieds en dedans et les mains croisées devant elle comme une nonne.

Je tenais une flûte de champagne à la main non pour la soif mais pour garder une bonne tenue. Un de ces messieurs élégants dont on dit qu'ils ne font pas leur âge me prit le coude et m'entraîna vers un canapé dans la bibliothèque d'Oncle dont on avait déplié les quatre portes pour gagner de l'espace.

— Venez, jeune homme, nous allons papoter. Vous me direz quels sont vos goûts.

Ne sachant que dire, je lui parlai de ma dernière lecture. Alors il s'exclama :

— Radcliffe, mais c'est tout ce que j'aime ! Ah ! le roman gothique, les châteaux hantés, la terreur...

Dès lors, je n'eus qu'à écouter. Comment, je n'avais pas lu Walpole ! J'aurais dû commencer par lui. Et Beckford, Potocki, Poe, Mary Shelley...

— Il nous manque une histoire du roman fantastique. Peut-être l'écrirai-je. Depuis les origines lointaines, et je n'oublierai pas les plus proches comme Lovecraft que les Américains toujours en avance pour tout ont mis tant de temps à découvrir. Comme Poe, il a fallu qu'il passe par la France. Comme Borges aussi qui doit tant à Caillois, mais lui est argentin — quoique, voyez-vous, l'Argentine, je la tiens pour un pays d'Europe. Qu'importe la géographie ! Jules Verne, la science-fiction, c'est autre chose, mais l'*heroic fantasy* est nourrie de fantastique. Cassou adore ça. Et connaissez-vous les romans de Brion, de Schneider, Marcel bien entendu ?

Cet homme m'était fort sympathique. Il exagérait ses manies d'esthète, les poussait au paroxysme, prenait un accent oxfordien en français, grimaçait comme un pédant pour se moquer de lui-même sans rien renier de sa personnalité. Plus tard, je l'entendis parler de musique avec feu et dire son désaccord :

— Je vous assure, Paul, ce violoniste n'est pas le phénix des hôtes de ces bois que vous dites. Il a une telle révérence pour Bach que cela le paralyse. Il oublie ce qu'il reste de Corelli et de Vivaldi dans ses concertos.

— Son exécution est magistrale.

— Voilà le mot : magistrale. Oui, il est magistral et guindé. Il ne sert pas le compositeur, il est à sa botte.

— Nous ne serons jamais d'accord.

— C'est pourquoi nous nous entendons si bien.

Ils en rirent et je pensai que c'était cela, la civilisation. Eleanor vint vers moi accompagnée d'une jeune fille.

— Julien, voilà Cecily. Elle nous vient de New York. Son père dirige Ford dans plusieurs États. Elle découvre Paris. C'est notre petite débutante...

En quoi débutait-elle ? Je pensai : « Bal des débutantes ». Eleanor lui parla du dénommé Julien Noir dans leur langue. Je compris que j'étais un « littéraire » et que je travaillais chez un grand éditeur. A chaque phrase, Cecily me regardait de ses beaux yeux verts en disant : « *Really ?* » Eleanor nous quitta. Les jeunes avec les jeunes, devait-elle penser. Le français de Cecily était aussi mauvais que mon anglais, lequel n'avait guère d'existence. Je n'aurais jamais le don des langues, sinon pour commander un petit déjeuner, dire bonjour ou remercier, et j'avais trop peur de trahir ma propre langue pour insulter celle de Shakespeare.

La conversation avec cette demoiselle si saine, si propre, si belle fut une sorte de bouillie ou de gélatine ponctuée par ses exclamations. Sans comprendre, elle trouvait tout extraordinaire ou inimaginable, comme les jeunes gens appellent « génial » n'importe quoi aujourd'hui. Lassé de ces épithètes, je lui dis qu'elle était ravissante, exquise, qu'elle serait bientôt la coqueluche de Paris et j'entendis encore : « *Really ?* »

Merci, Roland, merci de me tirer de ce mauvais pas. Il venait juste d'arriver et ne resterait pas longtemps. Il déshabilla du regard la jeune Américaine, sa compatriote, m'adressa un clin d'œil et me dit à l'oreille : « Toi, avec les filles... » et d'autorité, il lui prit la main et s'éloigna avec elle. Vive l'Amérique !

Le souvenir que je garde de cette soirée se mêle à ceux de dizaines de réunions semblables. Je dois mélanger mes souvenirs de l'une et de l'autre. J'allais de groupe en groupe, parmi les têtes bien faites et les têtes bien pleines. Je glanais des bruits, des mots, des phrases dont j'ignorais le commencement et dont je ne saurais pas la fin. Cela donnait les pièces d'un patchwork, les éléments d'un festival du non-sens, et, me croira-t-on, je me sentais bien et sans le moindre esprit critique. A chacun de ses passages, Eleanor m'éclairait de son sourire, de ses mouvements de corps, de ses gestes élégants, d'une manière mondaine de montrer à chacun combien importait sa présence. J'entends encore le bruit des verres, les froissements de tissu, les pas, et cette musique incessante des paroles, un triomphe de l'inachevé, du fugace, comme si la bombe atomique tant redoutée avait éparpillé les mots. Puis-je reconstituer ces courts éclats, comme des éclats de verre qui tintaient dans mes oreilles ? Je le tente :

Hormis la musique, la danse et la poésie... La Peste, La Nausée, soit ! Quant à leur philosophie... Lifar, toujours Lifar... Alors, Léon-Paul lui a dit... Non merci, plus de pâtisseries, je tiens à ma ligne... Son Ode à Kathleen Ferrier... Non, c'était en 1922, pas en 1923... Oui, en famille, au Lavandou... Il a pris de la bouteille... Chez Bosquet, avec Cioran et Malaquais... Si, vous savez bien... Le petit père des peuples... Je ne lis jamais les livres primés... Sa tante a connu la reine Amélie... C'est lui qui a fait connaître Pessoa en France... Emily Dickinson, il y a belle lurette... Une auto, c'est fait pour aller de la gare au château... Ce que vous êtes snob !... Après cette défaite, plus rien ne sera jamais pareil... Cette chute de reins !... Je préfère me taire... Au Bateau-Lavoir... Dans le contexte de l'économie mondiale... Pour une bouchée de pain... Tout commence toujours par les Balkans... On applaudit n'importe quoi... Chère, chère Eleanor... J'avais pris un de ces fous rires et impossible de...

Je me sentais étranger. J'avais hâte de retrouver mon terrier, ma solitude, mon silence, de n'écouter qu'une seule voix, celle d'un livre. En même temps, ce paradoxe : je ne pouvais m'arracher à ces jeux. Je naviguai jusqu'à l'Oncle, assis sur sa chaise qu'il avait déplacée, devant la porte de sa bibliothèque. Il tenait sa canne entre ses jambes et appuyait son menton sur le pommeau que dissimulait sa barbe de chèvre. Il conversait avec quelqu'un de plus âgé que lui, mais ingambe et fort, et qui s'exprimait avec ardeur. Je fus désolé de les interrompre. L'Oncle dit :

— C'est Julien, mon... neveu. Il est prospecteur de livres. Voyez ces piles... C'est lui l'inventeur. Du pétrole pour mes lampes ! Julien, ce monsieur, c'est André Spire.

Je fis « Ah ! » comme si je le connaissais et une main ferme serra la mienne. Je m'éloignai un peu et j'écoutai :

— Non, cher Mihoslav (il s'était donné la peine de se rappeler son prénom, observai-je), non, je ne renie pas des siècles de poésie, mais je dis que le nôtre ne doit pas dépendre de règles, arbitraires comme toutes les règles, mais de la prononciation courante.

— Mon ami, mon ami, répondit l'Oncle, plus habile pour l'écriture que pour la parole, si je vous dis : « *Le jour n'est pas plus pur que le fond de mon cœur...* »

— Alors, vous allez dans mon sens. Ce vers est admirable parce qu'il est naturel, ne contient pas de pièges. On pourrait le glisser dans la conversation sans prendre le ton horripilant de la Comédie-Française. Le vers doit s'écrire comme on le prononce. Qu'importe qu'il ait un pied de trop ou de moins...

— Les grands rhétoriqueurs du XIVe siècle...

— ... Ont eu leur mérite. Il fallait passer par ces jeux. En même temps, ils ont su parler de la vie courante. Ils ont ouvert la voie à Villon. On m'a reproché de faire entrer le métro ou la porte Maillot dans mes poèmes. Je suis dans la vie. Tant pis pour les parfumeurs, les muscadins et les cuistres !

— Nous en reparlerons, dit l'Oncle.

André Spire. Je me souvins : Eleanor avait rencontré l'Oncle chez lui. Plus tard, je le connaîtrais mieux, mais voilà qu'il saluait la maîtresse de maison et nous quittait. Parce que l'Oncle était assis, qu'il paraissait las, les invités se succédaient auprès de lui pour quelques échanges. Je remarquai un monsieur fort grand, maigre et osseux, au nez busqué, un air d'autorité sur le visage. Il dit à l'Oncle :

— Je ne peux rien vous apporter de concret. Votre dossier est au Rectorat. Il est sous le coude, je vous assure, sous le coude...

Je compris qu'il s'agissait des ambitions de l'Oncle côté Sorbonne. « Sous le coude... » Cette expression me parut fâcheuse, peu propice à un bon résultat. Et j'entendis l'Oncle qui murmurait lui aussi : « Sous le coude... »

Eleanor était allée chercher Olivia. Après un semblant de résistance, la jeune fille fut conduite vers la grande cantatrice. Elles conversèrent en anglais. J'assistai à une lente métamorphose due à chaque mot prononcé par son interlocutrice. Elle se tenait mieux. Ses gestes étaient gracieux. Son visage prenait de la couleur, ses yeux du brillant. Le dialogue se prolongea. Toutes les deux souriaient et leurs sourires se transformaient en rires. Elles quittèrent l'assemblée, prirent le couloir. Je ne pus refréner ma curiosité. Elles entrèrent dans la chambre d'Olivia, la chambre interdite dont la porte devait être capitonnée car je les entendais à peine et n'osais trop m'approcher : espionner n'est pas mon fort.

J'entendis le piano, le début d'une mélodie ou d'un air d'opéra. Le chant me parut imparfait. Puis ce fut une autre voix : celle de la cantatrice que je connaissais pour l'avoir entendue chanter l'*Orphée* de Gluck. Puis de nouveau Olivia : quel contraste ! La cantatrice la reprenait, chantait à son tour, lui donnait un exemple de ton, de modulation, elle devenait maître de chant. Je m'éloignai. Quand elles réapparurent, Olivia parla contre l'oreille de sa mère qui lui répondit :

— J'en suis heureuse pour toi, ma chérie.

J'en conclus qu'Olivia avait pris rendez-vous avec la célèbre dame. Tant mieux pour elle ! Olivia m'inspirait toujours une vague pitié.

Le vestiaire était installé sur le palier. Avec ces arrivées et ces départs, la préposée ne cessait d'être sollicitée. La porte s'ouvrait, se refermait. Eleanor se précipitait vers les nouveaux venus. Je commençais à regarder du côté de la vis d'Archimède pour regagner mon gîte quand Eleanor vint vers moi.

— Je vous ai préparé ma surprise. Je vais vous faire connaître quelqu'un qui travaille dans la même maison que vous. Le jeune homme, là-bas, près de la deuxième fenêtre.

Je regardai. Je ne connaissais pas cette personne. Son interlocuteur était un homme plus âgé. Lorsque Eleanor s'approcha, ils se tournèrent vers elle.

— Alexandre, dit-elle au plus jeune, connaissez-vous Julien qui vit avec nous, Julien Noir ? Julien, c'est M. Alexandre Guersaint. Vous devez avoir des choses à vous dire...

Comment lui expliquer qu'elle se trompait ? Elle s'était déjà éloignée.

— Jean Paulhan, dit M. Guersaint au plus âgé, je vous présente Julien Noir.

Je rougis. Jean Paulhan qu'on appelait l'éminence grise de la littérature, qui dirigeait cette grande revue au titre bégayant : *Nouvelle Nouvelle Revue française !* J'aurais voulu rentrer sous terre ou m'envoler. Ne lui avais-je pas adressé un texte sur les préromantiques !

— Je vous connais, dit-il, j'ai reçu un texte de vous. Assez curieux et rare. Mais nous ne le publierons pas. Vous n'êtes pas dans la ligne de mire de la revue.

Et il s'en alla. Je restai seul avec M. Guersaint. Celui-ci me sourit, fit un geste désinvolte avec sa cigarette comme pour me signifier que tout cela n'était pas grave.

— Moi aussi, je sais qui vous êtes. L'homme qui fait le courrier de la librairie...

— Et les factures.

— Je suis à la maison d'édition. C'est pourquoi nous ne nous sommes jamais rencontrés. Je vous dirai ce que je sais de vous mais, auparavant, laissez-moi aller chercher un verre.

J'eus tout loisir de l'observer. De bonne taille, son maintien me fit penser à celui d'un maître de haute école habitué à se tenir droit sur son cheval. Il regardait le haut de votre tête comme si quelqu'un de plus grand se tenait derrière et qu'il fût plus intéressant que vous.

Cette hauteur restait sans affectation. Conscient de sa valeur, perdait-il parfois son sérieux ? Brun, son visage évoquait de la noblesse et de la mélancolie, quelque distance avec le monde, un soupçon d'ironie, sans doute à son propre endroit ou aux choses de la vie qu'il jugeait insignifiantes. Lorsqu'il revint vers moi, je découvris en lui quelque chose de vaguement exotique et que je n'ai jamais su définir. Lorsque je le connaîtrais mieux, je verrais que mon aperçu n'était pas si mauvais. Mais voilà que je jouais au psychologue... Eleanor avait-elle regardé ses mains ?

— Nous sommes donc sur le même bateau, dit-il.

Je songeai qu'il était au poste de commandement et moi dans les soutes.

— Pas tout à fait.

— M. Boisselier me demande de signer le courrier de la librairie. Je lis donc vos lettres. Vous écrivez assez bien, quoique... mais nous en reparlerons. Je connais votre désir de travailler à l'édition. Les candidats sont plus nombreux que les places...

Il me confia qu'il était surchargé de travail, qu'il s'attardait le soir à son bureau. Vu de l'extérieur, l'édition paraît un monde à part où l'on se voue aux tâches les plus nobles. Or la plus grande partie des activités est composée de corvées subalternes. Il s'occupait d'un peu tout : la presse, la publicité, la lecture de manuscrits, les réunions chez « le Grand » (lui aussi appelait le président ainsi), les catalogues, les textes de présentation des livres... Il aspirait à la direction littéraire. Il cherchait un collaborateur pour le soulager de certains travaux. M. Boisselier avait mentionné mon nom en ajoutant que j'étais parfait à mon poste.

— Avant notre rencontre de ce soir, je n'étais pas enthousiaste, je l'avoue. Mais le milieu auquel vous appartenez (merci Eleanor, merci Roland !) ajoute des éléments en votre faveur. Votre oncle (merci Oncle !) vous apprécie. Si, quelque jour, vous nous rejoignez, il faudra vous parfaire.

— Je m'adapte assez vite.

Son sourire m'indiqua que je venais de prononcer des paroles attendues. Parfois l'intelligence qui me ravit m'indispose : quand elle met au jour mes faiblesses.

— Quand je lis vos lettres, je suis amusé.

— Sont-elles si drôles ?

— Le sujet ne s'y prête pas. Si vous donnez des indications sur un livre, au lieu de vous en tenir à l'essentiel, de donner au client le désir d'en apprendre davantage, vous racontez tout, vous donnez des indications inutiles pour le plaisir de faire des effets. Vous écrivez en vous regardant écrire ou en souhaitant qu'on regarde par-dessus votre épaule pour vous admirer. En fait, vous écrivez pour M. Boisselier afin qu'il vous distingue. Et ce n'est que moi qui signe les lettres...

— J'avoue que...

— N'avouez jamais ! Laissez planer un doute. Donc, je disais : vous manquez de concision, la phrase est correcte, mais j'attends le cliché comme une souris le fromage. Et il est toujours présent au rendez-vous.

Après la rebuffade de M. Jean Paulhan, je ne me sentais pas à l'aise. Le sens de la réplique que me reconnaissait Roland me manquait. Cette place à l'édition, y tenais-je encore ?

— Je joue au juge, dit-il, mais c'est mon métier qui le veut. Les relations avec nos auteurs, si parés de titres universitaires et autres, ne sont pas plus faciles. Je vous mets en garde avec des exemples concrets. Votre expression préférée : « Cet ouvrage comble une lacune... », ils l'emploient tous comme vous. Et je me dis que, depuis le temps qu'on « comble des lacunes », ces dernières ont la vie tenace...

Il me fit la grâce d'un léger sourire où entrait de la complicité.

— ... Une autre de vos expressions (vous voyez que je vous lis bien) revient toujours : « L'auteur, après s'être penché sur... » Ces auteurs, à force de se pencher vont finir par se casser la figure.

— Je vous remercie pour la mercuriale (j'étais assez satisfait d'employer ce mot) mais pourquoi ne pas me l'avoir dit ?

— Dans une correspondance somme toute commerciale, cela peut passer. Dans un texte éditorial, une « prière d'insérer », une quatrième de couverture, ce serait fâcheux. Pardon de vous dire tout cela, d'autant que vous êtes mon aîné. Je ne passe pas pour indulgent. Ni envers les autres, ni envers moi.

Étais-je vexé ? Oui, je l'avoue. Eleanor nous effleura de son sourire et demanda :

— Tout va bien entre vous ?
— On ne peut mieux, dit M. Alexandre Guersaint, puis il s'adressa de nouveau à moi : Maintenant parlons plus sérieusement : quels sont vos diplômes ?

Quel embarras ! J'évoquai, sans m'étendre sur les difficultés de mon enfance, mon éducation par un « bon Père » (cela me semblait plus gratifiant que curé de village), mes études personnelles. Je n'avais pas envie de parler de ma période lorraine. J'inventai un secrétariat particulier assez mystérieux, me souvins d'avoir été secrétaire d'une filiale locale de la société Guillaume Budé alors que je me contentais de distribuer des pancartes chez les commerçants pour annoncer les conférences. Mais, Budé, l'humanisme et les humanités, cela rassure.

— Je dois être franc, ajoutai-je. J'ai passé deux examens et je suis arrivé en tête. Mais c'était à l'armée tout de suite après la Libération. Un concours pour la grande école militaire que vous savez. Je n'avais pas l'intention de devenir officier, de faire une carrière, mais c'était un prétexte pour qu'on me laissât bûcher à la caserne. Pour conclure : je n'ai aucun diplôme.

Ma franchise lui plut. Il répondit par la sienne :
— Je tiens à vous avoir avec moi. Cela ne va pas être facile. « Le Grand » aime s'entourer de gens sortant des grandes écoles. Cela le flatte. Je devrai me porter garant de vous. On a confiance en moi.
— Ma reconnaissance...
— Rien n'est fait, dit-il, il vous faudra attendre.

« Un patron est un marchand d'espoirs. » Où avais-je entendu cette phrase ? Et « espoirs » voulait dire « fausses promesses ». Nous nous séparâmes. M. Guersaint avait une curieuse façon de serrer la main, l'attirant vers lui et la repoussant comme pour exprimer sympathie et distance.

Je ne m'endormis qu'au petit matin. Je revivais par la pensée cette soirée, la tête pleine de portraits et de mots. Je me sentais exalté et découragé, passionné et insignifiant, cela par vagues successives aux couleurs grises ou noires. La vanité de mes ambitions m'apparaissait. Poussière parmi les poussières, rien dans le rien, le vide... Et cette idée d'absence de libre arbitre ! Je jouais mal un rôle à contre-emploi.

De l'effet, je remontai à la cause : l'abandon, Elle que je ne voulais pas nommer. J'aurais dû me trouver ailleurs. Avais-je jamais pris la moindre décision ? Ma vie ne s'accomplissait-elle pas sans moi ? La nuit m'écrasait de son poids, l'insomnie m'était supplice.

J'avais connu de telles atteintes morales que je les envisageais comme un vaccin. Que pouvaient me faire, après la blessure béante, les égratignures de la vie ? Je n'imaginais pas que de petites douleurs pouvaient se superposer à la Douleur.

Demain, le jour, la clarté. Les démons de la nuit disparaîtraient. Eleanor, le sourire d'Eleanor. Olivia, la princesse lointaine qu'une rencontre transformait. Roland séduisant la débutante. L'Oncle, exilé, vieilli, et toujours espérant. Mlle Lavoix, sa vie grise et sa foi politique. Des êtres pour qui j'existais. Demain, le jour, la clarté... *Va où il y a des livres...* Était-ce le bon chemin ?

Six

Dans la course du temps, même si mes jours furent parsemés de faits notables, de la matière vivante de mes souvenirs, rien ne changea le cours de mon existence. Du lundi au vendredi soir (je ne travaillais plus le samedi au magasin où l'on prenait des stagiaires), je tapais à la machine factures et *mémoires*, ce mot qui, appliqué à la comptabilité, me semblait déplacé. J'ajoutais toujours à ces « œuvres » qu'elles étaient « sincères et véritables et arrêtées à la somme de... ». Pour la correspondance, je tenais compte des critiques de M. Alexandre Guersaint. Il devait penser : « Soldat, je suis content de vous ! »

Le samedi, je lisais au lit toute la matinée. L'après-midi, je visitais les bouquinistes, partout, même sur les quais où on ne trouvait pas grand-chose. Sous les arcades du théâtre de l'Odéon, les boîtes de la librairie Flammarion disparaissaient. Mon gîte était envahi par les livres. Après lecture, je ne me séparais jamais d'eux. J'allais de cinéma en cinéma jusqu'à l'ultime séance. Je fréquentais le Midi-Minuit où l'on donnait dans le film fantastique ou terrifiant, toutes les salles autour de la rue Champollion où les films étaient choisis non pour leur actualité mais pour ce qu'ils avaient de durable. Je lisais une histoire du cinéma, des monographies consacrées aux metteurs en scène. Je n'oubliais ni le restaurant Julien ni le Dupont-Latin ou des terrasses diverses selon le soleil. J'allais lire sur les bancs des jardins du Luxembourg, le « Luco » comme on disait.

Je pensais à la maison d'édition. Comme j'aurais aimé travailler là où on rencontre les auteurs, là où naissent les livres! Je téléphonais à M. Guersaint qu'on ne le voyait plus aux soirées d'Eleanor. Le dialogue, toujours le même, se terminait par ces phrases :

— Mais si, je pense à vous, monsieur Noir. Mais M. Mounin ne veut pas vous lâcher et M. Boisselier le soutient. On pourrait appeler votre cas : « Des inconvénients de bien exécuter un travail. » Ne perdez pas espoir.

Ainsi, j'étais comme le dossier de l'Oncle « sous le coude ». Ce coude se lèverait-il jamais?

Le repas familial du dimanche était un rite. Je dis « familial » car je faisais partie de la famille. J'étais presque comme le troisième enfant d'Eleanor, un garçon adopté. Quant aux soirées du mardi, elles étaient si variées, si dissemblables par leur assistance renouvelée que chacune d'elles, si j'avais tenu un journal intime, aurait été la matière de nombreuses pages. Depuis que j'avais reçu la douche froide de M. Paulhan, je n'écrivais plus de textes, de poèmes, et m'en passais fort bien.

Eleanor voyageait. Elle se déplaça en France pour visiter les trésors des musées de province. Elle parcourut l'Europe pour des expositions consacrées à ses peintres, ceux dont elle traitait dans sa patiente étude. Elle se rendit aux États-Unis. Sa mère, atteinte d'hypocondrie, croyait à sa fin prochaine et une visite de sa fille agissait comme un placebo, mettant fin à ses maux imaginaires. Seule une vraie maladie aurait pu l'en guérir. Cette dame ne comprenait pas que sa fille vécût dans cette France emplie de microbes. Heureusement pour moi, Eleanor ne songeait pas à quitter la rue Gay-Lussac.

Le valeureux Roland, délaissant ses conquêtes, s'était mis à bûcher. Il en oubliait de me rendre visite pour que nous échangions des traits d'esprit. Il réussit ses examens de droit. Je fus convié à un repas à

La Coupole en compagnie de ses condisciples et de professeurs de droit comme Maurice Duverger et Raymond Barre. Ce dernier avait mon âge et on disait son avenir prometteur. Le repas fut animé, joyeux et bien arrosé. Ces gens étaient drôles et aimables alors que leur discipline les prédisposaient à la gravité. Une ombre au tableau : Roland envisageait d'effectuer un stage d'un an en Amérique dans le cabinet d'avocats que dirigeait le second mari de sa grand-mère.

Aux succès de Roland répondirent les échecs d'Olivia. Ces jumeaux étaient comme deux pôles, l'un positif, l'autre négatif. Je supposais pourtant qu'Olivia réunissait plus de qualités que son frère. Pour m'indiquer les causes du délabrement moral de sa fille, expliquer son laisser-aller, sa mélancolie maladive, son éloignement, son mutisme, Eleanor se confia à moi, avec discrétion. Un professeur de chant, sur le conseil de la cantatrice américaine, lui avait donné des leçons. Le résultat avait été désastreux : elle manquait de voix, de souffle, elle toussait et ne retenait pas les airs. Elle fut découragée. Pour l'autre art qu'elle pratiquait, avec talent selon Eleanor, la peinture, elle connut la désillusion. Deux galeries s'engagèrent, puis se rétractèrent. Olivia accusa leur manque de jugement et leur esprit mercantile : ils proposaient la location de leurs cimaises à des prix prohibitifs. Eleanor offrit de s'en occuper, mais Olivia fut inflexible et refusa cette humiliation. Elle alla jusqu'à rendre la France timorée responsable de son absence de réussite et affirma qu'on ne pouvait rien faire dans ce pays qui n'était plus à la pointe des grands mouvements.

L'Oncle n'était pas malheureux sur la planète où il vivait. S'il était chahuté à son collège, il s'en moquait. Il travaillait, travaillait sans cesse, me parlait de ses analyses, de ses vues nouvelles, de ses élucidations, de ses découvertes. Il arrondissait ses bras et disait : « J'embrasse dix siècles de beauté ! » En fait, je crois qu'il se dispersait et ne possédait aucun esprit de synthèse. Il ne divisait pas la difficulté en autant de parties qu'il se doit, mais la multipliait. Souvent, le soir, je le rejoignais, je buvais (un peu trop) avec lui et nous fumions des bouffardes dont la fumée se mêlait. Il me lisait des pages que je ne comprenais guère. Ses écrits, comme ses propos, me paraissaient confus. Atteint d'une maladie des yeux, Eleanor le conduisit chez un des meilleurs ophtalmologistes. Il fut envisagé une opération à risques. L'Oncle ne manifesta pas d'étonnement. Il refusa toute intervention. Il annonça avec grandiloquence que si l'éclairage du dehors était défaillant, il lui restait la lumière du dedans. Lorsque, au déjeuner du dimanche, il multipliait les maladresses, laissait échapper sa fourchette ou renversait son verre, nous échangions, Eleanor et moi, un regard attristé.

Valensole, l'amateur de géographie dont les traits du visage rappelaient un portrait de Jules Michelet, n'avait qu'une idée restreinte de ce qui le passionnait. Sa conception ne s'étendait pas aux données historiques, politiques, économiques ou sociales de cette discipline qui, après des années de retard, accomplissait des progrès. Ses préoccupations consistaient à connaître la hauteur des montagnes, la longueur des fleuves, les noms des capitales des États. Cela ne l'empêchait pas, une mappemonde étalée sur une planche, de rectifier les frontières selon des critères mystérieux et d'inventer son Yalta personnel. Il entrait dans notre bureau et, comme si sa vie en dépendait, il s'écriait :
— Savez-vous quelle est la capitale de l'Alabama ?
— On s'en tape ! répondait Mlle Lavoix.
— Tous des ignares !

Selon son habitude, Mlle Lavoix déclarait : « C'est une andouille ! » Pour les personnes qui me logeaient et qui excitaient sa curiosité, elle disait : « Ces gens-là. »
— Ces gens-là, de quoi vivent-ils ?
— Je n'en sais rien.
— Des riches ?

— Je crois...
— Des oisifs, quoi! Inutiles à la société. Croyez-moi, il y a du louche, là-dessous. Ah! si un garçon cultivé comme vous pouvait ouvrir les yeux! Je vous verrais bien à l'école des cadres rouges...
— Je préférerais le Cadre noir, celui de Saumur.
— Toujours à faire le malin, hein?

Ses idées, je les respectais et elle le savait. Sa bonne foi se transformait en foi et elle devenait sectaire. Quelle intuition me dictait que sa voie n'était pas la bonne?

— ... Et cet Oncle à la noix, pourquoi ne retourne-t-il pas dans l'Est? Il serait plus heureux qu'ici. Là-bas, on reconnaît les mérites des savants...

Comme les journées de travail sont longues, que M. Leconte ne pensait qu'à ses tâches, elle était ma seule interlocutrice. Les vendeurs montaient rarement me voir. Quand cela arrivait, je faisais leur éloge et c'était celui de la diversité des êtres et de leurs goûts. Mais Mlle Lavoix se contentait de grincer: « Tous des larbins! », à quoi je répondais: « Et pas nous? » Non, pas elle car elle vivait en état de révolte. Quant à moi, elle se posait des questions: je devais lui dissimuler quelque secret honteux, comme si j'étais un malfaiteur en fuite ou un évadé de prison. Parfois, je restais silencieux, elle me le reprochait et je déclamais: « Je me retire dans mes pensées comme dans mes appartements! » Elle disait: « Quel œuf! » et je sentais qu'elle plaçait l'œuf, dans sa hiérarchie, plus haut que l'andouille.

S'il m'arrivait, à un des mardis d'Eleanor, de rencontrer une personnalité dont elle connaissait le nom, je lui en traçais le portrait. Elle se référait au peu qu'elle savait de lui et finissait toujours par demander quelle avait été son attitude pendant la guerre. Ainsi vint le jour où je pus lui parler d'un de ceux qu'elle habillait de majuscules.

— Un communiste, comme vous. Cherchez...

Non, ce n'était pas Maurice Thorez, le fils du peuple, ni Jacques Duclos, le petit pâtissier, c'était, c'était...

— ... Aragon !

Elle en resta le souffle coupé. Comme si j'avais rencontré Dieu.

— C'est pas une blague, Aragon. — Et, pour me poser une colle : Avec sa femme ?

— Elsa Triolet, oui.

— Ils ne t'ont pas parlé, quand même !

— Si ! et je leur ai répondu.

Elle finit par me croire et je grandis dans son estime. La vieille histoire de l'homme qui a vu l'homme qui a vu l'ours.

— En fait, dis-je, je n'ai pas beaucoup conversé avec Aragon. Tout le monde était rassemblé autour de lui. Il parlait debout. Elsa était assise et jouait avec son collier de perles. Elle était la seule à ne pas l'écouter. Ou alors elle le cachait bien.

— Il a parlé de la politique, du Parti ?

— Bien sûr que non. Il a parlé de littérature, de ses démêlés avec des tas d'écrivains, Drieu La Rochelle, Breton, Paulhan. Il a aussi discuté de jeunes poètes, des *Lettres françaises*... Ah oui ! aussi de Sartre et de Camus. Je ne sais quoi encore. Il a parlé pendant des dizaines de minutes. Il a une voix extraordinaire. Comme un acteur d'autrefois, en articulant. Je pourrais l'imiter...

Ce que je fis en le caricaturant. Mlle Lavoix haussa les épaules :

— Vous me racontez des craques. D'ailleurs, je ne crois pas la moitié de vos histoires.

— Mais je n'en dis pas de mal. Vous pensez ! L'auteur d'*Aurélien* ! J'étais béat d'admiration.

— Il t'a dit quelque chose ?

— Il m'a demandé si j'écrivais. Dans l'affirmative, je devrais lui envoyer quelque chose pour son hebdomadaire. J'ai répondu que je savais lire mais pas écrire.

— Petit malin ! Il a dû penser : quel crétin !

— Ou il n'a rien pensé du tout. Il a une personnalité, une présence. Comme une gomme qui effacerait tout ce qui l'entoure.

Mlle Lavoix était fascinée. Maintenant, elle me

croyait. J'avais côtoyé le monstre sacré, j'avais vu de près le personnage mythique. Et avec Elsa! Le couple qui symbolisait la rencontre de la France et de l'U.R.S.S., Pétrarque et Laure du monde nouveau...

Alors que Mlle Lavoix souriait, paraissait au septième ciel, voulant ajouter à son ravissement, j'employai quelques épithètes flatteuses. Pouvais-je imaginer qu'elles déclencheraient la foudre?

— Aragon, dans la vie, c'est un charmeur, un merveilleux comédien, et surtout, un parfait homme du monde, un aristocrate!
— Un quoi?
— Un aristocrate!

J'eus le réflexe de baisser la tête. Une grosse pelote de ficelle vola vers moi, heurta la balance dont un plateau tomba à grand fracas.

— En voilà assez! s'écria M. Leconte qui entrait.

Cela m'évita de recevoir d'autres projectiles. *Aristocrate*, qu'avais-je dit là! Croyant glorifier une idole, j'avais déboulonné son socle.

— Homme du monde, Aragon! Aristocrate, Aragon! Et Elsa, des perles! Non mais...
— Nous parlions politique, dis-je en riant à M. Leconte.
— Je comprends... mais on est là pour travailler.
— C'était pour vous faire enrager, expliquai-je à Mlle Lavoix. Je n'ai rien dit. On efface?
— N'empêche que... je me demande parfois si vous n'êtes pas aussi une andouille.
— Une andouillette..., plaidai-je.
— Avec des frites! ajouta le spirituel M. Leconte.

Et l'incident fut clos. J'avais dû mal exprimer ma pensée...

A l'appartement, je rapportais un dictionnaire que j'avais emprunté à l'Oncle quand j'aperçus Olivia à la cuisine, assise sur une chaise, devant une table. Elle nettoyait l'argenterie. Le liquide laiteux et jaune dont elle se servait répandait une mauvaise odeur. Olivia portait une blouse de peintre comme on en voyait autrefois. Le tissu portait des taches de couleurs : la preuve qu'elle continuait de peindre. Un bon signe. Connaissant son état dépressif, au risque de me faire rabrouer, je m'approchai. Au cours de ces mois de voisinage, elle m'avait accablé de son indifférence polie. Et si je forçais cette barrière, si je lui faisais comprendre que je pouvais être son ami comme celui des membres de sa famille ?

— Bonjour, Olivia.

Elle me répondit d'un signe de tête et d'une esquisse de sourire, ce qui me parut de bon augure. Je pris un ton amusé :

— Vous frottez ces couverts avec une telle ardeur ! Comme si votre vie en dépendait. Et vous prenez le travail de la femme de ménage, le pain des prolétaires ?

— Que savez-vous des prolétaires ?

Je me retins de lui répondre : « J'en suis un. » Je lui avouai que je possédais l'art des plaisanteries pas drôles. Roland en savait quelque chose, mais il me pardonnait.

— Je l'ignorais, dit-elle.
— Puis-je vous aider ?

Je posai le dictionnaire au bout de la table, pris une peau de chamois et commençai à faire briller une louche. Sur un ton à la fois calme et assuré, elle me demanda d'abandonner ce jeu.

— Ne vous mêlez pas de cette argenterie. Ce n'est pas à vous de le faire !

— Parce que je suis un garçon ?

— Quelle idée ! Non, parce que c'est *mon* travail et que je le fais au mieux. Il faut bien que je réussisse quelque chose, non ?

Je repris le dictionnaire, allai le glisser à sa place sur le bon rayon, m'apprêtai à monter ma vis d'Archimède quand elle m'appela, pour la première fois par mon prénom :

— Julien !
— Olivia ?
— Puisque vous adorez vous rendre utile, je voudrais vous demander de me rendre un service. Rassurez-vous, ce n'est pas grand-chose, une sorte de test...

— Bien volontiers, je suis votre serviteur...
— Pas tout de suite, dans... disons une heure, ici. Je vous attendrai. Et soyez gentil : je n'aime pas l'ironie...

Je rejoignis mon logis. Une lumière d'automne caressait la terrasse. J'avais eu une dure journée de travail. Taper trop longtemps à la machine provoquait une douleur dans le dos. Je bus du lait glacé, consultai ma montre. Olivia avait dit : « Dans une heure. » Une sorte de rendez-vous. Quel « service » ? J'étais intrigué. Mais elle avait parlé, souri. Elle devait commencer à oublier ses échecs. J'éprouvais l'impression d'être un bon scout, d'avoir fait ma B.A. de la journée. Je m'étendis sur le lit. Surtout ne pas s'endormir. Ces livres que j'avais vus en vitrine, j'aurais dû les acheter tout de suite. Peut-être demain seraient-ils vendus.

Soixante minutes plus tard, je redescendis les marches. Ou plutôt, parce que c'était devenu un jeu, tenant les deux rampes, je procédai par bonds. La bibliothèque était éclairée; l'Oncle était rentré. Olivia m'attendait dans le couloir. Elle me fit signe de la suivre. Elle ouvrit la porte de la pièce interdite. Je m'avançai comme si le « Danger de mort » indiqué sur la pancarte était réel. Je restai sur le seuil.

Ce studio était vaste. Mon premier regard fut pour les tableaux. Ils étaient tous posés de telle façon qu'on n'en voyait que le dos : la toile vide et le bois. Un piano droit était fermé, peut-être à jamais. Le plafond était recouvert de papier bleu constellé d'étoiles de papier phosphorescent. Cela devait remonter à son enfance, de même que ces animaux en peluche posés sur des étagères.

Olivia ôta sa blouse, referma la porte derrière moi. Je me sentis prisonnier. Une certaine pensée me traversa. Non, ce ne pouvait être cela... Et ce ne fut pas *cela* mais autre chose, dans sa périphérie, et qui échappait aux définitions.

— Ainsi, dis-je, je suis chez vous, dans ce lieu mystérieux, et qui ne l'est plus ou presque plus...

Je désignai les toiles retournées. Elle haussa les épaules.

— Ce que je vais vous demander va vous paraître inhabituel, incompréhensible. Pouvez-vous me promettre de ne pas vous en étonner et de rester discret ?

— Je ne peux promettre de ne pas m'étonner car c'est indépendant de ma volonté, mais je vous assure de ma discrétion.

— Roland dit que vous avez le sens de la réplique. Je m'en aperçois. Vous balancez vos phrases comme dans un livre.

— C'est parce que j'en lis beaucoup.

Tandis que s'échangeaient ces paroles, je la regardais. Aucun effet de séduction. La robe informe et serrée à la taille, des bas en grosse laine, des chaussures au cuir craquelé avec des brides. Elle déguisait ses charmes mais ne pouvait les cacher. Il restait ces longues jambes, cette poitrine arrondie, ces beaux cheveux noirs, la grâce de ce visage qu'un sourire presque douloureux n'effaçait pas. Parce qu'elle était brune et Roland blond, on disait qu'ils ne se ressemblaient pas. En dépit de ce qui les différenciait, le sexe, l'allure générale, je vis, à la lueur d'une lampe murale, qu'ils étaient semblables et ne représentaient pas un accident de la nature.

Olivia croisa les doigts comme une supplication et leur donna un mouvement vertical de balancier. Se rapprochant de moi, elle murmura :

— C'est vraiment très, très embarrassant. Et même choquant. Seul pourrait comprendre quelqu'un d'intuitif, de sensible et qui n'aurait pas d'idées préconçues. Je sais que cet être n'existe pas, que vous n'allez pas deviner, traduire. Tous les garçons sont les mêmes, ne croyez-vous pas ?

Je restai silencieux. J'étais entré dans un jeu dont je ne connaissais pas les règles. Tout en elle me demandait d'effacer un embarras dont j'ignorais la cause. Elle mit fin à mon attente en éveillant ma gêne. Comme si elle avait hésité avant de plonger dans une eau froide, elle dit, sans passion, sans émoi, avec un surprenant naturel :

— Embrassez-moi. Embrassez-moi comme un

amant. Vous ne serez jamais mon amant, mais embrassez-moi comme si vous l'étiez.

Je reculai jusqu'à buter contre la porte. En un instant, tout ce que je tentais d'oublier remonta à la surface. Il ne me vint pas à l'idée de mesurer le ridicule de ma situation. Je dis d'une voix sourde :

— Je ne peux pas. C'est inexplicable aussi. Je ne peux pas. Pour que vous compreniez, je devrais vous raconter ma vie avant... ici. Et je ne le peux pas non plus.

— Je suis si repoussante ?
— Oh ! non, au contraire.

Elle plaqua son corps contre le mien, mais sans chaleur, de manière automatique, entoura mon cou de ses bras, ferma les yeux et me tendit ses lèvres brunes. Et, dans un vertige, je l'embrassai avec lenteur. Elle me rendit chaque mouvement avec maladresse, par imitation. Je sentis que les résolutions, le refus, la raison se déchiraient comme un drap usagé. L'instinct devenu maître, mes lèvres se détachèrent des siennes, se posèrent sur son cou, ses yeux, son visage tandis qu'elle se dégageait, se détachait de moi par feintes, puis avec force. Elle posa ses mains sur ma poitrine et me repoussa d'un élan brutal.

— Laissez-moi. Vous avez promis. Éloignez-vous.
— M'éloigner, m'éloigner, alors que...
— Vous n'avez rien compris. J'aurais dû m'en douter. Faut-il que je vous dise merci ? Alors, *merci*.

J'ouvris la fenêtre. J'avais besoin d'air frais. Certaines résistances ne sont-elles pas amenées pour qu'on les force ?

— Olivia, je ne comprends pas. Nous étions si proches. Et puis...
— Et puis, rien.

Je m'insurgeai. N'avait-elle donc aucun respect de l'autre, de ses sentiments, de sa personne ? A mon tour, je lui retournai sa question :

— Suis-je si déplaisant ?
— Non, au contraire. Soyez rassuré.
— J'ai droit à une explication.
— Avoir droit... Je ne sais pas ce que cela signifie :

avoir droit. Vous voulez m'humilier, eh bien! je m'humilie...

Comme j'aurais voulu que cette scène fût effacée! Je vivais une rupture sans qu'il y eût d'attache. Elle reprit sa blouse de peintre et m'expliqua qu'elle avait voulu éviter de tacher mes vêtements.

— Tout le monde me traite de glaçon. Je voulais savoir si le glaçon pouvait fondre. Il n'a pas fondu. Vous m'avez embrassée et vous semblez bien le faire. Ne vous vexez pas : je n'ai rien ressenti, même pas du dégoût, rien.

— Peut-être que la glace ne peut pas faire fondre la glace.

— Je sais maintenant. Je n'ai pas de voix, je n'ai que de petits talents de société, et je suis, quel vilain mot! je suis frigide, frigide comme Frigidaire.

Elle ajouta

— Voilà, merci, pardon.

Je ne pouvais la quitter sur ces mots. Je regardai les animaux en peluche : un ourson, un koala, un raton laveur... Et je compris qu'elle n'avait pas quitté l'état d'enfance alors que j'étais un homme. Je me repris :

— J'ai déjà oublié. Oublions tous les deux. Puis-je vous parler?

Je m'assis sur le canapé-lit et désignai une bergère. Elle essuya ses lèvres avec un mouchoir comme si je les avais souillées. Après mon départ, se rincerait-elle la bouche?

— Pourquoi parler, dit-elle, puisque je sais ce que vous allez me dire : « Soyons amis », etc.?

Je murmurai :

— *Frère et sœur*, c'est le titre d'un poème de Rilke. Vous n'avez rien de froid. Depuis que j'ai été accueilli chez vous tous, Eleanor, Roland, l'Oncle, Olivia..., sans rien dire, je vous ai considérés comme ma famille. Nous n'avons jamais vraiment parlé. C'est la première fois que je suis seul avec vous parmi ces tableaux qui me tournent le dos comme s'ils étaient mes ennemis. Dans ma pensée, les hôtes de cette maison sont l'Oncle, la Mère, le Frère, la

Sœur — et *ma* sœur. Dans votre esprit, je ne sais pas ce que je suis, peut-être l'étranger, l'hôte de passage, et, dans le lointain, dans les profondeurs de votre inconscient, le Frère, j'en suis assuré. Sinon, vous ne m'auriez pas accordé une confiance imméritée...

Elle m'écoutait. Elle ne refusait ni ne réfutait mes paroles.

— ... J'ai deviné que vous traversiez une période difficile. Je connais cela. Je m'efforce de triompher du pire. *Je sais* aussi que vous allez gagner. Qui me le dit ? Votre front bombé, votre tête habitée de trop de projets. Les uns échouent, sont éliminés comme un phénomène naturel, pour qu'un autre prenne toute la place. Il y a chez vous plein de choses vivantes qui me tournent le dos mais qui m'écoutent. Le baiser, l'unique baiser, ne l'effaçons pas. Gardons-le, protégeons-le. Il ne restera que le souvenir d'un contact de lèvres et rien d'autre. Ou plutôt si. Il faut que le temps le métamorphose, qu'il devienne un moment de pureté...

Et, tandis que je m'efforçais de ranimer une flamme presque éteinte, pour la première fois, j'entendis son rire. Elle se moqua de moi. J'avais brisé une barrière. Elle riait et dans son rire elle me dit :

— J'ai été stupide. Heureusement, vous aussi. Vous vous prenez pour Jésus-Christ. Et vous parlez à Marie-Madeleine, la grande pécheresse. Il va falloir que je vous lave les pieds, que je les essuie avec mes cheveux.

Je me levai pour fermer la fenêtre. En sortant, je lui dis :

— Je vais aller lire. Et vous, je sais que vous vous préparez à peindre. Vous n'y pouvez rien : il y a désormais un secret entre nous...

— *Words! Words! Words!*...

Plus tard, je lisais. C'était Rainer Maria Rilke dans une traduction de Maurice Betz. « *Elle dormait en moi. Tout était son sommeil...* » Une part légère de mon esprit me suggérait que, vue de l'extérieur, notre scène était celle de deux nigauds. Mais moi, troublé encore, je me sentais habité par un sentiment rare, intense, pour lequel il n'existait pas de mots.

Selon une méthode chère aux étudiants dans leur turne, je me procurai de grosses briques rouges, des planches, pour construire une bibliothèque de fortune qui finit par s'élever jusqu'au plafond. Chaque rayonnage portait deux rangées de livres. Je fus satisfait de ce nid pour mes compagnons. Et il me restait de la place. Ces vides seraient bientôt comblés et j'en arriverais à acheter des cantines de métal à empiler dans un recoin de la terrasse derrière ma demeure.

Chaque vrai lecteur pourrait conter l'histoire de ses amours successives. La lecture d'une traduction d'Anacréon m'avait fait recopier sur mon carnet cette phrase que j'adorais : « *Si tu peux compter toutes les feuilles des arbres et tous les flots soulevés par la mer, je te fais le seul historien de mes amours.* » Lorsque j'admirais une œuvre, je me persuadais que je n'en lirais jamais d'autre. Et moi, le fidèle à un seul souvenir, je me trompais, je trompais le livre avec un autre car une nouvelle séduction m'attirait bientôt. J'étais un sultan dans un harem de livres. J'aurais pu diviser le temps de ma nouvelle existence, non en mois, en semaines et en jours, mais en périodes de lecture. Comme Auguste Comte, j'aurais pu inventer un calendrier où, plus que les savants et les bienfaiteurs de l'humanité, les noms de mes auteurs auraient remplacé ceux des élus, de saint Mallarmé à sainte Colette, en passant par les hommes de l'Antiquité, du Moyen Âge, de la Renaissance et des époques moderne et contemporaine.

Dans une ancienne édition de Pline, le naturaliste, un des premiers martyrs de la recherche puisqu'il périt d'avoir voulu observer l'éruption du Vésuve, à Pompéi, je découvris cette phrase : « *L'homme est le seul être animé que la foudre ne tue pas toujours.* » Par un détournement du sens, je décidai que la foudre m'avait atteint en me laissant vif, mais en déshabillant mon âme. Je ne pouvais plus dire, comme à mon arrivée à Paris, que je faisais semblant de vivre car je me sentais existant, parcourant les étapes de ma seconde vie parce que j'étais allé *là où il y a des livres*, où se trouvait, selon les paroles de l'Oncle, « le lit de la Merveille ».

Dans une librairie de la rue des Écoles où l'on vidait un sous-sol de ses vieilleries, je fus attiré par une pile d'énormes livres (près d'un mètre de hauteur!) appuyée contre une caisse. Le prix en était fort bas, pas même le prix du vieux papier. En dépit de l'état lamentable de ces livres : pages se détachant de la reliure, déchirures et autres maux, je fus attiré. Il s'agissait des seize volumes du *Grand Dictionnaire universel du XIXe siècle*, de Pierre Larousse, chaque page étalant son texte en petits caractères sur quatre colonnes. Pierre Larousse, Émile Littré, comment ces grammairiens, ces lexicographes parvenaient-ils à mener à bien d'aussi gigantesques projets, sans le secours comme aujourd'hui des machines? Mon admiration pour de tels hommes ne serait jamais effacée. Je n'eus pas la moindre hésitation, je fis cet achat d'un ouvrage que je lirais, consulterais ma vie durant. Le conducteur de la camionnette de la librairie voulut bien se charger de me faire la livraison rue Gay-Lussac.

Eleanor, qui me vit porter en plusieurs voyages ma lourde charge sur la terrasse, regarda mes loqueteux de livres et parla pour elle seule dans sa langue maternelle, se reprit, posa sa main sur mon épaule et me dit :

— *Crazy...* Je dis que vous êtes fou, Julien, mais je n'aime que les fous comme vous. Et si je vous aidais?

— Certes pas, Eleanor. Ces dictionnaires contiennent des siècles de savoir, mais aussi des dizaines d'années de poussière. Et moi, j'ai avalé non pas le savoir mais la poussière. Je suis sale comme un vieux peigne.

Elle m'apporta une poignée de chiffons. Elle me

parla de l'Oncle et nous rîmes à l'unisson. Deux fous dans la maison...

A ce moment-là, j'aurais pu parler de bonheur.

Je suis un bon infirmier des livres. Je fis voler la poussière des tranches de ces géants. Chacun eut droit à un traitement à base de colle. Quand les blessures profondes, les plaies du temps se refermèrent, quand les plats de toile marron furent nets, je nettoyai et nourris d'une crème spéciale les dos de cuir rouge. Mes amis ne demandaient qu'à rajeunir. Secouriste, voilà, je l'étais comme lorsque je soignais les horions de certain jeune boxeur, mais le cher Roland devait avoir perdu son goût du noble art sous l'influence de mémorables raclées. Mon ami était devenu, comme sous l'effet d'une baguette magique, d'un parfait sérieux. Il ne songeait plus qu'à son avenir. Maintenant, c'était moi qui l'asticotais, le provoquais pour des duels de paroles, mais il esquivait mes coups en me tapant sur l'épaule avec indulgence.

L'Oncle me fit des confidences. Il traduisait des articles écrits autrefois dans sa langue natale et qui portaient sur des sujets comme les noms des épées et des chevaux dans les chansons de geste, les machines fantastiques, les filiations et les métamorphoses des héros.

— Vous comprenez, Julien, mon dossier étant « sous le coude », il faut que je le gave comme une oie, que je le fasse grandir pour que ce fameux coude se lève ! Je vais faire taper à la machine et polycopier l'ensemble de mes travaux. Je vous assure que c'est impressionnant. Et ce n'est pas fini !

Au cours d'un repas dominical, la conversation nous entraîna vers des sujets si éloignés les uns des autres qu'un auditeur invisible nous aurait tenus pour des gens extravagants, ce que nous devenions en nous frottant les uns aux autres. Nous en avions conscience et jamais aucun d'entre nous, en écoutant des propos inattendus, n'aurait demandé quel était le rapport avec ce dont nous venions de nous entretenir. Certes, entre Roland, Olivia et moi pouvait exister une complicité d'âge mais Eleanor y entrait sans peine. J'aimais l'entendre rire et s'il existe un art de le faire, avec franchise, abandon, discrétion, elle en était le maître. Roland, lui, commençait par de petits rires grinçants qui, peu à peu, perdaient leur rouille, s'huilaient et coulaient en cascade jusqu'au moment où il s'esclaffait, donnait dans la bouffonnerie et finissait par oublier les causes de sa joyeuseté. L'Oncle se contentait d'écarter ses lèvres et de se donner sur la table de petits coups du plat de la main, ce qui était signe d'intense jubilation.

Au moment d'aller prendre le café au salon, Eleanor me retint un instant pour un aparté.

— Olivia a changé, me dit-elle. Il lui est arrivé de sourire et même de rire à deux ou trois reprises, vous avez remarqué ? La première fois, c'est quand vous avez tracé le portrait de ce personnage blafard qui vient à nos réunions du mardi. Il s'empiffre, il boit et part sans saluer personne. Votre imitation était remarquable. La deuxième fois, c'est quand, alors que nous parlions d'autre chose, l'Oncle s'est emporté contre les gens du XVIIIe siècle et leur ignorance du Moyen Age. Ah ! il y a eu une troisième fois : quand Roland, à force de rire, a répandu son vin blanc. Olivia a repris confiance en elle. Elle peint. Elle ne vous ignore plus. Il me semble même qu'elle est devenue aimable avec vous comme si elle vous adoptait enfin...

— Nous avons toujours eu d'excellentes relations. Discrètes mais bonnes. Ce que vous me confiez, Eleanor, j'en suis heureux.

Il existe des phrases banales qui ne sont là que pour en cacher d'autres. Le changement d'Olivia : je savais en être responsable. Julien, le guérisseur des plaies, des livres et des âmes... Quel orgueil ! Non, il avait bien existé entre Olivia et moi, je n'ose dire : un instant d'amour, mais une étincelle d'entente, de vraie joie. Elle ne s'était pas produite durant le baiser donné comme une douche écossaise, la chaleur étant de mon côté, le gel du sien, mais quand les mots avaient empli leur office.

Olivia. Que ressentais-je ? *Mon enfant, ma sœur...* Nous ne nous aimerions pas « à mourir ». Un soulagement. Pouvais-je croire avoir sauvé la noyée ? Avait-elle puisé dans ses échecs de nouvelles forces ? Ou utilisé celles de l'adversité ? Comme je me sentais bien au sein de cette famille ! J'en faisais partie depuis des mois et des mois. Comme l'Oncle. Et tout cela par la grâce d'un livre : celui que je lisais quand Roland m'aborda au Dupont-Latin.

Il neigeait. Des flocons discrets comme un chuchotement venu du ciel. En bas, sur la chaussée, ce devait être le règne de la boue. Sur cette terrasse, la blancheur éblouissait. Je me tenais sur le pas de ma porte comme si je contemplais un monde interdit à mes pas.
— Julien ! Tu viens me voir ?
— Mais... je te vois.
— Idiot ! Me voir ici.
Je longeai le mur pour ne pas souiller la beauté blanche. Roland portait un pull blanc à torsades, le col roulé.
— Tu ne viens jamais chez moi, me reprocha-t-il.
— Tu ne m'as jamais invité.
— Moi, je viens bien chez toi !
— Ce n'est pas pareil...
— Ah ? Le coup du maître et de l'esclave... Tu perds ton humour. Nous avons vieilli depuis. Ou alors, tu me fais le coup du locataire. Comme si tu étais un locataire !
Il me fit entrer. Je connaissais le lieu. En son absence, il m'était arrivé de converser avec la femme de ménage. Un intérieur semblable au mien, avec d'autres livres. Des manuels de droit, des romans policiers, des ouvrages de criminologie, des magazines. Pour le sport, deux trophées : une coupe et un vase, des gants de boxe et des skis. Plus inattendus : des moulages de mains. Une grande photographie en pied d'Eleanor dans son extrême jeunesse. Et puis des verres disparates, des cendriers d'hôtel... Roland désigna un pouf.

— Pose ton postère. Porto ? Jack Daniel's ?

J'optai pour le bourbon, sans glaçons et sec. Il avait des choses à me dire. Je devinais lesquelles. Il se servit à son tour, leva son verre, regarda le liquide doré et ajouta une larme d'eau fraîche.

— Je vais m'absenter, dit-il, pendant un an...
— Je le savais.
— Qui te l'a dit ?
— Mon petit doigt.
— Ce ne peut être que ma mère. Ne confonds pas Eleanor et ton petit doigt. Tu es dans ses confidences ?
— Oui, toutes.

Il fit une grimace. Il avait manqué son effet de surprise. Je précisai qu'en fait je ne savais rien, que je croyais à une proposition qu'il n'accepterait pas.

— C'est important pour moi. Inespéré. Un stage d'une année dans un des plus grands cabinets d'avocats des États-Unis... Le mari de ma grand-mère est le patron... Son second mari car Eleanor est née du premier. Comment devrait-on dire ? « Mon beau-grand-père » ? Tu ne me croiras pas, mais j'ai une de ces frousses ! Le vieux n'est pas commode, paraît-il. Il mène son affaire à la schlague. Tu sais, nous les Américains, nous travaillons plus que les Français...

« Nous les Américains. » Pourquoi cette expression me fit-elle tressaillir ? Il disait cela comme s'il avait déjà oublié notre pays. Il poursuivit :

— Je ne sais pas si je vais m'adapter. Tu connais la blague : « Dis papa, c'est loin l'Amérique ? — Tais-toi, nage ! » Eh bien, je me trouve dans cette situation et j'ai peur de me noyer...

— Alors n'y va pas.

— Je ne dois pas me laisser aller. Quand on refuse une chance, on le regrette toute sa vie. Et puis, ce sera une expérience passionnante et quand je reviendrai... D'ailleurs, je ne resterai pas un an sans revenir. Eleanor viendra me voir. Elle a un portefeuille d'actions là-bas et ce n'est pas rien, je t'assure.

— Et moi ?

Pourquoi avais-je dit cela d'une voix plaintive,

chargée d'un reproche comme si j'étais un enfant qu'on abandonne?

— Toi? Quoi, toi? Te voilà maître de notre univers. Je te confierai même la clé de ma piaule. Tu ne vas pas pleurer, quand même? Voilà que monsieur fait sa Sophie...

Je souris. J'acceptai un autre bourbon. J'en avais besoin. Je pris le ton habituel de nos échanges :

— Je ne me fais pas de souci pour toi. Tu fais partie de la race de ceux qui gagnent. Ils prennent des coups, ils se font amocher mais ils finissent par mettre l'adversaire K.-O. Tu vas t'américaniser. Et quand tu rentreras, je t'appellerai l'Amérique et je serai ton Franchouillard.

— Tu l'es déjà.

— Pan dans les dents! Et tu pars quand?

— Le mois prochain. Je laisse tout ici. Là-bas je porterai le costume. Correct, tu comprends? Et les bouquins indispensables.

— Là-bas, tu vas trouver des filles, les belles Américaines. Je te vois déjà en *boyfriend*...

— Je me méfie. Elles peuvent être redoutables. Des anges ou des peaux de vache.

— Choisis les anges!

— Elles se déguisent, les traîtresses. Et toi, du nouveau de ce côté-là? Je me demande comment tu fais. Tu dois culbuter les vendeuses à ta boîte. Ou alors tu fréquentes la rue Saint-Denis...

— La rue Saint-Denis?

— Ou la Madeleine, mais c'est plus cher. A moins que tu ne te contentes tout seul...

— Tiens, la brute américaine transparaît!

Après quelques échanges dans la tradition, je retournai, toujours en marchant le long du mur pour respecter la neige, vers mes livres. Les volumes du grand dictionnaire séparés en deux piles égales étaient devenus ma table de chevet, mon meuble de livres.

Ainsi, Roland nous quittait. Je m'étais attaché à lui. Mon ami. A la librairie aussi, il y avait des changements. Florian nous avait laissés et c'était comme s'il était mort ici pour ressusciter ailleurs. Son remplaçant qui avait un nom d'acteur célèbre s'intégrait vite. Il suivait les cours du Cercle de la Librairie comme un futur vrai libraire. Qu'allais-je faire sans Roland ? Les jours seraient longs et lourds.

Dans la série de mes aventures, un mince épisode. Il survint quelques jours avant le départ de Roland. Ce samedi-là, le capuchon de mon duffle-coat protégeant ma tête, je descendis le boulevard Saint-Michel jusqu'au Dupont-Latin. Le garçon de café prévint ma commande : « Jambon-beurre et café double... » Pourquoi pas ? En face de moi, deux vieilles dames, l'une grosse, l'autre étroite, face à face, parlaient en occupant leurs mains, ici avec un chapelet, là avec des aiguilles à tricoter, et c'était comme si elles faisaient la même chose. De jeunes Africains discutaient, sans doute de politique, en mêlant le français à leur dialecte. Toutes les tables étaient occupées : la neige. La petite Poucette, une habituée, ouvrait son carton à dessin devant les touristes ou les gens d'âge. La fumée, la vapeur, les odeurs, je les retrouvais comme un paysan assis devant le feu de l'âtre.

Celle que j'appelais Tanagra, Marie-Julie, la favorite de Roland, monta du sous-sol, son panier à cigarettes au cou. Elle s'arrêta, regarda autour d'elle comme une comédienne entrant en scène et attendant les applaudissements. La belle créole les méritait. Elle m'adressa un signe de tête complice.

Mon duffle-coat séchait au portemanteau. Le garçon me servit en les nommant sandwich et café comme si j'étais censé ne pas les reconnaître. Je sortis ma pipe courbe, une bruyère de Saint-Claude en bois clair, la bourrai à petites pincées, cherchai en vain mon briquet dans toutes mes poches. Tanagra posa une pochette d'allumettes devant moi.

— Merci, Marie-Julie...
— Vous vous souvenez de mon prénom !

Elle servit un client, lui rendit sa monnaie, et

revint à ma table. Comme sa peau mate était attirante, et ses yeux noirs, sa bouche brune et son sourire carnassier ! Heureux Roland... Elle fit passer sa corbeille de côté, se pencha et me demanda un service. Pouvais-je l'aider à installer un linoléum chez elle ? J'objectai que je n'étais pas un spécialiste et que ma maladresse m'en empêchait. Elle insista :

— C'est à deux pas d'ici. Venez vers trois heures, après mon service. Le linoléum est tout prêt, mais il faut être deux...

— Roland ne pourrait pas...

— Il a déjà refusé. Enfin, je n'ai pas de chance. N'en parlons plus, dit-elle avec une moue boudeuse.

Je consultai ma montre. Je n'avais pas de projets précis. Je consentis. Elle inscrivit son adresse sur le carton d'allumettes : rue Jean-de-Beauvais, premier étage sur cour. Un linoléum ! J'aurais vraiment tout fait...

Lorsqu'elle partit, elle leva trois doigts dans ma direction pour me rappeler l'heure du rendez-vous. J'eus le temps de terminer la lecture d'une préface aux poèmes d'Agrippa d'Aubigné par Henri Longnon. Puis je pris la rue des Écoles jusqu'au Collège de France.

En m'ouvrant sa porte, Tanagra me tutoya d'emblée :

— Entre. Quitte ton espèce de manteau. J'ai préparé un ti-punch, comme aux Antilles.

Le décor de son studio était coloré, gai, et d'un goût particulier. Aimait-elle à ce point ces poupées de satin aux robes évasées qui se trouvaient sur le lit, un sommier et un matelas posés à même le sol, la literie recouverte d'une soie à ramages ? Un radiateur électrique diffusait une chaleur de serre. Le punch glacé était parfumé et fort. Quelle idée de me recevoir en robe de chambre ! Arrivais-je trop tôt ?

— Et ce linoléum ? demandai-je en cherchant un endroit ou poser mon verre.

Ma question la fit rire. Elle répéta, puis chantonna :

— Le linoléum, le linoléum, le lino, le lino... Il n'y a pas de lino...

— Je ne comprends pas.
— Tu as beau lire tout le temps, tu n'es pas très malin. Idiot, tu n'as pas compris ? Je suis amoureuse de toi. Enfin... aujourd'hui.

Elle dénoua sa ceinture sans me quitter des yeux et m'apparut nue. J'étais pris au piège, un piège délicieux. La pensée de Roland me traversa l'esprit et disparut aussitôt. La pensée ? Mon corps avait pris sa place.

Tanagra me déshabilla sans cesser de caresser ma peau, de promener sa langue pointue sur mon visage, mon cou, ma poitrine... comme si elle voulait m'enduire de sa substance avant de me dévorer. Ce corps m'affola. Tout en aidant à me dévêtir, je le caressai en désordre, avec maladresse. Lorsque nous fûmes enlacés sur le lit parmi les poupées qui tombaient sur la moquette, c'est Tanagra qui me fit l'amour une première fois avant que je prenne l'initiative. Il y avait si longtemps ! Durant ces étreintes, ces halètements, ces mille baisers, cette volupté, cette jouissance, je vécus un bonheur grave, presque douloureux, tandis que la belle créole, se multipliant en caresses et en mouvements changeants, en positions renouvelées, se répandait en rires et répétait : « Ce qu'on s'amuse, ah ! ce qu'on s'amuse... »

Après ces heures folles, c'est elle qui nous ramena à la surface du monde. A sept heures, elle devait reprendre son travail. Elle se dégagea, passa à la toilette, derrière un paravent, et fut habillée avant moi.

— Je suis en retard. Tu n'auras qu'à tirer la porte. Je te laisse.

Je la rattrapai pour un ultime baiser. Elle me signifia que ce n'était plus le moment. Je la retins le temps d'une prière :

— Surtout, que Roland ne le sache pas. Jamais. Il faut me jurer...

— Oh là là ! Quelle tragédie ! Tout ça n'a pas d'importance, tu sais ! On l'a fait et on l'oublie. Il n'y aura pas d'autre fois. Mais tu as été très bien, si ! très bien.

Et elle me quitta. J'étais étonné de me sentir sans

remords. Certaines choses seraient si simples ? Je pensais moins à Roland qu'à moi. Comme si je m'étais trompé avec moi-même. En remontant la rue Saint-Jacques, je sifflotai du Mozart. Et je souris à une idée qui me vint : « Nous avons fait linoléum ! » puis je pensai que c'était infiniment moins joli que « faire cattleya ».

De ces heures chaudes, je ne retiendrais que les délices des corps, une parenthèse de chaleur dans le temps. Je m'efforçai de ne pas trop y penser. Un roman pastoral du fabuliste Florian, *Estelle et Némorin*, ces Paul et Virginie des Cévennes, me parla à l'oreille, et je me plus, je l'avoue, à ces délicatesses et à ces mièvreries d'un autre âge. Cette lecture occupa ma journée du dimanche.

Le lendemain soir, à mon retour de la librairie, je découvris la terrasse sale comme si on avait dilué tout ce blanc dans une rivière de boue. Roland qui préparait son départ n'avait cessé d'aller et venir de sa tanière à la mienne.

— Te voilà enfin ! me dit-il en sortant de chez lui.
— Tu t'ennuyais de moi ?
— On ne s'ennuie pas de l'ennui. Non, j'ai certaine mission à remplir, un serment que j'ai fait. Peux-tu approcher ?

Il posa deux doigts sous mon menton et je crus qu'il désirait fixer mes traits dans son souvenir au moment du départ. Je ne lui savais pas un tel sentimentalisme.

— Lève un peu la tête, dit-il, tourne-la sur le côté, plus bas...

Il me parlait comme un photographe. Sans comprendre, je lui obéis. La suite fut plus rapide.

Je crois que, dans le monde de la boxe, cela s'appelle un direct du droit. Je le reçus de plein fouet et fus jeté à terre dans une flaque. Tout étourdi, je tentai de me lever. Roland m'y aida. Allait-il recommencer ? L'instinct du combat me gagna. Je dis :

— Tu m'as pris par surprise...
Et je serrai les poings.
— On dit : « cueilli à froid », précisa-t-il.

Il fit de petits sauts en arrière en riant et me jeta cette phase inattendue :
— On ne va quand même pas se battre !
— Tu as commencé...
— Tu parles comme un gosse. Il a commencé... gnagnagna ! Je n'ai pas commencé. J'ai fini. J'ai fait ce que je devais faire. J'ai juré de mettre mon poing sur la figure à ceux qui toucheraient à Marie-Julie. Tu n'es pas le premier. Un beau petit hypocrite, le Julien sainte-nitouche ! Tu admettras que j'ai mesuré mon coup de poing. Sinon, je t'aurais compté dix. Une faveur pour un ami...

Je me calmai. Mon menton était à peine douloureux. Roland me tapota l'épaule. Pour lui qui en avait donné et reçu tant et tant, ce n'était qu'un coup de poing.
— Comment l'as-tu appris ?
— Elle me l'a dit. Elle me dit tout...
— Le personnage dominant, le grand singe de Freud !
— Toi, avec tes sottises littéraires...

Je lui expliquai que je n'avais pas résisté, que tout était ma faute, que... bref, je bredouillai. Et lui, de bonne humeur, m'assura qu'il était content pour moi, qu'il ne m'en voulait nullement mais qu'ayant prêté un serment il n'avait pu faire autrement. Je choisis l'ironie :
— Jugement rendu, Votre Honneur ! Et Marie-Julie, quelle sera sa punition ?
— Acquittée ! Simplement, avant de partir, ce soir même, je lui ferai l'amour afin qu'elle voie la différence. Mon cher, je suis monté comme un âne !
— Comme un âne, forcément...
— Tu ne me traiterais pas d'âne, j'espère ?
— C'est toi qui l'as suggéré.
— Viens dans ma cambuse. On va fêter ça. Je prends l'avion demain. Une ligne américaine où ma mère a des actions. Invité d'honneur de la compagnie. Les grandes familles...

Certains adieux sont étranges. On ne saurait dire qu'un coup de poing représente une marque d'affection. Ce soir-là, en buvant avec lui, en échangeant de fausses rosseries, pour le plaisir des mots, je n'étais pas éloigné de le croire.

Deuxième partie

Un

Roland parti, nous nous aperçûmes à quel point il nous manquait. Si, durant la semaine, nous le percevions moins, le déjeuner du dimanche, à quatre, accusa un vide. Nous parlions de lui, d'un autre Roland, dans une autre vie. N'était-ce point absurde d'évoquer des souvenirs récents comme s'ils venaient du passé ? Ce que nous disions : « Cela, c'était le jour où Roland... Ah ! si Roland était là, lui qui adore les côtelettes d'agneau... Je me demande ce que fait Roland en ce moment... » Sur la terrasse, je regardais son logis vide, un nid déserté, puis le mien, son pendant, et je voyais une balance déséquilibrée.

Dans mon secret, je lui en voulais d'avoir rejoint un autre continent. Nos goûts, nos caractères, nos conceptions de la vie, tout aurait pu nous séparer. Or nous en étions venus à ce que chacun recherchât sans cesse la compagnie de l'autre. L'amitié aussi a ses coups de foudre et c'est là que surgit l'inexplicable. Roland, pour moi, appartenait à la race des vainqueurs, non que je me sentisse du côté des vaincus mais plutôt de ceux qui refusent un combat qu'ils jugent vain, et ce fut mon principal défaut dans cette période de ma jeunesse.

Parce que Roland se trouvait là où s'étaient déroulées ses jeunes années, pour la première fois, comme pour se rapprocher de son fils, Eleanor nous entretint de ses origines. Elle appartenait, par son père et par sa mère, à deux familles fortunées, qui étendaient leurs ramifications sur la société américaine : politiques, magistrats, banquiers, industriels, des dynasties qui font penser à la famille Kennedy, et qui représentent la puissance. Elle avait su échapper aux tentacules, lors de son départ pour l'Europe. Je compris qu'elle voulait éviter l'évocation des années exaltantes et tragiques : elle coupa court à ses confidences.

— Je parle de moi, maintenant ! Je vais finir par me choquer moi-même. *Enfin bref*... Vous n'aimez pas cette expression française, Julien : *enfin bref*... Moi, elle me ravit. *Enfin bref*...

Quand Roland qui pour moi prenait figure d'aventurier, et qui pour Eleanor n'accomplissait rien que de très normal, quand Roland reviendrait, il serait doté d'une expérience et sa mère envisageait son avenir comme celui d'un avocat international.

Olivia montra son scepticisme par ces mots : « Être là ou ailleurs... » L'Oncle nous confia que s'il n'avait pas des atomes crochus (« comme on dit ici ») avec le jeune *sports-man*, il l'aimait comme un fils.

— C'est lui qui, le premier, m'a appelé Oncle, comme un enfant qui adopterait des parents. Il est devenu mon neveu. Il a toujours été... exquis avec moi, bien que j'ignore lequel de nous deux est un extra-terrestre !

L'Oncle continuait à « lever le coude », mais ce n'était pas celui qui pesait sur son dossier à la Sorbonne. Il ne se plaignait pas de ses maux physiques. Il disait simplement : « Ah ! si j'avais tous mes yeux !... » comme s'il se nommait Argus.

De temps en temps, je le rejoignais à la bibliothèque. Nous parlions peu. Il était pressé par le travail. Il voulait nourrir son dossier. Il prenait le ton de la confidence, regardait autour de lui comme s'il risquait d'être épié, et chuchotait :

— Je ne le dis qu'à vous. Chut ! Je prépare une étude sur le langage figuré au XVe siècle et son usage dans les circonstances de la vie...

La semaine précédente, il m'avait entretenu d'un

autre projet touchant aux traductions françaises des poèmes des goliards. Dans quelques jours, ce serait autre chose. Tant et si bien que je me demandais s'il menait à terme l'un ou l'autre de ses projets.

— Il me manque un ou deux livres...
— Oncle, je vous les trouverai...

Dès le lendemain, je partais en chasse. Si je découvrais un livre, il le regardait, intrigué, puis s'étonnait :

— Pourquoi ce livre ?... Oui, oui, je crois me souvenir. Je vais y réfléchir...

Cela me mettait à l'aise. Si je revenais bredouille, l'Oncle ne s'en apercevait guère. Et je pensais avec tristesse : « C'est cela la vieillesse... »

Un matin, Mlle Lavoix, après avoir extrait de son sac de moleskine sa gamelle, son flacon de vin mêlé d'eau et sa pomme, m'apostropha :

— Hé vous ! Vous moisissez dans cette boîte depuis combien de temps ? Un cul de plomb, voilà ce que vous êtes, un cul de plomb !

— Je ne sais pas mesurer le temps. *J'ai plus de souvenirs que si j'avais mille ans*, citai-je, en ajoutant un sourire ironique.

— Oh ! ne prenez pas vos airs !

Elle marmonna toute la matinée, comme si elle répétait un rôle, cherchait des phrases à me jeter à la figure. Et, au moment où elle posait sa gamelle sur le réchaud à alcool, cela sortit d'un coup :

— Ah ! si j'avais eu votre instruction — parce que je sais que je ne suis pas bête —, je n'aurais pas traîné des années et des années à faire des paquets, à nouer de la ficelle, à coller des étiquettes pour un salaire de misère. Et vous, le cul de plomb, vous ne bougez pas, vous n'essayez pas d'en sortir. Si ! de temps en temps : « Allô, monsieur Guersaint... Oui, je comprends, monsieur Guersaint... J'attendrai, monsieur Guersaint... » sans vous apercevoir que ces gens-là se moquent de vous comme de l'an quarante... Et le cul de plomb attend quoi ? Le Déluge ?

— Je reste ici parce que cela me plaît. Dites que vous en avez assez de voir ma figure. Et puis, il y a les livres !

— Les livres, les livres, et alors, les livres ?... Quel imbécile ! Il ne s'aperçoit pas que je dis ça pour son bien, parce que... parce que...

Et Mlle Lavoix éclata en sanglots. M. Leconte qui traversait le bureau dit : « Voilà autre chose... », et il sortit pour éviter une scène. Je fis le tour du comptoir, entourai les frêles épaules. Elle leva les yeux, me regarda durement et me dit d'une voix sourde :

— C'est parce que je vous aime bien... Vous êtes un bon gars... Alors, je vous secoue les puces... Vous comprenez ? Et le plus fort, c'est que lorsque vous partirez, je serai toute seule, avec Leconte le cornichon et Valensole l'andouille.

Cette rencontre de l'andouille et du cornichon, sait-on pourquoi ? nous fit éclater de rire. Moi aussi, Mlle Lavoix, je vous aimais bien.

Je me rendis au Dupont-Latin pour mon jambon-beurre quotidien. Marie-Julie était partie. Une dame au nez pointu avait pris sa place. J'eus le soupçon que Roland avait emmené sa belle avec lui aux États-Unis. Je questionnai la nouvelle dame aux cigarettes. Elle m'apprit que Marie-Julie tenait le vestiaire d'une boîte à la mode, un endroit où on se fait de gros pourboires, et puis « celle-là », insinua la commère, ne devait pas être en peine de trouver de l'argent...

Aux mardis d'Eleanor, j'aurais pu établir des relations avec nombre de ses invités. Je ne sais quelle sauvagerie m'empêchait de me lier. Je ne fuyais pas, j'écoutais, je participais aux conversations, mais limitais ces contacts aux frontières de l'appartement. L'intérêt que j'y prenais venait de cette inlassable curiosité que je ne cessais de nourrir. Des propos m'ouvraient des voies nouvelles qui trouveraient leur prolongement dans mes lectures.

Le lendemain de ses soirées, Eleanor jugeait de leur qualité et les commentait avec saveur. Elle était trop bien élevée pour se gausser d'un de ses invités.

Elle employait des épithètes allant de ridicule à exaltant sans jamais désigner personne. Il semblait qu'elle se rendît responsable du climat particulier ou de la baisse de niveau de tel mardi moins bien fréquenté.

En ce temps-là, une rencontre importante se situa hors de son salon. Je me plais à narrer une première entrevue qui serait suivie de plusieurs autres. Des circonstances fortuites allaient décider de mon proche avenir.

Le gérant de la librairie, M. Mounin, entra de son pas rapide dans notre salle d'expédition. Un personnage l'accompagnait, un de ceux qu'on appelait autrefois « un bel homme » — en fait, un géant que je ne saurais qualifier de gros, d'obèse ou de replet tant la masse de sa chair était bien répartie sur son corps. Il aurait pu figurer l'Ogre de nos contes ou le Porthos d'Alexandre Dumas. Rien de monstrueux en lui, au contraire. Il se tenait droit, montrait de l'allure et de la manière. Je le soupçonnai d'être un pince-sans-rire. Le regard diffusait intelligence et bienveillance.

— Voici, lui dit le gérant en me désignant, un de nos bons éléments, monsieur Noir...

Le « bon élément » apprit que le visiteur se nommait Pierre Emme. Il était un journaliste connu appartenant à l'équipe d'un grand quotidien où il distribuait de multiples dons, passant de la critique littéraire au commentaire gastronomique, d'une étude sur l'art contemporain à des échos et des interviews, avec pour passion la philosophie. Il collaborait à une revue professionnelle. Son prochain « papier » concernait la maison d'édition et ses différents services.

— En l'absence de M. Leconte, dit M. Mounin, c'est M. Noir qui vous parlera du service commandes, de ce qu'on y fait, de ce que lui-même y fait. Comme il est une sorte de littéraire, il vous en dira plus qu'il ne faut. Je vous laisse...

La « sorte de littéraire » présenta M. Pierre Emme à Mlle Lavoix. Elle répondit par un signe et sortit en disant :

— J'ai quelque chose à dire à l'andouille...

Je parlai à notre visiteur de la permanence de *Messieurs les Ronds-de-Cuir*. Il cacha son amusement, préférant traiter des différences entre l'andouille de Vire et celle de Guémené, allant jusqu'à comparer le dessin des tranches à certaines œuvres abstraites. Sans transition, il fit un discours sur la méchanceté décapante de Georges Courteline. Trois minutes suffirent à la description de notre travail. Nous bavardâmes une demi-heure. Parfois, il prenait un livre sur une pile, le palpait, le feuilletait et je reconnaissais l'homme de lecture. Il regardait autour de lui, tout étonné, tandis que je prenais conscience de la vétusté du lieu en me récitant : « *A la fin tu es las de ce monde ancien...* »

— Votre travail ne doit pas être passionnant, dit M. Emme.

— Ce sont quand même des livres...

— Fort juste.

Après avoir parlé de littérature, nous fûmes enchantés l'un de l'autre. Il me promit de me rendre visite chaque fois qu'il se trouverait aux abords du boulevard Saint-Michel. Et il le fit. J'avais séduit Gargantua.

Il entrait, silencieux, discret, parfois m'apportait un de ces livres qu'il recevait en service de presse et m'en recommandait la lecture. Nous en discutions à la visite suivante. Comme il ne voulait pas nos rencontres limitées à ce triste endroit, il m'invita à déjeuner. Je lui avouai disposer de peu de temps pour le repas et lui parlai de cette pendule distributrice de blâmes. Je lus une sorte de commisération dans ses yeux. Il ne connaissait pas mon autre vie et ses présences : Eleanor et ses « salons », l'Oncle et ses chevaliers-poètes...

— Cher ami, dit-il, je suis votre aîné. Puis-je me permettre de vous dire que vous manquez de désinvolture ? Vous serez en retard, et alors ? Pensez à la course de l'Univers, au mouvement des planètes, aux agitations du monde, et vous vous apercevrez qu'un retard au bureau est une chose dénuée d'importance...

Je m'aperçus que j'avais pris ce pli, la discipline. On m'avait amené à avoir une mentalité de soumis. Je dis que je viendrais. Où? Le restaurant Chez René, boulevard Saint-Germain, après la place Maubert, à treize heures.

Ce matin-là, Mlle Lavoix me jugea « sapé comme un lord » et déplora ce déjeuner avec l'homme de plume d'un journal bourgeois. Je lui dis en riant que je serais en retard, qu'on ne respecte que ce qui résiste.

Pierre Emme arriva en même temps que moi. Nous entrâmes. A notre table, je vis trois couverts.

— J'ai invité un ami, me dit Pierre Emme, un gai compagnon, vous verrez. Et ce sera pour vous deux une surprise...

Le « gai compagnon » fut aussi étonné que moi. A son arrivée, je me levai. Pierre Emme dit qu'il était inutile de nous présenter. En effet, il s'agissait de M. Boisselier qui m'avait engagé et me maintenait sur mon siège de cul de plomb.

— Tiens! mais c'est Noir, dit-il.
— Un excellent ami! souligna Pierre Emme.
— Je vois qu'il a de bonnes relations...
— Je n'en manque pas, dis-je avec forfanterie.

Nous fûmes interrompus par René, le patron du restaurant, qui nous appela « ces messieurs » :

— Je conseille à ces messieurs mon nouveau saint-amour avec la série des hors-d'œuvre. Vous connaissez...

— Et après, la côte de bœuf! ajouta Pierre Emme.

M. Boisselier prit le parti de me mettre à l'aise. La lueur d'ironie qui lui était habituelle disparut de son regard. Il sourit et me dit :

— Oubliez le patron, Noir. Au moins le temps du repas. Nous sommes entre amis...

— Je serai en retard au bureau.
— Vous direz à Mounin que vous avez déjeuné avec moi. Ça le fera bisquer.

Les deux convives parlèrent de leurs amis : un poète nommé Fombeure, une romancière, Claire Sainte-Soline, que j'avais croisée chez Eleanor, et dont je n'avais rien lu. Cela me permit de poser des questions. Les plats de hors-d'œuvre étaient abondants et de solide nourriture. Il en arrivait sans cesse de nouveaux. La bouteille de saint-amour fut remplacée par une autre, une autre encore...

L'âme du vin, celle que le poète fait chanter dans les bouteilles, suscita la métamorphose, le retour d'un autre moi enterré dans le passé. Avant l'abandon, la déchirure, la longue peine, je cultivais l'insouciance, le bonheur, le rire. J'étais un autre. Et voilà que cet autre ressurgissait. Je fis des mots, risquai des calembours, eus de l'esprit. Oubliés la hiérarchie, le supérieur, le patron, le sévère M. Boisselier. Il riait avec nous. Nous nous relancions la balle et Pierre Emme, impassible, semblait jouer le rôle d'arbitre.

— Savez-vous, Julien, me dit-il, que *notre* ami est un grand éditeur, mais aussi un romancier avorté ?

— Ah ! non... Pierre, vous n'allez pas raconter cette vieille anecdote... Et puis, si ! J'aime mieux que vous en parliez en ma présence. Cela évitera vos embellissements, peste de journaleux ! Et vous, Noir, je compte sur votre discrétion...

Dans sa jeunesse, M. Boisselier avait écrit un roman d'amour dont le héros se prénommait Bernard. Il le présenta chez Bernard Grasset où il fut refusé. Alors il écrivit une nouvelle version où son jeune premier devenait Albin : refus d'Albin Michel. On devine la suite : le prénom fut Arthème (pour Arthème Fayard), Gaston (pour Gaston Gallimard)... Et l'œuvre ne fut jamais publiée.

— C'est du réchauffé, dit M. Boisselier.

— Voilà pourquoi souvent les éditeurs détestent ceux qu'ils publient, ajouta Pierre Emme.

Après la côte de bœuf, les fromages. Je consultai ma montre. Déjà trois heures ! Et deux bouteilles de saint-amour de plus. De rouge, les visages passaient au violacé. La tarte et le café prirent une demi-heure de plus. Pierre Emme possédait l'art d'amuser sans rien perdre de son flegme. M. Boisselier ne manquait pas d'esprit d'à-propos.

— Que dites-vous de tout cela, Noir? me demanda-t-il.

— Que j'ai... que nous avons trop mangé, trop bu!

— Bah! un coup de vipère fera passer le trop-plein.

La vipère, c'était une grosse bouteille d'alcool qui contenait une vipère. Cela me fit penser aux bocaux de fœtus du musée Dupuytren. L'horreur! Et on buvait cet alcool! Mes compagnons y firent honneur. Je refusai...

— Ô délicate jeunesse! dit Pierre Emme.

— Je préfère le calvados, vous comprenez...

Et je pensai à toutes sortes de serpents, ceux des livres ou des poèmes, du bébé Hercule tenant un serpent en main, à ce récent *Vipère au poing*, en passant par Lawrence, Baudelaire, Valéry, Giono, tant d'autres. Une idée de thèse : *Le Serpent dans la littérature*. Et son alcool dans les verres de ces messieurs...

— Vous avez bien le temps, Noir, disait M. Boisselier chaque fois que je me levais.

— Toujours pressés, ces jeunes gens! ajoutait Pierre Emme.

« Advienne que pourra! » me disais-je.

Et ce qui advint, c'est que Pierre Emme appela un taxi, tandis que M. Boisselier et moi marchions boulevard Saint-Germain. Pour éviter quelques tangages, il me prit le bras. Nous n'étions pas ivres, seulement un peu « partis », à peine gris. Le vent nous fouetta le visage, dispersa quelques vapeurs d'alcool. De temps en temps, M. Boisselier prononçait des paroles que le vent emportait et dont je saisissais des bribes : « Pierre, type épatant... Accompagnez-moi jusqu'au coin... Aïe! ce rendez-vous... Alors, vous, la vipère... Toujours ainsi... A moins que... »

Au moment de la séparation, il plaisanta :

— Noir, Noir... Nous sommes noirs, et tous les deux!

— A peine.

Le vent s'apaisa. M. Boisselier toussota. Sa voix se raffermit. Il me donna une tape sur l'épaule.

— Monsieur Noir, vous m'avez étonné, dit-il, moi qui vous tenais pour un imbécile d'employé modèle !

— Mais, monsieur, je...

— ... alors que vous êtes un luron, et quelles reparties ! Demain, venez à dix heures à mon bureau ! Je vous veux près de nous.

— Parce que ?

— C'est fait. Demain, j'en parle au « Grand », à Alexandre Guersaint qui sera ravi, à Mounin qui sera furieux. On vous a fait lanterner, mais cette fois est la bonne. A demain !

Je restai stupéfait. Si énorme qu'il fut, le repas passa bien, mais point certaines paroles, les unes positives, les autres blessantes : ces mots « imbécile d'employé modèle ». Le saint-amour ne pouvait les excuser. Et non plus le désir d'étonner, de faire un mot. Je manquais sans doute d'humour, mais je me sentais solidaire de ces employés modèles. J'allais voir mon rêve devenir réalité et je ressentais de la culpabilité. Parce que j'avais fait de l'esprit, dit des sornettes, jeté des mots, voilà que j'étais reconnu. Mes années d'application, en fait, n'avaient servi à rien. Je ne connaissais pas encore la société.

Le lendemain de notre équipée, je pris le chemin du temple de l'édition universitaire. J'étais pétrifié d'appréhension. M. Boisselier me reçut dans son bureau. Ses excès de cordialité disparus, il reprenait sa distance de patron. Il me dit avec quelque froideur :

— Vous tenez toujours à travailler ici ?

— Plus que jamais.

— Vous ignorez ce qui vous attend. C'est la fin d'une vie tranquille avec des horaires fixes. Enfin, j'appelle Guersaint... (« Allô, Guersaint, j'ai M. Noir dans mon bureau... Je vous laisse expédier ce raseur... ») — Et s'adressant à moi : Il rapplique dans cinq minutes. Profitons-en pour parler de votre futur salaire. Ne vous attendez pas à un pactole. Je dois garder une marge afin de pouvoir, le cas échéant, vous exprimer ma satisfaction (« Belle formule ! » pensai-je). Cependant, votre situation va s'améliorer. Que diriez-vous de...?

Il cita un chiffre que j'ai oublié. Je dis : « Bien. » M. Alexandre Guersaint entra, me serra la main, me parla et je reconnus sa voix grave. Les garçons qui m'avaient précédé pour ce poste n'avaient pas tenu le choc. (Quel choc ?) Comme M. Boisselier, il me mit en garde :

— Vous ne pouvez avoir une idée de l'ampleur du travail qui vous attend. Pour l'accomplir, il faut se multiplier. L'édition est faite ainsi. Et des gens à ne pas mécontenter, des problèmes à résoudre, une impression générale d'insatisfaction, rarement l'esprit en repos...

— Ne soyez pas trop effrayé, corrigea M. Boisselier. Votre futur bourreau est un perfectionniste. Ce n'est tout de même pas le bagne. Seul « le Grand » sait vous mettre au garde-à-vous. Vous travaillerez ici à partir du mois prochain, le temps de mettre au courant qui vous succédera à la librairie. Vous voyez : je sais tenir mes promesses.

— Je vous en suis reconnaissant.

Durant ce temps, il m'apparut que je calquais sans le vouloir mon attitude sur celle de M. Alexandre Guersaint. Nous n'étions plus *Chez René*... et M. Boisselier était redevenu lui-même. Je serrai les mains. Au moment de partir, M. Guersaint qui me raccompagna me dit :

— Vous verrez... Il y a quand même de bons moments...

Je faillis ajouter : « ... Et de fichus quarts d'heure ! » La gouaille héritée de la parente blanchisseuse voulut bien prendre d'autres quartiers.

Malgré l'attention, peut-être l'affection, qu'Eleanor me témoignait, en sa présence je me sentais emprunté. Au cours de ces pages, je suis tenté de me répéter, d'ajouter de la vie, de la couleur, de la musique à son portrait, de dire la finesse de ses traits, de définir son aisance, ses belles façons, sa délicatesse, son naturel, son élégance, et je serais plus à l'aise si je devais l'inventer, tel un romancier son personnage. L'aurais-je prise une seule fois en défaut que je me serais senti plus à l'aise, plus proche d'elle — car il existait cette distance dont je ne pouvais la tenir pour responsable : elle restait toujours elle-même et moi, je ne parvenais pas à me rejoindre.

— J'ai de bonnes nouvelles de Roland, me dit-elle.
— Il m'a adressé une carte postale. Des mots amicaux et de petites rosseries : c'est un jeu entre nous.
— Je sais tout cela et je connais bien Roland. Sous ses rosseries, comme vous dites, se cache son affection. Ce qu'on appelle « le Nouveau Monde » est vraiment pour lui un monde nouveau. A Paris, il se sentait toujours un peu américain. Là-bas, il se découvre français, ce qui ne lui déplaît pas. Il se dit « exotique ». « Je travaille comme un dingue ! » m'écrit-il. Un dingue, c'est un fou... Il est obstiné, il veut gagner...

— Et il gagnera ! dis-je en pensant à la vie prise comme un match de boxe.

Je tins secret le changement qui allait intervenir dans ma vie professionnelle. Je n'avais guère parlé de ma fonction à Eleanor, non parce qu'elle était modeste, mais par discrétion. Je n'aurais voulu entretenir la Dame que de choses belles, légères, aériennes, hors de tout réalisme.

L'Oncle rentra de son collège. De jour en jour, il semblait rétrécir et ses rides se creusaient. Il se redressa puis s'inclina et baisa la main d'Eleanor avec raideur. Il dit : « Vite ! au travail... » Et je pensai qu'il commencerait par le cognac. Eleanor eut-elle la même idée ? Elle me proposa de prendre un porto au salon.

— Notre maison se vide, me dit-elle en me tendant le verre, après Roland, Olivia va s'absenter. Deux ou trois semaines. A Istanbul pour les palais, Ankara pour le Musée hittite, et puis la vallée des Merveilles, Izmir... tout cela en rapport, je le présume, avec ses peintures. Je vous le donne en confidence : elle souhaite que vous l'accompagniez...

— Que je... l'accompagne, moi ? Hélas ! cela m'est impossible. Mon travail... j'entre justement dans un moment... crucial.

— Je le lui ferai comprendre. Elle ne vous en parlera donc pas. Il n'est pas agréable de refuser.

Un voyage en Turquie ! Et avec Olivia, ma sœur Olivia. Pierre Emme m'avait conseillé la désinvolture. Je me voyais mal disant à mes employeurs que je partais en voyage, au moment même où ils devaient m'accueillir à la maison d'édition. Eleanor lut mon regret sur mon visage.

— Julien, ne vous attristez pas. Ce sera pour une autre fois. Vous ne quittez jamais Paris, même durant vos vacances. Et si un jour, tous les trois, nous rendions visite à Roland ? Oh ! j'oubliais l'Oncle. Nous ne pouvons le laisser seul et lui ne voyagera pas.

Tandis qu'elle parlait, j'admirais ses gestes, les inflexions de sa voix.

— Me rendriez-vous un service, Julien ? Pas demain, mais le mardi de la semaine prochaine. Comme les gens désœuvrés, je m'occupe de beaucoup de choses. Des œuvres, des sociétés d'amitié entre les peuples... Parfois, votre ministère des Affaires étrangères me demande de recevoir des écrivains, des intellectuels en visite pour que je leur parle de la vie française. N'est-ce pas amusant, moi une Américaine ? Mardi prochain, je me consacre à des écrivains d'Amérique latine, des poètes, la plupart en exil pour cause d'opposition à leur gouvernement. Puis le gouvernement tombe et ils repartent, reviennent parfois. Dans certains pays d'Amérique du Sud, les changements sont constants. Le service demandé est que vous m'aidiez à les recevoir comme un maître de maison. Ils penseront que vous êtes mon fils. Je connais la langue espagnole, mais rassurez-vous : la plupart s'expriment fort bien en français. Quelques-uns de vos compatriotes seront de la partie. Vous verrez comme ces gens d'Amérique latine sont chaleureux.

Je me voyais mal en maître de maison et Eleanor n'imaginait pas que je boude sa réunion. Je lui dis une fois de plus combien ses réunions m'étaient chères. A la plus récente, un grand écrivain, un styliste, Marcel Jouhandeau accompagné de son épouse Élise, avait été fêté. Élise m'avait pris à part pour me dire : « Regardez-le faire le paon. Méfiez-vous de lui... » sans me préciser le pourquoi de cette méfiance. Une autre fois, un violoniste, Ivry Gitlis, nous avait charmés. Quand on lui posait une question, il demandait à son violon de répondre à sa place, jouait avec art et fantaisie, et l'on aurait pu croire qu'il était un ventriloque donnant sa voix à un instrument.

Qu'il fut long à venir, ce mardi, long comme mes dernières journées à la librairie. Le lendemain matin, je rejoindrais la maison d'édition. M. Mounin, M. Leconte me boudaient comme si je les avais trahis. Mlle Lavoix était triste et, pourtant, je ne m'éloignerais que de quelques centaines de mètres. Tête de mort, l'homme des avant-gardes, alla jusqu'à me traiter d'arriviste et je lui répondis que je n'étais pas encore « arrivé » et arrivait-on jamais quelque part ?

La soirée d'Eleanor fut la plus séduisante de toutes celles que je connus. Ce fut une animation constante, et, plus encore, une démonstration d'énergie humaine, comme si toutes les forces naturelles de cette Amérique latine, forêts vierges plus vastes que des nations, montagnes, pampas interminables, fleuves comme des mers, torrents, pluies et forces solaires, habitaient l'être, le corps, la voix de ceux qui les chantaient. Auprès de cette union latine, toute rencontre me paraîtrait sage et fade.

Ils arrivèrent par groupes bruyants. Les nommer, je le désire, non comme dans une relation de chroniqueur mondain, mais pour faire chanter les noms de ces poètes, mémoires vivantes, porte-parole des peuples, témoins et acteurs des révolutions, des hommes-livres, des hommes libres que l'exil disséminaît, qui, à la faveur d'un changement politique, retrouveraient leur sol, repartiraient, en seraient les ambassadeurs.

Je revois les hautes silhouettes de Miguel Angel Asturias et de Jorge Carrera Andrade tenant par le bras leur ami Juan Liscano, Robert Ganzo devenu poète français présentant la cinéaste vénézuélienne Margot Benaceraf couverte de fourrures malgré la belle saison, d'autres comme Rafael Pineda, Juan Bosch, et Gerbasi, Gallegos, Pietri. Tous riaient, se congratulaient, s'étreignaient en s'embrassant et en se tapant dans le dos et sur les épaules. Chacun retrouvant l'autre rejoignait sa terre natale, sa langue, ses traditions. Comme gagnés par cette contagion heureuse, les Français comme Alain Bosquet ou Pierre Seghers, Alain Jouffroy ou Bruno Durocher ne furent pas en reste. Seuls quelques-uns des habitués des mardis, étonnés, peut-être choqués par cette animation, se tinrent à l'écart et nous quittèrent bientôt.

Eleanor n'avait pas les soucis des réunions habituelles où elle devait user de diplomatie, ménager des susceptibilités, faire des présentations. Cette fois, les invités se connaissaient, pratiquaient la courtoisie hispanique avec noblesse et simplicité. Je pris plaisir à entendre la voix d'Eleanor qui, plus qu'elle ne le parlait, chantait l'espagnol. Elle ne régnait pas sur une cour d'amour, elle se sentait elle-même comme une invitée. L'Oncle ne fit qu'une courte apparition. Olivia devait être sur les rives du Bosphore.

Je n'avais rien à faire, sinon indiquer à un extra maladroit les groupes où présenter son plateau. Je n'osai m'introduire là où l'on parlait cette langue que je ne connaissais pas, pour que nul ne se crût obligé d'employer le français.

Parmi ces écrivains, pour la plupart des poètes, l'un d'eux se distinguait, non seulement par sa haute taille et son aspect massif, mais par les particularités de son visage. Il me fit penser à des sculptures ou des représentations de l'art maya. Le sang indien et le sang espagnol mêlés avaient composé ce personnage. Il paraissait songeur, impassible, son regard sous des paupières épaisses se portant vers des lointains inconnus. Son long nez busqué apportait de l'équilibre à ses traits. Il s'approcha et m'invita à m'asseoir près de lui sur un canapé. Il vida son verre, le regarda et me dit : « J'ai trop aimé l'alcool... » et, sans raison apparente, ses lèvres épaisses s'ouvrirent sur un rire d'enfant. Il me demanda en espagnol que je compris si j'étais poète. Je répondis : « Seulement lecteur ! » Il dit : « Alors vous êtes mon maître ! » Il me parla de ses voyages, de ses exils comme s'il s'agissait là d'un état naturel. Il se dit « guatémalien » car pour lui le mot « guatémaltèque » s'appliquait à l'ancienne civilisation. Il devait tout à la France, et en particulier à Paul Valéry qui l'avait reçu quand il était jeune homme. Plus tard, quand je lirais ce Miguel Angel Asturias, je ne lui trouverais rien de commun, dans ses romans ou ses poèmes, avec l'auteur de *Monsieur Teste*. Je n'imaginais pas qu'il serait ambassadeur de son pays en France et Prix Nobel de littérature.

Ces hommes, venus de pays différents, avaient une même patrie : leur langue. Nos écrivains français étaient subjugués. Peu à peu, la fougue, l'énergie, l'enthousiasme de leurs amis d'outre-Atlantique les gagnaient. Je m'aperçus qu'un jeune homme établissait le lien, un traducteur nommé Claude Couffon, sympathique, avec sa bonne tête normande aux joues pleines creusées par des fossettes. Ses yeux, son sourire ne portaient que malice. Me voyant seul, il eut la gentillesse de me dire ce que représentait chacun des écrivains qui se trouvaient là. Il me parla de Borges, plus européen, et de Pablo Neruda, lui aussi en exil, et dont la gloire populaire dépassait l'imagination d'un Français. J'aurais aimé qu'ils fussent présents eux aussi, mais l'un, Borges, était toujours à Buenos Aires et Neruda quelque part en Italie.

Jamais une des réunions d'Eleanor ne se termina aussi tard. Je dormis mal cette nuit-là. Les yeux fermés, je revoyais tous ces visages, je revivais cette animation, et une idée vague que j'avais du poète, une idée lunaire, s'effaçait comme devant un soleil brûlant. Et le lendemain, le lendemain...

Le lendemain de cette soirée inoubliable, je me rendis à la société éditrice. Comme j'étais en avance, je me promenai dans le quartier. Sur le boulevard Saint-Germain se côtoyaient de nombreux éditeurs, le tout-puissant Hachette, Dunod, Masson, P.U.F., et nombre d'autres, techniques, scientifiques ou médicaux. Le transport des livres s'effectuait par les modes les plus divers, gros camions et fourgonnettes, motos et bicyclettes, triporteurs et voitures à bras, caisses à roulettes et diables, toilettes nouées et portées à l'épaule, simples valises. On voyait des piles de livres sur les trottoirs et tout un peuple de livreurs et de coursiers s'affairait.

Je m'arrêtai devant la façade de marbre ornée de l'emblème de fer forgé et des lettres magiques indiquant *ma* maison d'édition. Par parenthèse, un lecteur pourrait s'interroger : pourquoi ne pas mentionner le nom exact de la firme qui m'employait ? Ma réponse serait que j'ai le goût de pimenter mon plat d'un rien de mystère. Qui ne la reconnaîtrait pas pourrait se livrer au jeu de la recherche. Et qui sait si son nom ne se cache pas quelque part dans mes pages ?

J'entrai dans le hall, saluai une jeune et jolie caissière, gravis les marches pour trouver M. Boisselier qui s'entretenait avec la standardiste en haut de l'escalier. Il me serra la main et me dit que j'étais à peine à l'heure. J'avais oublié les caprices de ma montre. Il me demanda de le suivre.

Honneur suprême, « le Grand » me reçut dans son bureau, une longue pièce au plafond bas où ronronnait un épurateur d'air. Il ne me proposa pas de m'asseoir et me tint un bref discours :

— Vous voici parmi nous. Vous devez mesurer votre chance. Travailler ici, c'est en quelque sorte poursuivre ses études, et de manière diversifiée et intensive.

— Oui, monsieur, je mesure ma chance, dis-je.
— C'est tout. Ne perdez pas de temps. Au travail!

M. Boisselier me présenta à sa secrétaire particulière, Mlle Yolande, celle qui savait tout de la maison. Elle me mesura des pieds à la tête et ne dit rien. Puis nous entrâmes dans le bureau de M. Alexandre Guersaint.

— Vous voilà enfin! dit ce dernier.
— Enfin..., repris-je.
— J'imagine que « le Grand » vous a fait son petit discours.
— En effet.
— Vous êtes donc intronisé.
— Je vous verrai plus tard, dit M. Boisselier en sortant.

M. Guersaint ouvrit une porte qui communiquait avec son bureau et me désigna mon lieu de travail : un vrai bureau, fort grand. Des rayonnages étaient chargés de livres.

— Ce sont les nouveautés, expliqua M. Guersaint. Dès qu'un livre arrive, on vous l'apporte. Ce sera pour vous un objet de travail. Si l'un d'eux vous intéresse à titre personnel, emportez-le mais en me prévenant. Je suis surchargé de travail. Je ne vous mettrai au courant que petit à petit. Installez-vous. Si vous manquez de matériel de bureau, vous rédigez un bon que vous portez aux archives. On vous remettra le nécessaire.

« Brrr! » fis-je une fois seul dans le bureau non parce qu'il faisait froid mais pour ce qu'il y avait de glacial dans cette maison.

La dame qui frappa à mon bureau, toute ronde, toute rose, se présenta :

— Je suis madame Elhakim. On m'appelle Ella. Le bureau des sténodactylos est en face de votre bureau. Je m'occupe des lettres, de la ronéo et des stencils (je ne savais pas de quoi il s'agissait).

— Je suis sûr que nous nous entendrons très bien.
— J'ai l'habitude. Vous dites tous la même chose. Ensuite, vous disparaissez.

« Brrr! » Je tirai les tiroirs du bureau, fis l'inventaire de ce qui manquait, crayons, dossiers, gomme, et autres. Aux archives trônait une Mlle Liliane, grande, blonde, fardée telle la caissière du Grand Café.

— Un nouveau visage, dit-elle d'une voix précieuse. Pas mal, pas mal du tout ! Pour les fournitures, c'est le mercredi, mais je veux bien faire une exception.

Elle ajouta un clin d'œil, prépara les éléments de ma demande et observa sur le ton de la confidence :

— C'est une maison de fous...
— Un de plus...
— Boisselier n'est pas ce qu'il veut montrer. Guersaint, lui, c'est un *gentleman*. Orliac, le chef du personnel, une vraie peau de vache (je le savais...) et un coureur de jupons, il saute sur tout ce qui passe. Méfiez-vous de Mlle Yolande, c'est une bonne fille, mais elle a son caractère. Je vis en dehors de tout cela, vous pensez bien. Je suis d'un autre monde, mais les revers de fortune...

Quand j'eus réuni mes accessoires, elle ajouta :
— Je fais le classement. Parfois on me demande le dossier d'un auteur. A part ça, je ne fais rien. Venez me voir de temps en temps...

Durant la matinée, je m'installai. J'attendis en vain des ordres. A midi, je me rendis au café Le Cluny, si proche et si différent du Dupont-Latin. Là, les clients étaient plus réservés, plus silencieux. A mon retour, M. Guersaint, bien qu'il n'eût qu'une porte à franchir, me téléphona pour me demander de le rejoindre. Il était souriant, toujours calme et digne. Il me fit asseoir.

— Monsieur Noir, voici l'organigramme de la maison. Je précise que vous n'avez d'ordres à recevoir que de M. Boisselier. Vous ne verrez guère « le Grand ». Vous êtes donc mon collaborateur, pas mon secrétaire, disons : mon adjoint, en attendant que je sois appelé à une plus haute fonction. Si tout va bien, vous me succéderez... « Le Grand » a un fils. Il est mon ami. Il lui mène la vie dure. Lui préférerait jouer de la trompette à Saint-Germain-des-Prés. Un jour, ce sera lui « le Grand ».

— Et il oubliera la trompette ?

— Je vous parle de choses sérieuses. Nous avons ici des jeunes gens sortis des grandes écoles. « Le Grand » les nomme « attachés de direction », ce qui ne veut pas dire grand-chose. M. Boisselier ne leur précise jamais leurs attributions. Pour tout dire, il prend un plaisir sadique à les laisser patauger. Il déteste les forts en thème. Il n'aime que les gens « sortis du rang » comme vous. Le défaut de ces garçons est qu'ils ont souvent la tête bien pleine mais pas bien faite. On attend que l'un d'eux étonne par ses initiatives. Celui-là sortira...

— Pourquoi réussirais-je où ils ont échoué ?

— Parce que vous avez déjà, par la librairie, une expérience. Et aussi, vous avez suscité deux confiances dans cette maison, M. Boisselier et moi, nous comptons sur un travail précis dans une ligne tracée. J'en reviens à vos attributions. Ces garçons sont des gens de qualité. Ne les laissez pas prendre barre sur vous. Le scénario est le suivant : « M. Brun, venez me voir dans mon bureau... » Réponse : « Adressez-vous pour cela à M. Guersaint ! » Et si je ne suis pas présent : « C'est à vous de venir me voir. Je vous accorde cinq minutes... » S'ils vous appellent, c'est pour montrer de l'autorité ou pour les aider à résoudre un problème qui les dépasse parce qu'il se situe hors de leur abstraction.

— Ainsi ferai-je, et avec politesse.

— Nous nous comprenons. Par bien des aspects, vous allez me trouver détestable. Nous ferons du bon travail ensemble. Je dis bien *ensemble*. Vue de l'extérieur, l'édition est séduisante. Elle apparaît d'un niveau supérieur. Or ce métier est composé de corvées triviales. Ainsi, pour ce service de publicité, l'établissement de catalogues par matières. Il faut écrire à la main des milliers de fiches. Et si un ensemble d'éditeurs organise une exposition à l'étranger, on recommence. Pour la publicité, il faut prévoir l'acheminement par un système de fichiers sans cesse renouvelés, tenu à jour, par des annuaires, des listes d'anciens élèves des grandes écoles, des bibliothèques universitaires dans le monde entier : pour ces dernières, il y a *The World of Learning*. Peu de placards publicitaires dans la presse. Nous nous adressons directement aux spécialistes. Les enveloppes sont confiées à l'extérieur. Un vieux monsieur fait travailler toute sa famille. Encore faut-il lui indiquer les bonnes directions d'envoi. Voilà pour le travail monotone et ennuyeux. Est-ce clair ?

— Je comprends fort bien.

— J'en viens au plus agréable, encore que... Ici, on ne porte pas la blouse verte. En revanche, une tenue soignée est exigée. Le genre artiste est proscrit.

Étais-je convenable ? Pourquoi M. Guersaint regardait-il ma cravate ? Trop bariolée ?

— J'ajoute, reprit-il, qu'il n'est pas question que je vous confie les sales boulots et que je me réserve le meilleur. Nous partagerons. J'en viens maintenant à l'essentiel de vos activités. Vous aimez écrire ? Vous allez être servi... Non pas de la bonne littérature, celle que je chéris aussi, mais du concret, du réel, de l'insipide. L'écriture utilitaire, mercenaire. Pour nos grands ouvrages, nos collections prestigieuses, nos dictionnaires, des textes à rédiger et qui sont destinés à des dépliants illustrés. Vous aurez à établir une prémaquette sur des modèles existants. Notre service de fabrication a des spécialistes pour la mise au point. Attention : celui qui dirige ce service a l'oreille du « Grand ». Beaucoup de franc-maçonnerie dans notre métier. Ce M. Adalbert va vous critiquer, vous empoisonner sur des détails. Dites-lui toujours qu'il a raison et n'en faites qu'à votre tête.

— Il me faudra un manuel de psychologie...

— Si vous voulez bien, nous réserverons nos plaisanteries hors service. Je reprends. Pour chaque livre, en principe, vous rédigerez une lettre qui sera ronéotypée par Mme Ella. Elle sera accompagnée d'un bon de commande : en haut, la table des matières, en bas, le bon à découper. Le plus important : la lettre. Vous ne vous adressez pas à des clients de la Redoute. Il y faut un texte net, précis, sans bavardage, une description de l'ouvrage attrayante, flatteuse pour votre correspondant inconnu. C'est le contraire de la facilité. Je vais vous remettre des modèles. Vous les étudierez. Aujourd'hui, vous travaillerez sur un *Manuel d'épistémologie* qui vient de paraître. Vous me soumettrez votre présentation. Ne vous vexez pas si je vous corrige comme un pion... Ouf! je déteste parler longtemps et j'ai encore tant de choses à vous dire car nos travaux ne s'arrêtent pas là...

M. Guersaint se pencha vers moi et sa gravité disparut derrière un sourire amical. Il dit :

— « Le Grand » n'aime pas qu'on fume dans les bureaux. Il ne l'interdit pas, toutefois. Et comme il ne quitte jamais son bureau... Cigarette ?

Je crus bon de l'accepter, moi qui ne fume que la pipe. Un moment de détente. Mais ce manuel de quoi ? Ah oui! d'épistémologie.

— Quand nous en aurons le temps, nous parlerons de littérature, dit M. Guersaint. J'écris de petites études critiques. Je vous offrirai le tiré à part que doit m'envoyer la revue *Critique*. Il s'agit de Joubert.

De l'air pur, enfin. Mais mon interlocuteur revint à notre profession :

— Une fois par semaine, réunion chez Boisselier. Vous n'y participez pas. Il me demande ce que j'ai fait pour tel livre. Je le lui dis. Ou si rien n'est encore fait, j'affirme que cela fait partie de mes préoccupations. Même s'il n'en croit pas un mot, il fait semblant. Sa qualité est d'être expéditif. Les réunions chez « le Grand » une fois par mois. Là, il suffit d'écouter. Parlons de l'avenir. Mlle Yolande s'occupe depuis des temps immémoriaux du service de presse. Avec automatisme et sans imagination. Je souhaite réunir ce service au nôtre. Elle mettra des bâtons dans les roues. Quelque jour, vous aurez vous-même un collaborateur. Demain, je vous entretiendrai de nos relations avec les auteurs, d'une revue critique de nos propres livres qui paraît tous les trois mois. De jeunes normaliens écrivent les articles. Il en manque toujours quelques-uns que je rédige. Vous m'aiderez. Pour les fiches bibliographiques, j'emploie parfois des étudiants, des garçons de l'École des chartes qui se font ainsi un peu d'argent de poche.

Pour la rédaction des textes publicitaires, il fallait travailler « de chic », lire préface et table des matières, se défier des projets de prière d'insérer rédigés par les auteurs, et puis apporter sa modeste part de création par l'art de l'argumentation.

J'aurais pu me sentir écrasé par l'ampleur du travail. M. Alexandre Guersaint, tout en énumérant les difficultés, m'avait encouragé. Je me sentis soutenu. Je revois sa taille élancée, sa chevelure drue coiffée en arrière, son front haut, sa sûreté de soi et son désir d'effacement mêlés, sa franchise et une forte dose d'humour cachée derrière ses propos, un sérieux qui ne se prend pas au sérieux...

Je revins à mon bureau tenant en main ce fameux traité d'épistémologie. Je me disais : « Applique-toi, Julien, tire la langue comme un écolier... » Auparavant, je lus de précédentes circulaires rédigées par M. Guersaint. Je me sentis découragé. Chacune de ses lignes témoignait de sa rigueur, de son exactitude, d'une sorte d'acuité, de transparence comme si le rédacteur connaissait déjà le lecteur auquel il s'adressait. Et ce style élégant, fluide. Je pensai à cette correspondance écrite à la librairie. Et qu'il signait ! Comme il avait dû sourire...

Ce fut un long apprentissage. A tant lire, j'avais fini par me prendre pour un écrivain. Désenchantement. Au début, M. Guersaint, après avoir lu le texte d'une de mes lettres-circulaires, me demandait de la récrire selon ses indications. Ma plume courait trop vite ; je ne savais pas la retenir ; mon défaut venait de trop de facilité. Mon mentor ne critiquait jamais mon style de manière directe. Il parlait du lyrisme ennemi de l'écriture. Je recommençais. « Voilà qui est mieux ! » approuvait-il aux meilleurs moments. Selon les cas, j'étais irrité ou reconnaissant.

Viendrait le temps où il me demanderait de développer tel argument, d'oublier tel autre. Il soulignerait une phrase trop longue, bifferait adjectifs et adverbes. « Il suffit d'un nettoyage ! » disait-il comme s'il s'agissait d'une tache sur un vêtement. Plus tard, bien plus tard, après tant de reprises et de ratures, il me dirait : « Il est désormais inutile de me soumettre vos textes. Je ne ferais pas mieux... » J'avais compris ses leçons. *Nathanaël, je t'enseignerai...* la rigueur. Il me confierait :

— Vous avez dû bien souvent me trouver cuistre. J'ai volontairement exagéré mes critiques. Au fond, je vous envie. Je suis plus analyste que créateur...

Nous ne fûmes jamais intimes. Nous ne nous appelâmes jamais autrement que « Monsieur ». C'est grâce à lui que je me maintins dans un poste difficile. Je ne reçus jamais de compliments, mais dès qu'il naissait un problème à résoudre, on disait : « Demandez à M. Noir... »

Va où il y a des livres... Creusons le lit de la Merveille... Pour mon travail, je parcourais les livres, finissais souvent par les lire. Des pans de ce savoir se logeaient dans les petites cases de mon cerveau, comme entrés par effraction. J'étais parcouru par de nouvelles visions du monde, visité par de nouvelles curiosités. Le risque était de me perdre, le plaisir, de me retrouver. *Dévorez des livres!* était le slogan de cette affiche où l'on voyait Gérard Philipe manger un ouvrage. Je ne dévorais pas, je dégustais, je buvais, j'étais ivre de mélanger ces liqueurs.

Ma vie se divisait en deux parties : la rue Gay-Lussac où flottait, même en son absence, le parfum subtil d'Eleanor, où le décor évoquait l'harmonie, la féminité, l'accueil; le boulevard Saint-Germain et son austérité de cloître, cette impression aussi de mal respirer derrière des fenêtres closes pour éviter les bruits de la circulation.

— Vous venez vous pavaner, me disait Mlle Lavoix quand je lui rendais visite, et avec des bonbons pour vous faire pardonner de m'avoir abandonnée... Sale gosse !

Autre refrain quand je voyais les employés de la librairie, Saint-Fargeau, Marbeau, les jeunes : pour eux, j'évoluais dans les « hautes sphères » comme cela devait arriver.

Eleanor, sans cesse en mouvement, sortait beaucoup. Elle présentait Paris à des Américains de passage, des personnes de sa famille ou des amis de sa jeunesse. Elle répondait à toutes les invitations, allait d'une cocktail-partie à l'autre, fréquentait les salles de théâtre, l'Opéra, les concerts, ce qu'elle ne faisait pas avant que Roland fût aux Amériques et Olivia en Turquie. Je la soupçonnais de tromper son ennui, mais Eleanor n'était pas une personne à faire des confidences.

Nos déjeuners du dimanche, à trois, manquaient de vie. Une cuisinière avait été engagée qui nous servait. La table paraissait trop grande. L'Oncle, s'il n'était pas taciturne, parlait de ses jeunes années, décrivait des personnages inconnus, répétait la même histoire ou démontrait la vanité de toutes choses. « Chaque soir, disait-il, je m'endors au Moyen Age, et chaque matin, je m'éveille au XXe siècle, quel parcours ! » Sa dernière découverte, il l'avait faite parmi les livres venus de Saint-Fargeau, un poème de la fin du XVe siècle, *La Grande Diablerie* d'Eloy d'Amerval, un dialogue versifié entre Satan et Lucifer qui, pour lui, tenait de Dante et annonçait Rabelais. Il posait le livre, une édition de 1884, près de son couvert, l'ouvrait, lisait un passage et nous faisions semblant de rire avec lui.

Les mardis ne perdaient rien de leur charme. Les Jouhandeau venaient souvent. Je me souviens de dialogues avec le grand écrivain :

— Que lisez-vous en ce moment, jeune garçon ?

Je lisais trop de livres, pour ma profession ou pour mon plaisir, les deux ne se contredisant pas toujours, et je répondais au hasard :

— Je lis *Connaissance de l'Est*.

— Claudel ? Vous êtes bien trop jeune pour lire ça...

Il me prenait à part, chuchotait, me confiait :

— Je reçois beaucoup de lettres de jeunes gens. Tenez : lisez, mais si ! lisez...

Il me tendait une lettre finement écrite. Son correspondant faisait une description de la partie la plus intime de sa personne et d'un dialogue avec son petit instrument qu'il décrivait comme étant très laid, mais d'une grande pureté... Un morceau de style dans le goût de l'écrivain. Je lui dis :

— Le correspondant n'existe pas. C'est une lettre que vous vous êtes expédiée à vous-même.

— Ah ! je suis bien fâché, bien fâché..., et il me tournait le dos.

Le professeur à la Sorbonne s'entretenait avec l'Oncle. Ils étaient en désaccord sur quelque point de rhétorique médiévale et aucun ne voulait en démordre. Eleanor, toujours si courtoise avec ses invités, me dit :

— Cet homme, je ne l'aime pas. Il est faux. L'histoire du dossier « sous le coude », je n'y crois guère. Au fond, il déteste l'Oncle et l'Oncle le sait. Il m'a dit : « Pour lui, je suis un métèque... Enfin, il me donne de l'espoir... Le dossier remontera peut-être à la surface... »

De moi, que pourrais-je dire ? Ma blessure d'amour, je n'avais pas le temps d'y penser. Je quittais le bureau tard le soir. Il m'arrivait d'emporter du travail, d'oublier de dîner pour le mener à bien. Et, le lendemain, cela recommençait. A la librairie, je voulais étonner ; à la maison d'édition, je cherchais à ne pas décevoir. Ma pensée alors allait vers Alexandre Guersaint, attentif et courtois, et ne se départant jamais de sa distante froideur.

Deux

Les mois passèrent. Olivia était rentrée depuis longtemps de Turquie. Elle restait quelques semaines à Paris, s'enfermait dans sa tanière, travaillait, puis repartait vers la Grèce, l'Italie, l'Autriche. J'attendais le retour de Roland; j'appris par Eleanor qu'il prolongeait son stage aux États-Unis.

Comme il l'avait prévu, Alexandre Guersaint fut nommé directeur littéraire. Il ne changea pas de bureau. Il garda l'œil sur son ancien service et m'en confia les responsabilités sans qu'on m'honorât du moindre titre. Je fus aussi chargé du service de presse, pas la grande presse, mais les envois aux revues spécialisées. Était-on, en haut lieu, satisfait de mon travail? Le silence. Seul M. Guersaint me disait : « Tout va bien pour vous... » et cela sous-entendait : « N'en demandez pas plus. »

Mon bureau s'enrichit de nouvelles présences. Une maquettiste jeune et jolie, mais lointaine, installa sa table à dessin près de la fenêtre. A mon tour, j'eus un collaborateur, Ubert, vigoureux et placide, portant sur le visage un air d'autrefois, celui d'un page ou d'un jeune officier qu'on imagine dans un uniforme blanc avec des brandebourgs. J'étais tenté de le surnommer l'Aiglon. Méticuleux et lent, les yeux étonnés, il inscrivait les titres des livres sur des fiches destinées aux catalogues. Comme « le Grand » ordonnait que tous les titres universitaires de l'auteur fussent indiqués, c'était interminable. Ce bon Ubert, j'aurais dû le secouer, lui faire des reproches. Or j'en étais incapable. Je n'avais rien d'un chef. Peut-être parce que j'avais appris cette phrase traduite d'Emerson : « *Toute autorité d'un individu sur un autre est une usurpation divine.* »

— Ubert, vos fiches, elles avancent ?
— Monsieur ? Oh ! pardon... J'étais ailleurs.

Il souriait si gentiment ! Je connaissais son « ailleurs ». Il collaborait avec un groupe de spécialistes à la rédaction de gros ouvrages à petit tirage consacrés à la généalogie et à l'héraldique. Un travail interminable. S'ils répertoriaient la descendance de Louis XIV, celle de sa progéniture, y compris les bâtards et leur propre prolifération de nobles ou de roturiers, les listes s'allongeaient. Il prit l'habitude de recevoir ses amis au bureau, tous, comme lui-même, familiers du Gotha. J'ai oublié les noms. Je sais que l'un d'eux devait épouser une reine et changer de nationalité. Le plus intéressant se nommait Du Puy de Clinchamps. Il travaillait comme un détective et il affirmait qu'une partie de la noblesse était fausse. Il me conta l'aventure de cette riche veuve qui reprit le nom d'une illustre famille éteinte et écrivit tant de lettres de félicitations pour les fiançailles, les mariages et les naissances des familles royales qu'elle fut bientôt invitée dans les cours sans que nul ne vérifiât ses origines.

Si les réunions se prolongeaient, pour ne pas blesser cet Ubert si charmant, je sortais du bureau, l'appelais dans un autre et lui signifiais que nous ne devions pas faire salon car le travail attendait.

M. Boisselier lui dit qu'étant voisin du Nouveau Cercle il déposerait un colis destiné à un des membres de cette compagnie. Je fus amusé : pour la première fois, l'impassible Ubert rougit, pâlit et me confia :

— Je ne suis pas coursier ! Vous m'imaginez portant un colis au Nouveau Cercle ?
— Pourquoi pas ?
— C'est que... j'appartiens au Nouveau Cercle, j'y ai mes entrées...

— Ne vous tracassez pas, Ubert, je porterai le colis.

Je continuais ma ponte quotidienne de textes. Que de lignes, que de pages! J'appelais cela « tartiner ». J'y étais devenu fort habile. A ce point qu'un spécialiste de la psychologie de l'enfant désira connaître l'auteur anonyme qui avait si bien compris son livre. Je m'abritai derrière le jeune normalien inventé. En fait, je n'avais fait que reprendre des phrases de l'auteur lui-même.

Mon ami Pierre Emme ne m'avait pas oublié. Il nous arriva de dîner ensemble en compagnie de certains de ses confrères qu'au fil des années je verrais monter en renommée, comme tel chroniqueur politique au nom d'empereur romain, ou ce jeune homme venu du Rhône qui révolutionnerait la vente des livres par une célèbre émission télévisuelle. En attendant, il voulut bien écrire des échos sur nos publications si loin des lectures du grand public.

J'enviais Alexandre Guersaint de recevoir les auteurs de la maison. Il arrivait qu'un inconnu vînt présenter un manuscrit sans intérêt et impubliable. M. Guersaint me demandait le service de le recevoir et de le décourager. Je le faisais avec répugnance. Souvent, le malheureux auteur cherchait à me séduire par un excès de considération. Et moi qui aurais voulu lui venir en aide, je débitais des phrases toutes faites qu'il avait déjà dû entendre : « L'état actuel de notre programme, très chargé, ne nous permet pas... » ou bien : « Ah! si votre ouvrage entrait dans le cadre de nos collections, mais... »

Pour les envois à la presse, je cochais des noms de revues sur les listes, recevais l'auteur concerné et le confiais à Ubert. Certains nous laissaient l'initiative et ne dédicaçaient aucun livre. D'autres se plaignaient que si peu d'exemplaires leur fussent attribués. Je me souviens d'un historien qui publiait son premier essai. Il s'insurgea :

— Comment voulez-vous que mon livre soit connu, que je devienne célèbre avec quarante services de presse?

Je ne sais quelle était la disposition de son esprit quand je lui répondis : « A quoi bon ? » Il me le reprocherait en enrichissant l'anecdote d'une mise en scène sympathique et nostalgique. Ainsi écrit-on l'histoire.

J'assistais désormais aux réunions chez M. Boisselier, des piles de dossiers sur mes genoux : ce que nous avions fait, ce que nous faisions, ce qui restait à faire... et il m'adressait, sur un ton indifférent, de vagues reproches. « Il s'en moque de plus en plus ! » me soufflait Alexandre Guersaint.

Je ne vais pas raconter toutes mes journées. Il me faudrait tracer cent portraits d'universitaires, de chercheurs, et je voudrais réserver mes pages pour l'un d'entre eux qui me marqua plus que tous les autres.

Le jour vint où nous fûmes, MM. Boisselier, Guersaint, de jeunes attachés de direction et moi, chez « le Grand ». Il se tenait debout, les mains derrière le dos, nous désignait des sièges confortables où personne ne s'enfonçait, où l'on s'asseyait sur le bord par une absurde déférence. Il nous regarda tour à tour, ne dit pas un mot avant qu'il en jugeât le moment venu.

A notre surprise, il nous parla de la femme de ménage qui nettoyait chaque jour nos bureaux, vidait nos corbeilles et nos cendriers. Sans doute ne connaissions-nous pas même le nom de cette dame... parce que nous n'avions aucun sens social. Ce fut le moment où le fils du « Grand » entra et dit : « Elle s'appelle Blanche ! » Cela ne plut pas au « Grand ». Son effet contrarié, il rectifia : « *Mademoiselle* Blanche. Son fiancé est mort dans les tranchées en 1914. Elle ne s'est jamais mariée. Elle est femme de ménage et c'est un métier aussi honorable que le vôtre. Je ne parle pas pour vous, Boisselier, mais pour ces jeunes gens. La réunion est terminée ! »

En sortant, le fils du « Grand » éclata de rire. Il dit :

— Une leçon sociale. Quel culot ! Il n'en pense pas un mot. Nous allons offrir des fleurs à *Mademoiselle*

Blanche en lui laissant croire qu'elles viennent de mon père. Je la vois déjà le remercier...

Autre réunion, plus sérieuse sur le plan professionnel, mais au cours de laquelle je me conduisis si mal que tous pensèrent que je ne resterais pas longtemps dans la maison. « Le Grand » nous parla d'une exposition itinérante des livres de la firme dans les capitales étrangères. M. Guersaint et moi serions chargés de la préparation : panneaux, enseignes, rayons, invitations aux personnalités, choix des ouvrages, etc. Il viendrait pour l'inauguration et prononcerait un discours dont M. Guersaint devrait préparer les éléments. Je serais du voyage, ce qui me fit plaisir.

Pourquoi, mais pourquoi, ai-je pensé à ce moment-là à ce passage de Duhamel où l'infortuné Salavin pince l'oreille de son patron? A son imitation, un double se détachait de moi et faisait pipi dans la corbeille à papier du « Grand ». Et soudain, en ces moments graves où chacun notait ses instructions, ma pensée profanatrice fit que j'éclatai de rire, et ce rire devint fou rire.

— Sortez, Noir, sortez. Vous reviendrez quand vous vous serez calmé. Il vous faut consulter un neurologue.

Lorsque je revins, M. Guersaint expliquait au « Grand » que cela m'arrivait parfois, qu'il mettait cela sur le compte de trop d'acharnement au travail et d'une réelle fatigue.

— C'est bien, dit « le Grand », si vous travaillez autant, je vous excuse.

Le peu communicatif Alexandre Guersaint éprouvait pour moi de l'estime, peut-être de l'amitié. Dans le couloir, M. Boisselier me traita de farceur. Je ne donnai pas les raisons de ce rire intempestif.

Eleanor et Olivia passèrent quinze jours aux États-Unis en compagnie de Roland. Durant cette absence, je restai avec l'Oncle et la cuisinière devenue une sorte de gouvernante. Chaque soir, elle me demandait : « Le menu, demain soir? » et chaque fois je répondais : « Je vous laisse le choix. » Avec l'Oncle, je ne m'ennuyais jamais. Je lui offrais des livres de publication récente touchant à sa discipline. Tous le mécontentaient :

— Des fariboles ! Celui-là répète ce qui a traîné partout. On fait des livres avec des ciseaux, maintenant. Cet autre jargonne. Tout le monde jargonne. Ils écrivent les uns pour les autres. La linguistique fait bien du mal. Ou alors, c'est que je les lis avec des lunettes du temps jadis. J'ai rêvé que je me promenais dans des ruelles du Moyen Age. Tout était plus propre qu'on ne l'imagine. Les filles avaient de jolis petits bedons. On n'aime plus les petits bedons. J'ai rendu visite à ce pauvre Rutebeuf. Sa femme est une garce...

N'inventait-il pas ses rêves ? Peu importait. L'invention d'un rêve, c'est encore un rêve. Il comparait les surnoms de ses poètes : « le Traverseur des voies périlleuses » ou « le Banni de liesse » avec ceux des compagnons du Tour de France, « Avignonnais la Vertu » ou « Lyonnais la Félicité ».

— Ces poètes, disait-il, connaissaient l'art subtil de la transposition. Chaque poème en cachait d'autres. Villon est un réservoir anagrammatique. Seul un poète, Tristan Tzara, étudie cela. Les autres, pffffuit ! Rien. A la folie commune des hommes, ils substituent une autre folie qui apparaît dans les soties. Là, tout est permis : savantes sottises, calembours, facéties, macaronisme, argot, et le langage se déguise, devient clown avec mascarades, pirouettes et gambades. Ah ! le monde savant, le monde joyeux ! Le Moyen Age, cher Julien, dès qu'on ouvre sa porte, on voit le futur. Le burlesque, le grotesque, le baroque sont là. Et ils se disent « les Enfants de la Mère folle, les Enfants du Bon Temps, les Sobres Sots, les Bavards »...

Et, sans transition, il passait du gai au tragique : les adieux à la vie des lépreux, les poèmes de la mort, les échos funestes du mauvais sort fait à l'homme. Non, avec lui, je ne m'ennuyais jamais. Il savait rire et, là aussi, c'était un travestissement de ses peines d'exil, de ses échecs, de ses maux, de sa crainte de perdre la vue. Et dès que le nom qu'il vénérait : Eleanor, était prononcé, son visage s'illuminait. Elle était la Déesse comme j'étais « l'Ange là-haut », celui de la terrasse.

Pour mieux saluer le retour de Roland, cette terrasse, je l'embellis de nouvelles plantations, je ne cessai de tailler, d'enrichir la terre, de donner de nouvelles harmonies à ce jardin d'Éden sur un toit de Paris.

Eleanor et Olivia revinrent sans Roland. J'appris que mon ami était séduit par la vie américaine, par de nouvelles amitiés, par certaine jeune fille... Je tremblai à la pensée que la maisonnée pût se défaire, qu'Eleanor rejoignît le pays natal. Que ferais-je ? Sans doute louerais-je un studio triste. Je fus rassuré : Eleanor comptait bien rester à Paris où tant de choses la retenaient. J'ignorais que j'en faisais partie.

Roland ne m'avait pas oublié. Je reçus une jolie boîte dans laquelle se trouvaient trois polos de coton, non pas avec un crocodile sur le côté gauche, mais un mouton doré qui figurait la Toison d'Or. Je lui écrivis une lettre : plus de huit pages, au cours de laquelle je lui contai mes aventures professionnelles. Je le voyais sourire et penser : « Alors, toujours pas de filles ? » Certes, j'y pensais. Je ne suis pas un moine. J'eus deux aventures sans lendemain. J'excellais, sans le vouloir, à des rencontres autres que sentimentales. Cela venait-il de moi ou d'un changement des mœurs chez les jeunes femmes ?

Je m'aperçus que je prenais du poids. Où était-il le Julien famélique arrivant à Paris, l'âme noire, les yeux en pleurs ? Je me rendis chez Roland et empruntai ses haltères. En effectuant des mouvements improvisés sur la terrasse, je pensai à mon ami, le beau Roland, la coqueluche de ces dames, le boxeur. Comme il rirait s'il me voyait, moi l'antisportif, me livrer à toutes sortes de gymnastiques ! Ce faisant, j'affirmais une sorte de complicité avec l'absent.

Je me livrais à cette activité quand j'entendis dans l'escalier tournant un pas que je reconnus. C'était

Eleanor. J'essuyai mon visage en sueur, entourai mon cou de la serviette-éponge. Cela dut lui paraître naturel. Elle ne fit aucun commentaire. Ce soir-là, elle était habillée à la manière d'Olivia, sans recherche. Je l'avais entendue taper à la machine : son étude sur les préraphaélites, sans doute.

— Julien, me dit-elle, je vous invite. Seriez-vous libre jeudi soir ?

— Si je ne l'étais pas, je me libérerais, dis-je en m'inclinant.

— J'ai deux places pour un opéra. M'accompagneriez-vous ?

— Vous accompagner ! Certes, de grand cœur...

— C'est au Théâtre des Champs-Élysées, *Le Médium* de Menotti. Je connais cet opéra moderne. J'ai assisté à une représentation à New York en 1947, avec Evelyn Keller. Cela devrait vous plaire, il me semble, encore que ce soit très particulier. Jeudi soir... je peux compter sur vous ?

— Oui, Eleanor.

Il m'était arrivé d'être effacé, sauvage même. Je n'avais jamais ressenti ce sentiment où se mêlaient timidité, appréhension, crainte — la crainte de ma maladresse, de mon manque d'allure, de mon côté ours, la crainte d'être indigne d'accompagner Eleanor.

Ce jeudi, je quittai le bureau plus tôt. En ce temps-là, on s'habillait pour aller au théâtre, non pas cravate noire, mais costume de ville, foncé de préférence. Mes chemises, mes cravates étalées sur mon lit, je mis longtemps à choisir.

— Nous pouvons descendre, Julien, j'ai commandé une voiture.

Un chauffeur ôta sa casquette à visière de cuir et nous ouvrit la porte. Je m'étais attendu à voir Eleanor en robe du soir. J'avais même imaginé une robe noire à volants, froufroutante et ornée d'un camélia. Elle portait un costume tailleur d'un joli bleu orné d'un clip doré. Sur ses épaules, elle avait jeté une cape légère. Un de ses habituels bérets était assorti, qui ne cachait qu'une petite partie de son épaisse chevelure blonde.

Arrivés à destination, je sortis mon portefeuille.
— Non, Julien, dit-elle. Je suis abonnée à cette compagnie.

Ce n'était pas un simple taxi mais ce qu'on appelle une voiture de place ou de grande remise. Eleanor connaissait le chauffeur.

— Vous ne nous attendrez pas, Victor. Nous nous débrouillerons.

Dans le hall du théâtre, un couple de personnes âgées l'aborda. Je compris qu'ils ne s'étaient pas revus depuis de nombreuses années. Ils se congratulèrent, échangèrent des souvenirs de Rome. Le vieux monsieur me serra la main et dit :

— Et voilà votre grand fils ! Vous pouvez être heureux, vous ressemblez à votre mère comme deux gouttes d'eau.

Après leur départ, Eleanor et moi éclatâmes de rire.

— Deux gouttes d'eau, nous sommes deux gouttes d'eau, dit Eleanor.

— C'est absurde, les gens disent n'importe quoi. Oh ! j'aimerais vous ressembler, Eleanor, mais ce n'est pas le cas. Et puis ce mot : « Votre *fils*. » Vous n'avez pas l'âge d'avoir un fils de mon âge.

— Vous êtes bien galant, Julien.

— Je ne crois pas. C'est mon goût de la vérité.

Il n'empêche : j'étais flatté. Nous fûmes placés assez près de la scène. Eleanor avait pris des jumelles de théâtre qu'elle me prêterait de temps en temps.

— Aimez-vous l'opéra, Julien ?

— Si j'en ai entendu à la radio, je n'en ai pas vu beaucoup. Je n'aime pas quand c'est emphatique. J'ai cette fâcheuse tendance aussi de distinguer les paroles de la musique et souvent le livret me semble plat. Je n'aime pas les « grandes machines ». Mes bons souvenirs sont l'*Orphée* de Gluck, tous les opéras de Mozart...

— Vos réponses franches me font plaisir, mais il existe autre chose. Le sens des paroles a moins d'importance que leur insertion dans la musique. Je pourrais dire que j'aime tous les opéras...

— En fait, je ne connais pas bien, je ne suis guère mélomane mais je ne demande qu'à apprendre...

— Nous aurons bien l'occasion de voir d'autres spectacles.

Cela sonnait comme une promesse de futures invitations. Nous nous tûmes. Je regardais les spectateurs autour de moi. Ils en faisaient autant. Des yeux se posaient sur Eleanor, s'attardaient, glissaient sur moi. Le grand fils qui accompagne sa maman, était-ce charmant! En pensant à Roland, l'idée me vint que je lui volais sa mère. Et le rideau se leva.

Ce *Médium*, quel étrange opéra! Je n'en connaissais pas de telle sorte. Je craignais de ne pas bien comprendre. Cette femme m'apparaissait comme une errante perdue dans un monde réel échappant à sa compréhension et se retrouvant dans un surnaturel en quoi elle ne pouvait pas croire. Baba, le médium, l'imposteur, m'intéressa moins que Toby le muet — un muet dans un opéra! mais qui parle par la danse et le jeu de ses marionnettes. Et cette statue de la Vierge Marie, que faisait-elle là? Et cette invocation à un cygne noir, cette anxiété constante, ce ton macabre et cet assassinat final qui me sembla naïf — cet ensemble, même si je ne le reçus pas bien, provoqua chez moi un malaise. Était-ce le but de Menotti?

Ce fut un triomphe. Après les applaudissements répétés, je suivis Eleanor vers la sortie. Déjà! Comme cela m'avait semblé court! Je posai la cape d'Eleanor sur ses épaules. Elle échangea un signe avec les amis rencontrés avant le spectacle et me dit :

— Si nous allions souper, mon fils? Je vous propose le Plaza. C'est à côté...

Vraiment une soirée chic — et même une chic soirée!

— Côte à côte ou face à face? demanda le maître d'hôtel.

— Ce coin nous ira fort bien, dit Eleanor.

Nous commandâmes du turbot et un bordeaux sec qu'on me fit goûter. Ici encore, nous attirions l'attention — mais c'étaient la beauté, l'élégance d'Eleanor qui provoquaient cet intérêt.

— Pourquoi ces gens nous regardent-ils ? demandai-je à Eleanor.

— Mais c'est naturel, Julien. Pourquoi les gens sortent-ils sinon pour se montrer et pour regarder ? Ils tentent de deviner qui nous sommes, quels sont nos liens, quelle est notre position sociale, et je ne sais quoi encore... Les uns pensent que vous êtes mon fils...

— ... Oh non ! Disons : votre frère !

Elle me regarda de côté, hésitant entre le sourire et le rire. Elle devait me trouver ridicule. Je manquais de monde.

— Non, dit-elle, vous allez être choqué. Ils pensent que vous êtes mon... gigolo.

Choqué, je le fus. A la fois pour elle et pour moi. Comment lui dire qu'elle n'avait pas le genre à sortir avec un gigolo et que moi je n'avais pas la manière de ce genre d'individus ? Et cela la faisait rire...

— Laissons-les faire, dit-elle, et parlons de nous. Êtes-vous satisfait de vos fonctions éditoriales ?

— Et votre étude ? J'entends souvent le bruit de la machine à écrire. Je me dis : Eleanor travaille, et cela me fait plaisir.

— Je suis lente, jamais satisfaite de mes analyses... Mais j'ai posé une question et vous n'y répondez pas... Ce M. Guersaint que je vous ai présenté à la maison ?

Je lui fis l'éloge de ce personnage, un éloge qui eût bien étonné l'intéressé et, sans nul doute, lui aurait déplu, car derrière sa hauteur, sa distance, se cachait ce qu'on ne peut appeler de la modestie, mais le bon goût de l'effacement. Je traçai quelques portraits qui l'amusèrent. Par exemple, cet auteur qui faisait précéder son nom d'un simple *J* et ne voulait à aucun prix donner son prénom entier. Les services de la Bibliothèque nationale soucieux d'exactitude m'avaient adressé des fiches réclamant l'indication de ce prénom. Je l'avais demandé à plusieurs reprises à cet auteur, et sans succès. Se prénommait-il Jules et trouvait-il cela ridicule ? Ou Jérôme, Joachim, Joseph... Il finit par me l'indiquer sous le sceau du secret, me faisant jurer de ne jamais le dévoiler. Je m'attendais à un prénom peu ordinaire et il me chuchota à l'oreille : « Je m'appelle Jean, vous comprenez... » Je savais que ce n'était pas des plus amusants, mais ce soir-là nous étions prêts, Eleanor et moi, à rire de tout. Nous parlâmes encore de Roland, d'Olivia, de l'Oncle, des invités des mardis, d'une sœur d'Eleanor qui vivait en Floride, ce qui nous amena à Hemingway qui avait été de ses amis. Nous revînmes à Menotti au moment de la crème glacée.

Je demandai l'addition, la réglai. Non, monsieur, non, madame, je ne suis pas un gigolo, la preuve... Puis l'idée me vint qu'ils croyaient peut-être qu'Eleanor m'avait glissé des billets sous la table. J'avais envie de gifler quelqu'un. Un ours, ce Julien Noir!

Devant l'hôtel Plaza, nous prîmes un taxi pour la rue Gay-Lussac. A l'appartement, je remerciai encore Eleanor pour cette soirée... et j'ajoutai des épithètes qui me semblèrent banales. Avant de gravir ma vis d'Archimède, je serrai la main d'Eleanor qui me dit d'une voix douce : « Merci, Julien... »

Je ne passais plus mes périodes de solitude, devenues rares, à analyser mon comportement comme je l'avais fait au moment d'une séparation dont je ne parvenais pas à déceler les causes. Alors, de cette séparation imposée, je me sentais le responsable. Mon goût de la lecture n'avait-il pas provoqué chez « Elle » l'idée de venir au second plan, après ma rêverie ? Avais-je, par mes balourdises, trop mis à l'épreuve un amour que je croyais de caractère exceptionnel ? Avais-je su faire comprendre à quels sommets je situais cette fusion de deux êtres ? En dehors de moi, je ne trouvais qu'un responsable hors de toute portée : le destin.

Les interrogations avaient cessé. A défaut d'aimer un seul être, je découvris que j'aimais les gens. Même dans leurs comportements les plus détestables, je cherchais le pourquoi de leur défaillance.

Quelles que fussent la condition, la personnalité, les composantes d'un être, je le savais supérieur à moi en quelque chose.

La semaine précédente, au Plaza, quand Eleanor m'avait posé une question sur ma vie professionnelle, j'avais compris qu'elle désirait se rapprocher de moi en suscitant mes confidences. Pour cacher mon moi, mon mystérieux moi, celui d'avant l'arrivée à Paris, d'avant la rencontre de Roland, j'avais détourné le propos, narrant des anecdotes, et je ne m'étais pas confié. Pour la première fois, j'en avais cependant ressenti le besoin. Mes secrets, aucune autre oreille que celle d'Eleanor n'aurait pu les recevoir.

Oui, j'aimais les gens et je le leur cachais. Parmi les spécialistes des diverses matières que nous publiions, les philosophes avaient mon entière faveur. La considération que je leur portais résidait, qui l'aurait deviné? dans mon mutisme. Jankélévitch ou Alquié, je ne faisais pas que les parcourir pour mon travail mercenaire, je les lisais et, parce que je croyais les connaître, je restais discret avec eux, comme si je les avais vus nus et que j'en fusse gêné.

Il est une matinée pour moi inoubliable. Ubert travaillait au bureau où les auteurs dédicaçaient leurs livres. La maquettiste visitait les agences, en quête de photographies. J'étais seul. Je rédigeais un texte quand la porte s'ouvrit. Je reconnus celui dont j'avais vu la photographie dans le hall : le philosophe Gaston Bachelard. Dès que je voyais un auteur, la liste de ses titres défilait dans une pensée. Pour moi, mon visiteur, c'était l'air, l'eau, le feu, la terre, la rêverie... Et lui se présenta à peu près ainsi :

— Je figure dans vos catalogues, bien que beaucoup de mes livres soient publiés chez mon ami José Corti. Mon nom est Bachelard. Je fais partie ici d'un conseil d'administration, mais je n'administre rien. De temps en temps, on me convoque avec d'autres universitaires pour une réunion où je m'ennuie. Aujourd'hui, j'étais en avance et un de vos chefs, Boisselier, m'a dit qu'il y avait de tout ici, même un poète...

— Je n'ai que peu écrit... Je ne sais pourquoi M. Boisselier...

— J'ai donc quitté le bureau. Facile, je me mets toujours au fond, et je suis venu vous voir. Ne me dites pas que vous êtes très honoré. Il ne faut pas gâcher ma journée. Elle a si bien commencé. J'ai fait un petit déjeuner succulent... Cela vous fait sourire ? Un petit déjeuner pas comme les autres. J'ai dégusté trois livres de poèmes, Char, Mandiargues, Jean de Boschère, et pour le dessert, j'ai relu Eliot. Le poème est la meilleure des nourritures. Je ne lis pas que les plus connus. Je lis tous les recueils qu'on m'envoie. Même si le poème n'est pas « bon » au sens où l'entendent les critiques, j'y glane toujours quelque image qui me fait vivre... Ainsi, avez-vous lu...

Tandis qu'il parlait, bien calé sur la chaise d'Ubert, d'une voix aux accents de terroir, traversée de silences qu'il m'est difficile d'exprimer ici, ponctuée par mes paroles n'ayant pour but que de provoquer les siennes, j'avais le temps de l'observer. Si j'étais portraitiste, je le peindrais ainsi : un front sans rides, un nez droit de forme parfaite, les plis du sourire des côtés d'une bouche qui paraît sans lèvres tant elle est envahie en haut par une épaisse moustache noire, en bas par une barbe blanche qui fait contraste, des cheveux ondulés d'un côté, fort touffus, rejetés en arrière, des arcades sourcilières formant deux parfaits arcs de cercle au-dessus de ses yeux brillants, scintillants, pétillants comme le vin de sa Champagne natale. Avec ces éléments, la difficulté du peintre serait de rendre l'intelligence du visage, au double sens du mot : être intelligent et être en intelligence.

— ... Ainsi, avez-vous lu Henri Bosco ? Non ? Ah ! comme c'est dommage. Il est urgent de le faire. Vous verrez les richesses apportées par la rêverie aquatique. Nous en reparlerons. Car je reviendrai vous voir. Vous me direz ce que font vos parents ou ce qu'ils faisaient. Avez-vous des artisans dans votre famille ? Les outils sont une chose importante. Je me demande bien quel est cet instrument dont vous

vous servez pour écrire. Une pointe quoi? Une pointe Bic. Vous ne connaissez donc pas cette merveille, un porte-plume, un instrument de bois avec une plume de métal au bout. Avant de l'inaugurer, on la suce. A l'école, oui... On fait des taches, mais c'est une écriture vivante, vivante, oui!

Il sortit comme s'il était en colère, revint et me dit :

— A bientôt, Julien, car je sais que vous vous appelez Julien, et même Julien Noir.

Il fit de petits gestes d'adieu rapides, m'offrit un sourire rayonnant, amical, et je vis disparaître la masse argentée de sa chevelure.

Parmi les avantages du Quartier latin, figure cette concentration de salles cinématographiques parmi lesquelles ce que nous appelions ciné-clubs, aujourd'hui salles d'art et d'essai. Olivia ne lisait guère. Elle accordait sa préférence aux images. Elle m'appelait du bas de l'escalier :

— Julien, Julien la marmotte, un cinoche?

Depuis l'épisode lointain du baiser pris comme un test, nous étions devenus des copains. Comme avec Roland, nous employions le tu.

— Oui, quand? Maintenant? J'arrive...
— Maman, tu viens avec nous?
— Non, je suis prise. Allez-y tous les deux.
— Julien, tu te grouilles?

Il faudrait plusieurs pages pour établir la liste des films que nous vîmes. Dans ce domaine, j'avais du retard à rattraper. Je laissais Olivia choisir. Nous descendions le boulevard Saint-Michel d'un pas vif. Ma compagne allait droit devant elle, vers le but, sans se laisser distraire. Au guichet, chacun payait sa place, elle le voulait ainsi. Il fallait s'installer au plus près de l'écran. Une fois assis, nous restions silencieux. Durant le film, nous ne parlions pas. A la sortie, nos relations semblaient s'être refroidies. Olivia me regardait de côté comme si j'étais un ennemi. Chacun attendait que l'autre exprimât son opinion pour entamer la discussion ou la dispute.

Si nous étions d'accord sur la qualité d'un film, elle semblait le regretter comme si mes goûts devaient l'amener à réviser son jugement : « Si vous l'aimez, c'est peut-être moins bon que je ne le croyais... » Comme nous n'avions pas le même tempérament, je grossissais, comme avec une loupe, ma critique, me passais de nuances et déclarais : « L'abominable navet ! » Si sa pensée était contraire, elle frémissait de rage, me regardait avec haine, allait jusqu'à l'insulte, et j'en rajoutais : « C'est d'un ennui ! » Elle accusait mon inculture en matière de cinéma. Elle développait ses arguments favorables, en appelait à des critiques spécialisés. Elle avait envie de me battre. A bout d'arguments, vaincu sans être convaincu, je faisais le pédant : « C'est vulgaire de toujours vouloir avoir raison... » Ou le méprisant : « Après tout, pourquoi discuter ? Ce n'est que du cinéma... » Cette phrase mal venue la mettait hors d'elle. Cela alla jusqu'au coup de pied au tibia.

— Aïe ! Aïe ! Je retire tout ce que j'ai dit. Le cinématographe (elle détestait ce mot) reste fort distrayant. Il y a même du spectacle après le spectacle. Allons boire un pot...

Apaisé, je lui expliquai certaines réserves. Si je lisais un livre sans comprendre un passage, je revenais en arrière, ce que je ne pouvais faire dans une salle de cinéma. Et puis, le rythme des films n'était pas forcément le mien. Les dialogues ? Ou ils me semblaient plats ou trop appuyés. Elle me répondait dans une langue qui m'était étrangère, avec des mots comme travelling, dunning, plan focal, fondu enchaîné, champ-contrechamp... dont je lui demandais l'explication. Sa commisération était grande, mais elle acceptait de jouer à l'institutrice obligée à un cours de rattrapage pour enfant attardé.

Je pensais à Tête de Mort, ce vendeur spécialiste des avant-gardes, à l'Oncle, à tous ces livres que je présentais sans toujours les comprendre, un dictionnaire à portée de la main, aux divers jargons, ceux des philosophes, des psychologues et autres psy. Malgré mes efforts, ma part d'ignorance serait toujours la plus grande. Le plaisir et le savoir pouvaient-ils s'unir ?

Avec Olivia, nous formions un duo étonnant, toujours discutant ou se boudant, à ce point qu'on aurait pu se demander ce que nous faisions ensemble. Je n'étais pas insensible à sa beauté, je gardais le souvenir de sa bouche, et je savais qu'elle m'était interdite.

— Prendre un pot ? Tu n'aimes que t'arsouiller. Allons nous balader, visiter des galeries de peinture...

— Oui, et tu diras que tout est mauvais.

— On ne sait jamais.

Je n'avais pas tort. Elle regardait les toiles avec haine et ses affirmations étaient sans nuances. C'était vieillot, dépassé, du chiqué, de la technique, et le plus souvent, j'entendais : « Pas de la peinture, de la crotte de chien ! » Il n'existait rien de bon ? J'en appelais à des signatures célèbres, à des maîtres. Comme j'aurais aimé voir ses tableaux, son œuvre cachée, et leur appliquer mentalement les mêmes épithètes ! N'existait-il donc rien qui pût lui plaire ?

« Si, mais pas ici. » Aux États-Unis s'élaboraient de nouvelles formes d'art plus proches de notre temps, et l'exprimant hors des sentiments battus, que moi je ne comprendrais ni ne percevrais, car j'étais un aveugle, il manquait des cases à mon cerveau...

— Ne te vexe pas. Tu n'es pas le seul. Même Eleanor... Encore que ses préraphaélites n'étaient pas éloignés de certaines perceptions, mais ils étaient prisonniers de leur temps.

— Asseyons-nous à cette terrasse pour voir défiler les grands troupeaux...

— Réac en plus !

— N'emploie pas des mots que tu ne connais pas. Au fond, je t'adore. Tu es une merveilleuse pédagogue. Il ne te manque que le fouet, mais tu l'utiliserais sur toi.

— Peau d'hareng !

J'aimais bien son argot. J'aurais pu lui dire qu'il était aussi démodé que les peintures qu'elle critiquait. Mais il fallait faire la paix. Et au retour de nos randonnées, quand Eleanor nous demandait : « C'était bien ? », nous nous regardions en riant et Olivia déclarait : « Formidable ! Le petit a été sage... », et moi : « Elle n'a pas mis ses doigts dans son nez ! »

Florian, après avoir quitté la librairie, avait ouvert sa boutique de bouquinerie en Normandie. Il m'écrivit une lettre qui transita par la librairie où il me croyait encore comme en témoignait le début de la missive : « *Vieille branche, je suppose que, comme tous les végétaux, tu n'as pas changé de place, que tu portes et supportes toujours la blouse verte et que la pendule pointeuse t'est favorable...* » Il ne gardait pas que de mauvais souvenirs de cette période de sa vie et déplorait que nous ne nous fussions pas vus plus souvent hors le travail. Il s'était marié et sa femme travaillait à l'extérieur, ce qui permettait de joindre les deux bouts car son commerce n'était pas florissant — mais, au moins, il était un homme libre. Il me proposait une collaboration : certains de ses clients étaient des bibliophiles, des collectionneurs à la recherche d'éditions rares, originales. Un correspondant lui serait utile, il avait pensé à moi... (Serais-je voué à la recherche des merles blancs ? Le miracle de Saint-Fargeau ne pouvait se reproduire.) Il avait écrit à ces aristocrates du Livre, sans succès. Un contact permanent serait plus efficace. Sur mes découvertes, une guelte me serait versée. A sa lettre étaient jointes des listes de libraires d'ancien et de livres à rechercher.

Je lui répondis par courrier tournant, lui apprenant les changements intervenus dans ma situation et l'assurant que j'acceptais la mission pour le plaisir et sans pourcentage. Ce serait une occasion de découvrir un versant inédit pour moi du monde du livre. Le samedi, je disposais d'un temps de liberté suffisant pour cette prospection.

Je connaissais certaines de ces officines pour

m'être arrêté devant leurs vitrines : Pierre Dasté rue de Tournon, Georges Heilbrun rue de Seine, Marc Loliée rue des Saints-Pères, et une dizaine d'autres réunis dans le périmètre de mon quartier.

Les livres m'intéressaient plus par le texte que par l'habillage ou par la provenance. Cependant, j'avais pris plaisir à caresser et à lire mes vieilles éditions de Pline ou d'Ann Radcliffe sans me poser la question de leur valeur. Et l'Oncle, à genoux devant les cartons de Saint-Fargeau, n'avait pas pensé à cet aspect des choses. Savais-je alors que je me prendrais au jeu ?

Mme Ella consentit à ronéotyper mes listes d'ouvrages. Chaque samedi, je poussais la porte de ces boutiques silencieuses comme des églises. Je désignais les rayons et demandais : « Vous permettez ? » Je lisais les titres au dos des reliures, tirais un livre avec respect, l'ouvrais avec soin et me laissais tenter. Le maître des lieux prenait alors le livre en main, m'honorait d'un commentaire. Je payais et lui présentais ma liste d'ouvrages recherchés.

— Hum ! Hum ! Vous me demandez de décrocher la lune ! Qui sait ? Je vois que vous avez indiqué votre adresse...

Les intérieurs de ces officines étaient modestes, l'éclairage pauvre. Les murs libres, le plafond semblaient aussi anciens que les livres. Ces grands seigneurs résidaient dans des chaumières. Je m'aperçus que ces personnes, comme nées de livres d'Anatole France, aimaient leurs clients. A la plupart, ils n'avaient rien à apprendre, mais à un néophyte comme moi, ils n'hésitaient pas à prodiguer des conseils, à donner des informations, à signaler des manuels spécialisés, en prenant plaisir à la conversation. Parfois, des habitués prenaient le thé près d'un poêle. Afin de me sentir plus proche, je ne disais pas que je faisais ces recherches pour un tiers.

J'eus le bonheur de répondre à quelques recherches de Florian qui ne manqua pas de m'adresser une autre liste. Je fus l'habitué du samedi. Ces libraires se connaissaient tous. Ils formaient une tribu chaleureuse où les mesquineries de la concurrence n'existaient pas. Dès qu'ils tenaient un livre, ils en contaient l'histoire, disaient sa provenance, établissaient en quelque sorte une biographie, et l'objet devenait un être vivant, animé, chargé d'une existence s'ajoutant à son contenu de texte.

M. Marc Loliée, pour mieux voir, ce qui semblait paradoxal, relevait ses grosses lunettes sur son front, examinait, donnait son verdict, me disait : « Regardez cet ouvrage, monsieur Noir. Pour le plaisir. Il n'est pas à vendre. » Je posai des questions et lui, pour me récompenser de mon attention, m'offrit un de ses catalogues publié trois ans auparavant et dont il ne lui restait que peu d'exemplaires. Il était consacré au Merveilleux des romans, des contes, des poèmes, et je constatai qu'un catalogue n'est pas une simple liste, mais peut être considéré comme création littéraire.

Était-ce chez lui ou chez Dorbon ? Je ne sais plus. Je fus présenté comme un jeune amateur à un des maîtres de la bibliophilie, qui m'invita à lui rendre visite à son domicile. Je n'avais jamais vu autant de beaux livres bien disposés sur d'interminables rayons s'étendant jusqu'à des mezzanines. Mon hôte me montra quelques-unes de ses merveilles : ouvrages aux dédicaces illustres, reliures de maîtres du passé, et partout, de toutes couleurs, des maroquins, des cuirs de Russie, des vélins, des percalines romantiques, des ancêtres si bien traités qu'ils paraissaient neufs. Sur des meubles anciens, on voyait des maquettes de bateaux qui évoquaient le voyage, l'aventure. Un piano força mon imagination : je vis le virtuose solitaire jouer dans une immense salle pour des milliers de spectateurs : ses livres.

Je trouvais chez l'un ou chez l'autre les mêmes gestes, le même air de ravissement et de contemplation. Un garçon, plus jeune que moi, en blouse grise, me fit les honneurs de l'officine qui l'employait. J'appris qu'il avait travaillé à la même maison d'édition que moi et nous échangeâmes nos impressions.

Il me dit sa préférence pour la librairie d'ancien. J'appris qu'une vingtaine d'années auparavant il existait en France une cinquantaine de sociétés de bibliophiles comptant des centaines de membres. Cela allait s'amenuisant, bien que, depuis la fin de la guerre, le commerce du beau livre fût encore florissant. Le savoir de ce garçon, que son patron appelait M. Antoine, s'enrichissait de ses études théoriques et de son apprentissage sur le terrain.

Il nous arriva de nous installer ensemble, à la fermeture du magasin, à une terrasse. Je lui confiai que mes recherches n'étaient pas personnelles, je lui parlai de Florian, et il s'engagea à accentuer les recherches pour ce dernier. Je les mis en relations et c'est lui qui devint son correspondant. Entre-temps, je m'étais laissé prendre à ces jeux bibliophiliques et ne devais pas m'en repentir, mon avenir le prouverait. Antoine chérissait un rêve : avoir un jour sa propre boutique. Il commencerait modestement, puis se fierait au dieu de la chance et des découvertes. En attendant, il se contentait d'espérer en quelque miracle improbable : il lui manquait le nerf de la guerre, l'argent.

Devant l'immeuble de la rue Gay-Lussac, Olivia, l'enfant terrible, disposait des tableaux enveloppés dans du papier kraft à l'arrière d'un taxi. Elle m'annonça :

— Samedi, retour de l'enfant prodigue... Roland, ton ami, le jumeau de la jumelle... Le veau d'or !

Cette nouvelle m'emplit de joie. Je sifflotai dans l'ascenseur. Alors que j'allais gravir la vis d'Archimède, Eleanor qui passait me dit à son tour :

— Roland sera là samedi.

Elle s'échappa aussitôt. Quel laconisme ! De la terrasse, je vis la femme de ménage qui préparait ce que Roland appelait sa piaule ou sa turne. Je remis les haltères à leur place.

Ainsi, après quinze mois d'absence, j'allais retrouver mon ami, le frère faussement ennemi, et nos jeux allaient recommencer. Nous nous lancerions des rosseries pour rire. Je serais de nouveau l'esclave qui triomphe du maître. Peut-être ferais-je du sport avec lui pour le plaisir d'être ensemble. Nous avions tant de choses à nous raconter, nos expériences si différentes, nos confidences. Par imitation, je me lançai dans le nettoyage de ma propre pièce. Sur la terrasse, les arbustes offraient des feuilles luisantes d'un beau vert; des fleurs rouges, orangées, jaunes s'épanouissaient. Depuis quelque temps, les moments heureux se succédaient. Par un retournement des choses, le sort m'était devenu favorable.

L'Oncle aussi crut m'apprendre la nouvelle :

— Votre ami Roland revient des Amériques. Bien que je le trouve agaçant, ce jeune sportif, je l'aime bien. Il est aussi mon neveu, comme vous, mais vous, vous êtes l'Ange.

Il désigna ses livres, ceux que je lui avais procurés mêlés aux autres, et c'était comme si j'étais le donateur de l'ensemble. Il me parla ensuite des *Chansons inédites* de Gauthier d'Argies publiées en 1913. Il fredonna une musique médiévale qui accompagnait l'une d'elles. Le trouvère disait que « tous les biens viennent de l'amour ». Je fis semblant de m'y intéresser alors que je ne pensais qu'au retour de Roland. « Tous les biens viennent de l'amour, pensai-je, et aussi tous les maux. »

Roland arriva bien le samedi, fort tard. Il traversa la terrasse, ouvrit sa porte, jeta un sac, se retourna et me dit :

— Salut, vieux! Tu m'attendais? Excuse-moi. Le décalage horaire. Je me jette au lit. *Sorry*.

Je mis cette froideur sur le compte de la fatigue. Le lendemain matin, je ne le vis pas. Il était déjà sorti. Je ne le retrouvai pas avant le repas familial du dimanche. Cette fois, enfin, nous étions cinq. Tout le monde paraissait gai. Il me sembla que chez Eleanor cette gaieté était affectée. Olivia dit :

— Bien entendu, mes toiles les ont surpris. Cet idiot de directeur de galerie m'a dit : « Je suis désarçonné! » et je lui ai répondu : « Alors prenez un autre cheval, ou même une mule, c'est plus sûr... » Tu ne me croiras pas, Roland, ce refus m'a fait plaisir. J'étais toute joyeuse. Si mes tableaux avaient été retenus, je l'aurais considéré comme un échec. Le test a réussi.

« Le test », cela me rappela quelque chose. A Olivia aussi. Nos regards se croisèrent, elle me tira la langue et expliqua : « C'est un truc entre nous. » Un truc...

— Alors, Oncle, demanda Roland, comment vont les choses pour vous ?

— Elles vont, elles viennent, elles finiront par s'en aller. Comme le bordeaux dans ce verre. A votre santé !

— Et toi, Julien l'éditeur, il paraît que tu montes en grade. Ça se voit : tu as grossi. Rien de grave encore. Pas dramatique, mais surveille-toi. La course à pied te ferait du bien.

— J'ai emprunté tes haltères.

— Insuffisant. Fais des pompes.

— Des pompes, ce ne sont pas des godasses ! expliqua Olivia.

— Je savais, figure-toi.

— Vous avez quand même fini par vous tutoyer..., dit Roland. Tiens ! Tiens !

— Pour votre grand-mère, dit Eleanor, je suis ravie, j'avais des craintes, ma mère est si... fantasque.

— Ce n'était qu'un peu de nervosité. Elle se mêle de trop de choses. Elle veut faire du ski nautique. A son âge !

— Ma mère est impayable ! dit Eleanor.

— Chic ! du poulet. Ici il est meilleur, affirma Roland.

— C'est même du chapon, mon fils...

Et, sans transition, comme si elle ne pouvait garder des mots longtemps retenus :

— Oh ! Roland, Roland, je suis si triste !

— Moi aussi, Eleanor, mais mon avenir est là-bas. Cela tu le comprends. Et puis quoi ? Quelques heures d'avion, ce n'est rien. Vous n'avez qu'à tous venir me voir. Grand Ma m'a donné un appartement dans un de ses immeubles. Toi aussi, Julien, change d'air!...

— Oui, pourquoi être triste? dit Olivia, je t'envie.

Je ne pouvais comprendre. Pour moi, il n'existait de vie possible qu'à Paris, et à Paris, au Quartier latin.

— Ce matin, dit Roland, j'ai lu un graffiti : *U.S. go home.* J'obéis.

— Ton home est ici, avec nous, dit Eleanor.

— Je parle au futur. Je suis fiancé. J'ai voulu que Mabel m'accompagne, mais ses parents sont assez formalistes : *indecorous!*

— Félicitations! dis-je sur un ton maussade.

— Avez-vous parlé tous les deux? me demanda Eleanor. Non? Julien, la situation est la suivante : Roland a beaucoup travaillé le droit américain. Il continue. Le mari de ma mère — disons le grand-père, c'est plus facile — n'est plus tout jeune. Il songe à associer Roland à son cabinet, le plus important des États-Unis.

— On ne refuse pas pareille chance! dit Roland.

Il prononça le mot « chance » avec une intonation anglo-saxonne. Un match France-États-Unis gagné par ces derniers.

— A votre santé! dit l'Oncle. Quand Roland en aura assez, il reviendra. Il n'aura qu'à sonner du cor.

— Le mot de la fin, dit Eleanor. Nous n'allons pas pleurer parce que tout va bien pour Roland, quand même? Raconte-nous quelque chose de drôle!

Roland redevint celui que je connaissais naguère. Il nous dit qu'il ne pouvait pas s'empêcher de voir ses compatriotes avec un œil français. Il se moqua de leurs travers et des nôtres. Il divulgua un certain nombre d'absurdités. Puis il parla du système judiciaire, ce qui ne nous passionna pas. Il suggéra qu'il faudrait vivre le jour aux États-Unis et la nuit à Paris.

— Dans votre cabinet d'avocats, on ne rit jamais, on ne fait pas de canulars? demandai-je.

— Si, mais ce n'est pas le même rire. Tu ne comprendrais pas.

— Précise ta pensée... Non ? Et tu es avocat !
— Je ne sais plus jouer le jeu de la gratuité, pardonne-moi. Seul le travail m'intéresse...
— Pardon, Votre Honneur !

Comme il avait vieilli, ce Roland plus jeune que moi. Il se prenait au sérieux et moi je ne pouvais garder le mien. S'il le fallait, je serais grave avec lui. Ne l'étais-je pas à la maison d'édition ? N'oubliant pas ce que je lui devais, je ne m'attachai plus qu'à ses propos en hochant la tête avec componction. En même temps, je sentais monter en moi l'inquiétude. Je fus rassuré :

— Pour nous, rien de changé, affirma Eleanor, je reste à Paris. Quoi qu'on en dise, c'est le rendez-vous du monde.

Sans excès d'effusions, Roland nous quitta la semaine suivante.

Trois

Le départ définitif de Roland nous rapprocha un peu plus. Pour Eleanor, ne remplaçais-je pas, en partie, son fils en allé ? Olivia m'imagina-t-elle comme un frère qui aurait la faveur de ne pas être son jumeau ? L'une et l'autre recherchaient ma compagnie. Si le temps était beau, elles venaient s'asseoir sur le banc de la terrasse. Mon jeu des sarcasmes commencé avec Roland se poursuivit avec Olivia, plus caustique que son frère. Tout me disait que j'aurais dû être amoureux d'elle — et je ne l'étais pas.

Chère édition ! Je lui dus mes voyages à l'étranger, moi qui ne quittais pas les arrondissements du savoir. Je connus, de manière trop brève, Rome, Lisbonne, Madrid, Barcelone. Les panneaux d'exposition revenaient à Paris pour être repeints et mis à jour, les livres circulaient d'une ville à l'autre. M. Guersaint préparait les discours d'inauguration du « Grand », fort capable de les rédiger lui-même mais qui manquait de temps.

— Il lit, me confia M. Guersaint, il souligne certains mots, il en change deux ou trois, et c'est *son* discours. Comme font les ministres.

Nous partions par avion, M. Guersaint et moi, trois jours avant l'inauguration de l'exposition. Nous n'avions pas grand-chose à faire : le correspondant de la firme se chargeait du travail matériel. Nous jouions les touristes.

A Rome qu'Alexandre Guersaint connaissait, nous

visitâmes, hors les murs, des monuments, des antiquités peu fréquentés par les touristes. Nous prîmes nos repas dans de délicieux restaurants cachés dans des cours. On disait autrefois des Français qu'ils étaient le peuple le plus gai de la terre. Sans doute avaient-ils bien changé car la vivacité, la joyeuseté, c'est dans cette ville que je la trouvai. Nous fîmes de longues promenades, nous arrêtant sur des places, regardant des statues. M. Guersaint semblait tout connaître, de l'histoire de la ville, des papes, des artistes. A Madrid, ce fut le Prado qui vola tout notre temps. Ébloui par les peintures, je me demandai pourquoi je n'allais pas plus souvent au Louvre. Il fallait ce dépaysement, ces heures hors du temps habituel. A Barcelone, les Ramblas, comme il se doit, Gaudí, le Musée roman. Là, j'achetai nombre de reproductions, albums et cartes postales destinés à l'Oncle.

Dans chaque ville, nous devions découvrir le luxueux hôtel destiné au « Grand », à moins qu'il ne nous eût donné des indications précises. Pour les restaurants, comme il avait, disait-il, l'estomac fragile, nous procédions à des essais gastronomiques. M. Guersaint et moi, nous ne nous quittions pas. Notre intimité ne grandissait pas pour autant. Un soir, à Lisbonne, où nous étions allés écouter des fados, voyant que je regardais de jolies filles juchées sur les hauts tabourets d'un comptoir, il me surprit :

— Noir, si vous vous intéressez aux « petites femmes », ne vous gênez pas...

— Et vous-même ?

Qu'avais-je dit là ? Il le prit pour une impertinence. Il répéta : « Moi ? Moi, les petites femmes ? » et il me dit d'un ton sévère :

— Ne savez-vous pas que je suis jeune marié ?

Comment l'aurais-je su ? Il ne se confiait jamais. Je répondis :

— Je n'aime pas les « petites femmes », je n'aime que les grandes dames.

Il voulut bien sourire et me proposa de partir car le spectacle était ennuyeux.

Pour les relations publiques, M. Guersaint, avec l'aide de nos ambassades et de nos consulats, se révélait un parfait maître d'œuvre. Un repas d'honneur, une inauguration étaient-ils prévus qu'il trouvait le moyen de faire venir toutes les autorités universitaires, les membres des corps constitués et un certain nombre de ministres, ce qui donnait à ces manifestations un caractère officiel. Quand « le Grand » arrivait, entouré des membres de ses comités, il était accueilli comme un ministre.

Après un discours d'inauguration, au moment du cocktail, il se dirigeait vers nous :

— Guersaint, comment avez-vous trouvé mon discours ?

— Remarquable! disait M. Guersaint sans sourire.

— Et vous, Noir?

— Très applaudi, monsieur.

Ses questions n'étaient pas posées pour que nous le rassurions, mais pour nous signifier qu'il était satisfait de notre collaboration.

Tout cela m'amusait. J'allais de stand en stand, redressais un livre, répondais à une question, jouais au maître de la maison des livres. « Le Grand » nous présentait, Guersaint et moi, sans établir de différence entre nous, comme ses « proches collaborateurs ». Nous assistions aux dîners auxquels il était invité, à l'ambassade de France ou ailleurs, car il était désireux de se flatter en nous mettant en valeur.

A Madrid, au cours d'un déjeuner, je fus placé près du ministre espagnol des Finances qui parlait un excellent français. Mais que pouvais-je lui dire? Je pris un air grave, me penchai vers lui et murmurai :

— Monsieur le Ministre. Et l'Europe? Et le Marché commun ?

— Nous y entrerons, soyez-en sûr...

— Et par la grande porte, je suppose.

J'avais déclenché son verbe. Il parla durant tout le repas. Pour que cela prît l'apparence d'un dialogue, je reprenais une de ses phrases en l'articulant pour l'approuver. Ou bien je prononçais des expressions neutres, des « Je le pensais bien... », des « C'est aussi mon avis ! » ou des « Monsieur le Ministre, croyez-vous que... ».

Le repas terminé, les invités partis, « le Grand » vint vers moi. Il riait. Je ne l'avais jamais vu rire. Ce long visage peu amène devenait plein de charme.

— Farceur! me dit-il. Qu'avez-vous raconté au ministre ? Selon lui, vous seriez au fait des affaires européennes, vous auriez une idée prospective de la marche économique, lui ouvrant des horizons, etc. Moi, je sais bien que vous n'y connaissez rien.

— C'est juste, monsieur, je me suis contenté d'écouter et d'approuver. Le ministre a dû prendre ses paroles pour les miennes.

— Je suis content de vous deux, dit-il en se tournant vers M. Guersaint.

Là, nous échangeâmes un clin d'œil, comme des enfants s'amusant des bévues des grandes personnes. Les compliments étaient choses si rares qu'il nous appartenait de les apprécier.

Mes voyages de Rome et de Lisbonne firent l'objet de conversations avec Eleanor qui connaissait ces villes. Pour Madrid et Barcelone, je me tus car je craignais d'éveiller chez elle de funestes souvenirs.

Mes vues sur l'économie... C'était d'autant plus drôle que c'était la matière en laquelle j'étais le plus ignorant. Dès qu'il s'agissait de lancer une publicité directe la concernant, je peinais et devais demander secours à M. Guersaint. Il me répondait qu'il me suffisait de bûcher mon texte et qu'il y jetterait un coup d'œil.

Aussi paradoxales furent les relations que je nouai avec les tenants d'une discipline qui me rebutait. Elles s'ouvrirent avec François Perroux dont on disait, parce qu'il était dur d'oreille : « C'est le Beethoven de l'économie politique. » Connu dans le monde entier, consulté par les chefs des nations qu'on disait alors sous-développées, il maniait l'humour avec dextérité et attribuait cela au fait qu'il habitait Montmartre.

Comme Gaston Bachelard, il entrait dans mon bureau et, sur un coin de table, il rédigeait un poème de circonstance, mirlitonesque, qu'il me tendait. Là aussi, tout venait de M. Boisselier qui m'attribuait le titre de poète. Il avait même inventé un faux slogan dont il me disait l'auteur. Qu'on en juge : « Si vous avez des idées noires — Lisez *Matière et Mémoire!* » Cela me rendait furieux. Il devait dire que je « taquinais la muse » et je ne sais quoi encore. J'avais trop de respect, moi l'amateur, envers les poètes pour accepter qu'on les ridiculisât. C'est pourquoi je recevais mal les productions de François Perroux qui ne semblait pas s'en apercevoir. Un autre économiste était Jean Romeuf du Conseil économique dont le secrétaire était un poète nommé Edmond Humeau. Il nous réunit et décida d'un déjeuner rue Saint-André-des-Arts dans un restaurant appelé La Bretonne où venaient des romanciers américains. Et François Perroux était présent. A ma surprise, il fut parlé des poètes, cette fois, avec sérieux. François Perroux qui mettait une singulière inspiration jusque dans ses ouvrages les plus sérieux nous expliqua que les économistes étaient parmi tous les spécialistes les plus proches de la poésie, paradoxe qu'il développa avec art et charme. Il prit pour exemple les Physiocrates : Turgot, traducteur des Latins et des Allemands, auteur de satires, Condorcet et son *Polonais exilé en Sibérie*, Dupont de Nemours, traducteur de l'Arioste et qui retranscrivit le chant des oiseaux, d'autres économistes : Mandeville, Saint-Péravi, Guiraudet, Jean-Baptiste Say...

— Ouais, ouais ! fit M. Humeau, et Cros qui invente le phonographe, Le Lionnais et Queneau, mathématiciens.

— Vous voyez ! me dit François Perroux.

— Et nous..., ajouta Romeuf.

Dès lors, il fut projeté de créer une société de poètes économistes, mais cette idée fut abandonnée au moment du dessert.

Gaston Bachelard, sourcils épais et cheveux en

bataille, entrait dans mon bureau et me posait une question qu'il jugeait essentielle :

— Avez-vous déjà vu ferrer un cheval ?
— Souvent, monsieur Bachelard, à Valmondois...
— Et comment fait-on ?
— Le maréchal-ferrant, au moyen d'une lame et d'un marteau, égalise la corne, puis il applique le fer chaud pour bien marquer sa place...
— Arrêtez ! Il pose le fer chaud avant de rendre le sabot plat. Vous n'y connaissez rien.
— Je vous demande bien pardon !
— Mais c'est insensé. Je connais les forgerons, leurs prouesses cosmiques. En Champagne, en Bourgogne...
— Pas à Valmondois.

Ces querelles me ravissaient. Je me disais : « Tu es là, toi, le tâcheron, un grand philosophe t'honore de sa parole et tu le contredis. » Qu'un tel maître s'intéressât à un artisanat me rassurait, me délivrait de je ne sais quel préjugé.

— Nous en reparlerons, mon ami, nous en reparlerons. Le fer chaud d'abord !

La vie n'était pas monotone. M. Guersaint me confiait un manuscrit comme une récompense. Il s'agissait d'ouvrages destinés à une collection où chaque volume était limité à cent vingt-huit pages.

— Trente pages de trop, monsieur Noir. Vous indiquez en marge au crayon bleu ce qui peut être mis en petits caractères et au crayon rouge ce qui doit être sacrifié.

Il croyait me faire plaisir. Rien de plus difficile que de jouer les censeurs. Enfin, il ne s'agissait que d'un projet à soumettre à l'auteur qui protesterait mais finirait par céder.

— Monsieur Ubert, soyez gentil, oubliez la généalogie. Le catalogue « Histoire » doit être mis sous presse la semaine prochaine. Passez-moi ces fiches, je vais vous donner un coup de main... Madame Ella, ce stencil porte trop de corrections avec vos petites taches rouges, il faut le refaire... Allô, mais oui, monsieur Boisselier, ces circulaires sont au départ... Allô, monsieur Lourcelle, ce n'est pas mon boulot, je ne suis pas au commercial... Bon, si vous voulez, mais ne soyez pas trop pressé...

A force de parler, de répondre à celui-ci ou celui-là, j'avais la tête pleine de mots que je voulais chasser. Et il fallait parcourir, écrire, encore écrire, « tartiner »... Je m'étonnais que mes lectures obligatoires ne m'empêchent pas, le soir, de m'attacher à mes livres, à mon *gagne-temps* quotidien. L'histoire de mes lectures serait celle des toquades, du désir et de ses désordres, et j'avais tendance à m'attacher aux volumineux ouvrages, Tolstoï, Proust, Joyce, et à opposer aux méthodes de lecture rapide la mienne : celle de la lecture lente, profitable. Je collectionnais mes lectures comme don Juan ses maîtresses et aucune statue de Commandeur ne viendrait me punir du vice.

« Avez-vous lu... », me disait Gaston Bachelard et il me citait des noms inconnus. « Avez-vous lu... », me demandait Antoine, le vendeur de livres anciens, et même Ubert : « Avez-vous lu... » Ils me faisaient le coup de La Fontaine avec Baruch et parvenaient à me persuader que je n'avais jamais rien lu, que je ne savais rien. Si je passais à la librairie, c'était le dénommé Tête de Mort avec ses avant-gardes. Voulaient-ils me décourager ? Ils n'y parviendraient pas. J'étais « là où il y a des livres » et lire était devenu pour moi une activité physique comme boire, manger, dormir, marcher.

Et je continuais, moi l'ivre de livres, à fréquenter les bouquinistes et les libraires d'ancien. Le cher Antoine ne manquait jamais de m'offrir quelque livre sans valeur bibliophilique dont le contenu pouvait m'intéresser. A la librairie où je me rendais moins depuis que Mlle Lavoix avait pris sa retraite, on me consentait une remise sur les nouveautés. Et comme je ne sortais jamais d'une librairie ou d'une bouquinerie les mains vides, j'achetais, à ce point que je dus entreposer une partie de mes trésors dans la chambre inoccupée de Roland.

J'avais lu dans *Le Petit Pierre* d'Anatole France que

l'écrivain, dans son enfance, lorgnait la boutique d'un célèbre marchand de chocolat, rue des Saints-Pères. Je me rendis à cette adresse : le chocolatier existait toujours. Je connaissais le goût d'Olivia pour le chocolat lacté et celui d'Eleanor pour le chocolat noir amer, et je leur en apportai à la place des fleurs que j'achetais le samedi au marché de Buci.

(Je conte, je narre, je décris, je me fais plaisir... Et tout cela parce que, un soir, au Théâtre-Français... où l'on ne jouait pas Molière...)

Ce mardi-là... Ainsi commencions-nous, chez Eleanor, certaines de nos phrases. Et Eleanor ajoutait :

— Le jour où nous sombrerons dans l'ennui, le manque de diversité, le radotage, la pure mondanité, ce jour-là, je cesserai de lancer des invitations. Mais regardez l'Oncle, comme il semble content. Rien que pour cela...

L'homme qui était assis sur le canapé en compagnie de l'Oncle était grand, mince, et le souvenir que j'ai gardé de son visage ne me permet pas de décrire chacun de ses traits, comme si ces derniers s'effaçaient derrière un sourire où se mêlaient malice et raillerie. Ce M. Albert-Marie Schmidt, je le savais professeur à la faculté des lettres de Lille, critique de livres contemporains à *Réforme*, ami de Raymond Queneau, et aspirant comme l'Oncle à la Sorbonne, et en cela pas plus heureux que lui.

— C'est ainsi, cher Mihoslav, que je suis entré dans votre domaine, par effraction, avec une ruse de... renard. Oui, j'ai l'ambition de réunir les branches de ce *Roman de Renart* pour les traduire et en restituer la verdeur...

— Je vous approuve. Curieux, n'est-ce pas? que dans votre pays de France, ce chef-d'œuvre soit à peine connu.

— Nous avons une tendance à l'édulcoration, dit M. Schmidt. Si nous prenons *Les Mille et Une Nuits*, nous en faisons une œuvre du XVIIIe siècle et nous lui donnons des teintes pastel. On gomme la crudité, le verbe haut, la fornication...

L'Oncle remuait sa canne entre ses jambes comme s'il s'agissait d'un instrument de pilotage.

— Pour en revenir à notre ami, dit l'Oncle, c'est un homme en place. Je le soupçonne d'aimer les honneurs, mais il m'a promis son appui...

— Ne vous appuyez pas trop, Mihoslav.

Je m'étais approché. Ce M. Schmidt qui appelait l'Oncle par son prénom m'apportait un plaisir délicat. Il me prit le bras et, sans rien me dire, me fit asseoir sur un des bras du canapé. Ils parlèrent de cet homme en place, celui qui prétendait soutenir la candidature à la Sorbonne.

— Lui et moi, dit l'Oncle, nous ne sommes d'accord sur rien. Il est le spécialiste d'un siècle et il le prend en chiffres ronds, comme un comptable : 1200-1300, pas avant ou après. Il dit qu'on ne peut englober tout. Et cette période lui appartient, rien qu'à lui...

— De deux choses l'une, dit M. Schmidt. Résumons : ou il est un imbécile, ou il est un imbécile. Je lui laisse le choix.

L'Oncle rit, de son rire bizarre, une suite de petits hoquets.

— Certes, dit Albert-Marie Schmidt, par commodité, on me dit seiziémiste et je l'accepte, mais je sais bien qu'il reste du Moyen Age dans ce XVIe, comme il restera du XVIe au début du XVIIe, et au-delà, grâce à vous, François Villon.

— Je vais vous choquer, dit l'Oncle, votre Malherbe, je ne l'aime pas et votre Boileau non plus.

— Cependant, Malherbe est venu au moment où il le fallait. On ne peut refaire l'histoire.

— *Enfin Malherbe vint...* Je ris, n'est-ce pas ? D'autres n'étaient-ils pas venus avant lui ?

— Si, Mihoslav : Sponde, Chassignet, La Ceppède avaient tracé la voie.

— *Ce que Malherbe écrit dure éternellement...* Dire cela de soi-même ! Pourquoi pas : « Un meuble signé Lévitan est garanti pour longtemps » ? Mais lui parle d'éternité, n'est-ce pas ? Et il critique Ronsard devant Desportes, il castre la langue, et Boileau continuera, n'est-ce pas ? Parlons plutôt de Maynard, je le trouve supérieur à votre Malherbe.

— Ce n'est pas *mon* Malherbe ni *mon* Boileau. Hé ! je ne suis pas Francis Ponge. Mon cher Mihoslav, tout cela est bien subtil. Il en naît les grands classiques, la pureté de la langue...

— Ouitche ! Et le siècle suivant on ne fait que ressasser des tragédies creuses et des madrigaux à la crème fouettée. Voulez-vous que je vous dise ? La langue de la firme Malherbe, Boileau et compagnie est faite pour la prose. Quant à la poésie, elle y perd les mots de son langage.

— Il y a, par-delà, autre chose. Au début de ce XVIIe, des éléments en lutte : Malherbe et sa réforme, Mathurin Régnier et sa verdeur médiévale, Desportes qui défend son oncle Ronsard, Agrippa d'Aubigné qui est encore présent. Ces ennemis, prenez une anthologie de la poésie baroque, vous les trouverez réunis. L'air du temps...

— Les maîtres de rhétorique au XIVe..., n'est-ce pas ? Vous me suivez ?...

Je m'éloignai. Tant de gens que je ne connaissais pas dans ce salon ! Eleanor ne mesurait-elle pas la vanité de ces réunions ? Quel vide cherchait-elle à combler ? Voulait-elle s'inventer un rôle dans la société ? J'avais espéré que notre soirée théâtrale serait suivie d'autres. Le miracle ne s'était pas renouvelé. Je fus tenté de l'inviter. Ce qui me retint fut la pensée qu'elle le prendrait pour un reproche.

Lors de ces rencontres, Olivia jouait au ludion. Elle entrait dans une pièce, en faisait le tour, tendait une assiette à des visiteurs, sortait sans prononcer une parole. Elle s'absentait, revenait, me jetait une rosserie au passage : « Comédien ! » Je ripostais :

— Tu passes comme un fantôme !

— Il n'y a que ça ici, des fantômes...

Quand arriva ce professeur à la Sorbonne, celui qui parlait du dossier « sous le coude », elle lui jeta un regard haineux. Tandis que le nouvel arrivant baisait la main d'Eleanor, se dirigeait vers M. Schmidt et l'Oncle, je suivis Olivia dans le couloir.

— Olivia, celui-là, que t'a-t-il fait pour que tu le haïsses à ce point ?

— Je ne le hais pas, je le méprise. Tu veux savoir pourquoi ? Il mène Oncle en bateau, il y prend plaisir. La semaine dernière, je l'ai entendu dire : « Pauvre vieil ivrogne. Laissons-lui ses illusions... » Si j'avais un scorpion, je le glisserais dans sa poche.

— Le salaud !

Eleanor me présentait à des gens dont je n'entendais pas le nom — ou l'oubliais. Plus tard, j'apprendrais qu'il s'agissait d'un couturier, d'un chef d'orchestre, d'une comédienne, d'un auteur, la plupart célèbres.

— Et pourtant, Julien, vous avez conversé. Et vous ne saviez pas qui il était ?

Comme avec le ministre espagnol, j'écoutais, relançais la conversation, ne retenais que la musique des mots et non la signification des phrases. Les oreilles du nain Simplet ou celles du roi Midas ?

— Cette dame avec qui vous êtes resté une partie de la soirée...

— Oui, elle est différente... Je me souviens de tout ce que nous avons dit. Elle adore la poésie, la musique...

— La musique, je m'en serais doutée, dit Eleanor en riant. Au fait, nous sommes invités à dîner chez elle, enfin, chez eux. Elle m'a demandé d'amener mon « charmant jeune protégé ». Le protégé c'est vous...

Je ne retins qu'une chose : j'allais accompagner Eleanor. L'invitation était pour le lundi suivant.

— Mais... j'ai promis à Olivia.

— Tant pis pour ma sauvageonne. Elle aussi était invitée, elle a décliné l'invitation sans donner de prétexte. Gardez-le pour vous : elle chantait une mélodie de Darius quand elle a connu son échec.

— De Darius ?

Cela fit sourire Eleanor. J'aimais quand elle souriait, fût-ce à mes dépens.

— Vous connaissez beaucoup de Darius ?... De Darius Milhaud. La dame de votre conversation, c'est Madeleine, sa femme. Je les ai connus par les Kurt Weill dans le Connecticut, avec Daniel, leur petit garçon. Et j'ai assisté à New York à la représentation de *Black Ritual*, le titre américain de sa *Création du monde*.

— Et je suis invité !

— Et vous êtes invité. Soyez sans crainte. Je ne connais pas de gens de qualité qui vivent aussi simplement. Ils habitent un premier étage, près de la place Pigalle, et non dans le XVIe ou à Neuilly. Leur fils fait de la peinture et Olivia n'aime pas rencontrer des peintres.

— Pourtant, l'autre jour, elle est restée longtemps avec ce couple...

— Les Max Ernst ? Rien d'étonnant. Il fait partie de ses idoles. Et je suis sûre qu'ils ont parlé d'autre chose que de peinture.

Julien Noir, le semi-clochard qui avait vendu sa bicyclette au marché aux puces de Saint-Ouen...

Si je me retirais dans mes livres, je n'étais plus hors la vie, je rencontrais tant de gens, inconnus ou célèbres, je recevais tant de messages, j'analysais tant de caractères, je vivais dans le monde du travail et de l'action. Mon temps de méditation ne risquait-il pas de rétrécir ? Or cette existence partagée entre les travaux quotidiens et le plaisir des rencontres me rendait, je le crois, meilleur lecteur. Les personnages de Flaubert ou de Stendhal, par-delà le génie des romanciers, je les distinguais mieux, je voyais des visages. Aucune image, portrait, photographie, cinéma, illustration, ne pouvait se comparer aux fruits de la création mêlés à cet imaginaire que les auteurs faisaient naître en moi. J'avais appris que le vrai lecteur, celui qui *sait lire*, apporte sa part créative. En apparence immobile, allongé près de ma table de chevet improvisée (les piles du Grand Larousse), je me sentais en mouvement constant.

Madame Bovary, c'est lui, c'était moi aussi, et ce héros des guerres napoléoniennes avait un autre nom, le mien. Le livre me parlait à l'oreille, nous échangions des confidences, nous étions deux et nous étions mille. Délivré de mes entraves, j'inventais d'autres liens si légers, si fluides, que mon corps sur la terre et mon esprit dans les nuées se retrouvaient dans le nouvel Éden. Dans ma petite enfance, personne ne m'avait conseillé la lecture, ne m'avait parlé d'éducation ou de savoir, et je ne tenais pas pour méprisable qui ne lisait pas. Je me sentais même privilégié, coupable de recevoir tant de plaisirs sans les partager.

Au bureau, Ubert le généalogiste et la maquettiste qui était « de bonne famille » sympathisaient, parlaient de gens « bien nés ». Je les appelais « l'Incroyable et la Merveilleuse ». A leur puérilité, je répondais par la mienne, déclarant comme quelque Jacques Bonhomme : « Il n'y a qu'une noblesse, celle du cœur ! » ou bien cette formule qui me plaisait : « Mon blason a vingt quartiers d'authentique roture ! » Ubert recevait mon humour douteux avec complaisance, la demoiselle haussait les épaules.

Depuis les expositions à l'étranger, « le Grand » m'adressait quelques mots. Ainsi :

— Monsieur Noir, je déjeune avec le Louis XIV de l'édition !

Flagorneur, j'aurais répondu : « Mais c'est vous ! » Je demandais : « Le Louis XIV ? » et il répondait : « Meunier du Houssoy, bien sûr, le président du Groupe Hachette ! » Comme j'étais ignorant ! Ainsi « le Grand » gardait-il un fond de modestie.

Et mon ami Antoine ? A la boutique de livres anciens, il était souvent seul.

— Mon patron m'a dit : « Vous en savez autant que moi ! » Ce n'est pas vrai. Il faut des années et des années pour bien connaître ce métier. Regardez simplement les sept volumes du *Manuel du libraire* de Brunet. Qui pourrait connaître tout cela ? Le grand bibliophile M. Clouzot est venu. Il consulte les rayons en fredonnant des airs d'opéra. N'est-ce pas curieux ?

Il répondait aux demandes de Florian et recevait une ristourne. Il vivait de rien, était sous-alimenté. Il économisait dans un but précis : avoir un jour sa boutique. Que ne pouvais-je l'aider !

A la sortie du cinéma, pourquoi Olivia était-elle si joyeuse alors que le film avait montré un univers sordide, chargé de misère et de drame ? Je lui en demandai la cause. Elle me répondit :
— J'ai pris une décision. Tu n'as pas à savoir laquelle. Ça ne te regarde pas. Tu n'es pas mon confident. Quand nous sortons ensemble, tu es comme ma duègne.
— Charmant ! Tu crains les importuns ?
— Je n'ai peur de personne. Les imbéciles, je sais les remettre à leur place.
— Je n'en doute pas.
— Au fond, tu es un crâneur. Toujours content de toi et te moquant des autres.
— C'est faux !
A ma surprise, elle se rétracta : « Oui, c'est faux, tu as raison, c'est faux ! » et, plus tard, à la terrasse du Mahieu :
— Je te mène la vie dure, hein ? Je suis une enquiquineuse...
— Une emmerderesse ! disait Paul Valéry.
— Pour me racheter, je vais te faire un aveu. Le test... Quand tu m'as embrassée... Si ça te gêne qu'on en parle...
— Pas du tout.
— Quand tu m'as embrassée, je t'ai dit que cela ne me faisait rien. C'était un mensonge... De quoi réjouir ton côté petit mâle, non ?
— Heureux de l'apprendre.
Je me crus autorisé à lui caresser la main, à passer mon bras autour de ses épaules. Je dis :
— Alors, recommençons...
— Oh ! la barbe. Quel ennui ! Tu es donc comme tout le monde ? Tu te crois tout permis ? Je ne t'ai jamais dit que je voulais de toi. D'ailleurs je ne veux de personne. Et n'insiste pas. Ôte ton sale bras.

— Oh! dis-je. Moi non plus, je n'en ai pas tellement envie...

— Et goujat en plus! Non, on arrête. Et si on prenait des glaces! Pour moi chocolat-vanille.

Curieuse Olivia! Et que j'aimais à ma manière. Telle qu'elle était ou telle qu'elle se cachait.

Quand je lirais les Mémoires de Darius Milhaud, *Notes sans musique*, un livre riche de portraits et montrant la musique intérieure de son auteur, je regretterais de l'avoir visité avec tant d'ignorance, et ce serait pis quand j'écouterais ses œuvres. A la fin de son livre, des pages montrent, année par année, la diversité de ses créations, la multiplicité de ses sources d'inspiration, et, surtout, son travail incessant et gigantesque.

La voiture de place nous déposa, Eleanor et moi, devant l'immeuble. En montant l'escalier, nous entendîmes des accords de piano, quelques notes, un arrêt, quelques notes encore... Eleanor frappa à la porte. Mme Milhaud, rayonnante et réservée, embrassa Eleanor et me tendit la main. Nous passâmes à la salle à manger où le couvert était mis pour sept personnes. « Vous êtes les premiers! » dit Mme Milhaud. Nous entendîmes, venue de la pièce voisine, une voix chantante : « Qui c'est? »

Mme Milhaud ouvrit la porte sur un vacarme. La fenêtre était ouverte. Sur le boulevard, la fête foraine, avec ses autos-tampons, ses tirs, ses manèges, provoquait ce tintamarre rythmé par les sons des klaxons et le bruit des moteurs. Darius Milhaud était assis sur sa chaise roulante devant le piano qu'il referma. Eleanor se pencha pour lui baiser la joue. Désignant une feuille de papier à musique, il dit :

— Vous voyez. Je compose...

— Vous composez, Darius, et avec tout ce bruit, observa Eleanor en riant, est-ce possible?

— Le bruit? demanda-t-il. Quel bruit? Ah! *les* bruits, mais c'est ce qui m'inspire!

Il ajouta : « Il n'y a qu'une chose qui me gêne... » et, après un silence : « ... c'est le piano ! » Je fis ainsi connaissance avec son humour. Lui venait-il du monde juif qui en a le sens ou du monde provençal ? Les deux sans doute.

— Madeleine, allons au salon, il fait froid ici.

— Et pour cause..., dit Madeleine Milhaud en fermant la fenêtre.

En poussant le fauteuil roulant de son mari, elle me demanda :

— Julien, soyez gentil de mettre quelques pelletées de charbon dans le poêle. Tisonnez un peu...

Eleanor me sourit. Cette simplicité dans les rapports la ravissait. Et moi aussi. Installés dans un salon en retrait, je regardai autour de moi et m'arrêtai sur une vitrine dans laquelle des éventails étaient déployés.

— C'est Paul Claudel qui les a peints quand nous étions au Japon, dit le musicien.

Il ferma les yeux comme si sa composition musicale se poursuivait dans ses pensées. Ses cheveux très noirs étaient coiffés à l'arrière du front. Des poches sous les yeux, de légères bajoues semblaient retenues par les muscles d'un visage énergique, carré. Sa voix douce contrastait avec son corps replet et une force contenue. Cette douceur n'était peut-être qu'apparente. Eleanor qui l'avait vu à une répétition d'orchestre me dirait qu'il se montrait volontiers coléreux.

Un couple d'invités arriva. Lui, c'était un jeune homme de mon âge, myope, vêtu d'un velours côtelé modeste et qui paraissait à la fois heureux et gêné d'être là. J'ai oublié son nom (la fuite des neurones...). Son épouse, belle et distinguée, bien habillée et sûre d'elle, faisait contraste avec lui. Elle ressemblait à Olivia.

— Nos jeunes amis, expliqua Madeleine Milhaud, viennent ici pour la première fois. Une rencontre des plus curieuses. A la salle Chopin, non pas pour un concert, mais pour une présentation de poètes où notre ami menait la danse. Moi, je disais les poèmes, j'adore le faire. A la sortie, je lui propose de le déposer avec ma voiture et il m'affirme que nous n'habitons certainement pas le même quartier. Où êtes-vous ? Il me répond comme s'il en avait honte : place Pigalle, et je lui dis : Moi aussi. Nous étions voisins sans le savoir.

Le jeune homme sourit. Sa femme lui toucha le bras pour l'inviter à moins de timidité. Alors il confia :

— C'était la première fois que je parlais en public, et des poètes étaient présents. J'avais le trac. D'autant qu'au premier rang quelqu'un s'était endormi...

— Le poète Jean Follain, précisa Madeleine Milhaud. Il fait toujours ça, et, à la fin, on s'aperçoit qu'il a tout entendu.

— Cela s'est bien passé. D'ailleurs, il n'y avait que des amis dans la salle. Ah si ! quand cette dame au premier rang est sortie. J'en suis resté muet. Tout le monde la regardait partir...

— Puis elle est revenue, dit Mme Milhaud en riant, et un mauvais plaisant a dit à voix haute : « Pipi ! » C'était d'un goût ! Quand je me suis aperçue que nous étions voisins je me suis dit que j'allais pouvoir faire des cancans sur les gens du quartier, ce que j'adore. Mon amie la boulangère de la place vous appelle-t-elle « ma p'tite poule » ?

— Elle n'y manque jamais, dit la jeune femme.

— Rue Houdon, il y a un coiffeur étonnant. Chez lui, on voit les dames de petite vertu, les travestis et de gentilles bourgeoises car le quartier plus loin est bien habité. Vous entendriez ces conversations... Et tout ce monde si différent s'entend très bien. Les bourgeoises s'encanaillent et les prostituées s'embourgeoisent...

Ces histoires ravissaient Darius Milhaud. Malgré l'infirmité du compositeur, ils sortaient beaucoup. Deux costauds portaient le maître et son fauteuil.

Je croyais qu'ils ne parleraient que de concerts, d'opéras, mais ils dirent apprécier le music-hall. Ils citèrent des chanteurs et des chanteuses populaires. Mes idées reçues s'envolèrent.

— J'entends sonner. C'est Jane...

Madeleine Milhaud fit entrer une dame plus toute jeune qui embrassa Darius Milhaud et s'assit sans bruit, comme pour se faire oublier. J'allais apprendre qui elle était : Jane Bathori, et, pour une fois, je savais beaucoup de choses la concernant grâce à un de mes livres. Je la croyais disparue. Pianiste, cantatrice, interprète de Satie, Ravel, Debussy, rénovatrice de la mélodie française. Et elle était là, près de moi, octogénaire et le regard si jeune ! J'aurais voulu lui parler, l'écouter, et je me sentais astreint à la discrétion, pensant que les mots viendraient d'eux-mêmes, qu'il me suffirait d'écouter. Il n'était point besoin de m'enseigner la ferveur. J'éprouvais une admiration forte pour les créateurs. J'aurais pu dire au cher Ubert qu'ils étaient pour moi la vraie noblesse, que le chevalier de Rohan en bastonnant Voltaire s'était bastonné lui-même...

A table où Madeleine Milhaud servait, ce qui permettait de se sentir en famille, le jeune poète s'enhardit, ce qui m'évita de le faire.

— Mon poète préféré, c'est Jules Supervielle que vous connaissez, maître... J'aime tout ce qu'il écrit. Il dit que le poète est le plus doux des animaux. Il s'efface derrière ses poèmes, il est si modeste...

— Pas si modeste que ça, dit Darius Milhaud. Quand il a vu sur les affiches de l'Opéra de Paris pour notre *Bolivar* que mon nom était imprimé en plus gros caractères que le sien, il a été furieux. Mais qu'y pouvais-je ?

— *Genius irritabile vatum !* dit le jeune poète.

Cette pédanterie fit sourire et la jeune femme regarda son mari d'un œil sévère. J'eus une conversation avec elle à propos d'un roman qu'elle venait de lire. Lorsque je pus revenir à l'écoute d'autres propos, Darius Milhaud parlait du groupe des Six :

— Une invention de journaliste. C'était arbitraire car si nous étions des amis, nous ne nous ressemblions pas. Honegger est plus proche du romantisme allemand, moi d'un lyrisme méditerranéen, Auric et Poulenc couraient derrière Cocteau qui lui-même courait après je ne sais quoi. Tailleferre et Durey, c'était encore différent, puis, les choses allant leur train, nous avons fini par donner des concerts ensemble, chacun craignant d'être débordé et gêné dans son inspiration. Ce journaliste s'appelait Collet et il nous a piégés comme des lapins...

— Ce groupe des Six, dit Jane Bathori, c'est comme les poètes de la Pléiade. Quand on les cite, on en oublie toujours un.

— En fait, dit Darius Milhaud, sur les photographies, nous sommes toujours sept. Nous avons notre maître de ballet, Jean Cocteau. Il se trouve toujours là au bon moment. Et c'est lui qui nous place comme un metteur en scène.

— Les Surréalistes le haïssent, dit le jeune poète.

— Ils ont tort, dit Madeleine Milhaud, sous son brillant, derrière ses pirouettes, il y a un poète...

— J'aime plus que tout son poème *Léone*, avançai-je, heureux d'avoir pu mettre mon grain de sel.

Eleanor parla de ses enfants et de l'Amérique. Au dessert, le fils des Milhaud, le peintre Daniel Milhaud, nous rejoignit. Cet artiste ne se donnait pas le genre artiste, ce qui me parut de bon augure. Il me fit penser à l'acteur américain James Cagney. Quel effet cela devait-il faire d'appeler « papa » un Darius Milhaud? Il avait dîné avec un nommé Jean-Claude dont j'appris qu'il était le fils de Jacques Ibert. Il partagea notre dessert et nous invita à visiter son atelier sur les pentes de Montmartre.

Madeleine Milhaud en revint aux cancans, comme elle disait.

— Alors cette cocotte entre chez le libraire d'en face et lui dit sur un ton faubourien : « Je voudrais le bouquin qu'on a inscrit le nom sur ce papelard. C'est un client. Il m'a dit qu'on y parlait de moi, vous vous rendez compte. Il y a mon nom! » Le libraire lui explique qu'il s'agit d'un dictionnaire de mythologie et lui demande son nom. Elle lui répond : « Mon blaze? C'est Cérès... » Savez-vous qu'au bistrot sur la place ils ont un garçon de café qui est curé? Oui, un prêtre-ouvrier. Les dames de Pigalle l'adorent. C'est comme le kiosque à journaux, ils travaillent surtout la nuit, les publications spécialisées... Ah! je crois que Darius est fatigué.

En effet, les yeux du maître se fermaient et sa pâleur s'accentuait. Il était temps de prendre congé. La voiture de place nous attendait. Arrivés à l'appartement, la tête encore pleine de ces conversations dont je ne rapporte ici qu'une infime partie, je souhaitai une bonne nuit à Eleanor. Elle retint un instant ma main :

— Julien, me dit-elle, je suis trop heureuse quand nous sortons ensemble.

Pourquoi *trop*? Voilà que je prenais Eleanor en flagrant délit de faute de français.

Quatre

Dans mon bureau, je parcourais les revues où l'on rendait compte de nos publications. Je poursuivais par la lecture des pages réservées aux livres dans la grande presse, à la recherche d'un article ou d'un écho. Pourquoi traitait-on de livres de second ordre, voués à la consommation rapide et à l'oubli plutôt que de publications qui n'apportaient à leurs auteurs aucune renommée alors qu'ils avaient passé des années à les écrire? Je m'en ouvris à Pierre Emme que cela fit sourire : je n'avais pas la moindre idée des contraintes journalistiques.

Une surprise m'attendait : tournant les pages du *Figaro*, jetant un coup d'œil distrait sur le « Carnet du jour », je vis apparaître en caractères gras mon nom, oui, mon nom, pas celui de Noir, mais l'ancien, celui de ma naissance, celui d'avant mon déluge et que j'avais abandonné pensant ainsi que j'enterrais l'homme blessé. Toute une famille annonçait le décès de mon grand-oncle, et, parmi les annonceurs de la funeste nouvelle, se trouvait mon nom alors que je devais être porté disparu depuis des années. L'enterrement de ce personnage, commandeur de plusieurs ordres, avait eu lieu dans la plus stricte intimité. Suivait une adresse, celle d'un parent inconnu, quelque cousin sans doute.

Je suis sensible à la délicatesse. Qu'on ne m'eût pas oublié m'obligeait à des condoléances. Mais comment m'y prendre puisque, en quelque sorte, je n'existais plus ? J'y réfléchis, faillis renoncer, puis trouvai le moyen le plus simple en me disant que cela n'importait pas et que je ne recevrais sans doute pas de réponse.

Si j'écrivis, c'est par respect pour la mémoire de cet homme au regard lointain que j'avais peu connu. Il était veuf, ne pouvait pas s'occuper d'un jeune garçon, mais il trouva la bonne direction pour mes jours. Je signai ma missive *Julien Noir*, en ajoutant l'autre nom et en signalant, avec mon adresse rue Gay-Lussac, que j'avais pris un pseudonyme d'artiste (quel artiste ?) et qu'il était homologué comme mon nom réel. Que de complications pour peu de chose ! Je ne savais pas que j'avais ouvert une porte à nombre de tracasseries administratives.

Mon correspondant ne me répondit pas. Deux mois plus tard, je reçus une missive d'un notaire d'Évian. Le grand-oncle, dans le souvenir de feu mon père, m'avait couché parmi d'autres héritiers sur son testament. Pouvait-on refuser un legs ? J'écrivis au notaire pour lui demander conseil. Il me répondit que les choses avaient suivi leur cours naturel, que cet héritage consistait en bons du Trésor et en liquidités et il m'indiquait un montant qui me laissa pantois. Sans être riche, je devenais quelqu'un de nanti. Je passe sur mes histoires de nom et de pseudonyme, sur quelques démarches menteuses, et mon compte en banque fut bien pourvu.

L'argent dormit durant quelques mois. Puis j'eus une idée qui me sembla lumineuse. Qui avait besoin d'argent ? Pas moi puisque je gagnais ma vie. Mais Antoine, ce brave Antoine et son désir d'une boutique de livres anciens. Et si mon argent, d'une manière détournée, allait aux livres ? Cette idée germa, mûrit, et un soir j'invitai Antoine à me rendre visite rue Gay-Lussac. La cuisinière d'Eleanor nous avait préparé un repas que nous prendrions sur la terrasse.

Je l'attendis devant l'immeuble. Il me regarda étonné. Pourquoi ce sourire mystérieux ? Il parut surpris par l'appartement. Sur la terrasse, je dis que je n'étais que locataire.

J'attendis le milieu du repas pour lui parler :
— Ta boutique...
— Ma boutique ?
— Tu vas l'avoir ta boutique, tu l'as déjà...

Il fut aussi surpris par le tutoiement que nous n'avions jamais employé que par mon annonce.
— Je ne comprends pas ce que vous...
— Non, pas de « vous ». Entre associés, on se tutoie. A moins que tu ne veuilles pas de moi pour associé ? Bois un coup pour te remettre.

Et j'emplis son verre du meilleur vin que j'avais trouvé. Au début, je mesurai mes explications :
— Les oncles d'Amérique, ça existe. Même s'ils habitent Évian...

Je parlai longtemps. Mon projet était le suivant. Moi, le capitaliste, je mettais mes fonds à sa disposition pour l'achat de la boutique. Lui assurait le travail, l'installation, tout. Plus tard, je le rejoindrais et il m'apprendrait le métier. En attendant, je resterais à la maison d'édition.
— Mais voilà, ajoutai-je, pour les histoires d'achat, de patente, je n'y connais rien. Nous agirons en commun, mais ne compte pas sur moi pour les démarches.

Je lui dis de combien je disposais et il me donna à son tour le montant de son petit capital.
— Ça pourra servir pour le fonds de livres...

Ayant reçu le premier choc, il se reprit, se mit à rire et répéta : « Mais ce n'est pas vrai ! Je rêve, je rêve ! » Puis il prit les choses en main.
— Pour la patente et autres, mon patron m'aidera. Il sera peiné que je le quitte mais il me donnera tous les coups de main possibles. C'est une profession où on se serre les coudes. Au besoin, il me confiera des livres en dépôt comme si je tenais sa succursale. Il faudra voir un notaire...
— Ce qui serait bien : un logement au-dessus du magasin.
— Pas pour moi. J'ai déjà un gîte.
— Alors, pour moi, le cas échéant... En attendant, il pourrait servir de dépôt.

— Je vais lire toutes les petites annonces.
— Moi aussi. Je te donne mon numéro de téléphone ici et à ma boîte.
— Je n'ai pas de « bigophone » mais tu pourras m'appeler chez mon patron.
— Tu vois, tu me tutoies... A notre futur magasin !

Dans l'enthousiasme, nous en étions venus à ne plus dire « boutique ».

Antoine, son front dégarni, ses cheveux raides d'un blond filasse retombant sur son cou, ses lunettes de métal, Antoine le dégingandé, le pauvre hère qui commençait à cesser de l'être, le caresseur de livres rares, l'espérant sans espoir et qui voyait son rêve se réaliser. Au moment de la séparation, rue Gay-Lussac, je lui dis :

— Tu ne vas quand même pas chialer...
— Non, pas tout de suite, plus tard, quand je serai seul.

Je me rendis à Évian pour m'incliner sur la tombe de mon grand-oncle. Comment avait-il pu se souvenir de ce petit garçon que la perte de ses parents avait rendu muet et figé ? Tandis que je méditais devant le marbre, je cherchais des images fuyantes : un visage qui se refusait, des lieux aux formes, aux angles flous comme sur une mauvaise photographie. Je revis un lit à colonnes trop grand pour ma petite personne, une carpette avec un dragon rouge, un bureau où je m'asseyais, la tête entre les mains, une corbeille à papier toujours vide. Le grand-oncle, sachant que je ne resterais pas assez longtemps avec lui pour qu'il me fît inscrire dans une école, faisait venir une voisine, une vieille dame qui me donnait des cours. Je revis aussi une table de chevet avec un emplacement pour le vase de nuit, comme autrefois, et, sur son marbre, un seul livre, *La Sainte Bible*, que je lisais sans la bien comprendre. Sa reliure était noire, comme le marbre de cette tombe qui devenait à mes yeux la Bible, un grand livre noir pour protéger son corps.

Mes pensées voyagèrent. Je fus à Valmondois. Je reçus une grande luminosité. Caron le jardinier, mon père nourricier, cueillait de grosses pêches veloutées et les déposait avec précaution dans un cageot où des friselis de papier vert les protégeaient. Au bord d'une allée, se trouvait un escargot géant que j'appelais « le roi des escargots » et qui n'était qu'un décor de jardin.

— Julien, va porter ces deux pêches à M. le curé.

Et le curé Laurent, sa soutane tachée de terre, quittait son jardin avec moi.

— Tu viens pour les mathématiques ou pour le catéchisme ?

— Les deux, monsieur le Curé.

Je préférais déjà les lettres aux chiffres, le catéchisme aux problèmes arithmétiques. J'oubliais toujours mon missel. Il m'en prêtait un. Le mien contenait des images pieuses. La Sainte Vierge, Jésus que j'appelais « le petit Jésus », je les trouvais beaux et calmes. J'aimais moins le Christ quand il était adulte. On m'avait dit que mon père et ma mère se tenaient auprès d'eux. Mon seul étonnement : d'une image à l'autre, les visages n'étaient pas les mêmes. A ma question, le curé répondait de son mieux, m'expliquant que chaque imagier les voyait comme ils étaient en lui.

Des pêches, des poires, des pommes, des cerises, des fraises s'associaient à mes études désordonnées — les fruits réels et ceux du savoir se mêlaient.

Le grand-oncle, sous la bible géante et si lourde, que lui dire ? Je me souvins d'une prière mais ses mots me semblèrent dénués de signification. Je me penchai, je posai mes lèvres sur le marbre comme si je baisais la joue du vieil homme.

Évian, ville où se concluaient plus tard des accords de paix, Évian, je ne retiendrais de toi que le marbre noir d'une tombe. Je ne fis qu'un passage, je devinai des enchantements, des émerveillements du paysage, mais les refusai. Je craignais cette mélancolie qu'apporte la beauté. En me promenant au bord du lac, mon regard errant vers le bord suisse, je ne vis qu'une étendue d'eau effrayante. L'avais-je fait enrager, Gaston Bachelard, en affirmant que la poésie que je préférais n'était pas faite d'images, que les poètes en abusaient et que leurs compléments de mots choquaient mon oreille ! J'eus le toupet de lui dire qu'il extrayait des pépites d'un mauvais minerai parce que cela convenait à ses démonstrations... et je poursuivis mon bavardage en cherchant des points de comparaison.

— Mon ami, dit le philosophe, vous venez de faire mon éloge et je me sens confus. Pour appuyer vos dires, vous avez employé sept métaphores. Vous avez la placidité de certaines eaux...

Au fond, il était ravi de notre conversation et adorait mes sottes provocations. Sans doute était-il lassé de trop de déférence.

Sous un ciel plombé, cette eau devenait menaçante. Loin des méditations lamartiniennes, si je m'attardais sur les bords du lac, ce ne sont pas des voiliers et des cygnes que je verrais, mais les vieux fantômes indestructibles. Bachelard avait raison : l'eau est porteuse de mémoire. Je devais fuir. Près d'une tombe, les beaux jours avaient ressurgi. Ce lac, malgré sa parfaite beauté, me serait funeste. J'avais une telle hâte de retrouver mon univers, mon rempart de livres, ma famille inventée, que je fus à la gare deux heures avant le départ de mon train.

Le travail de l'édition m'était devenu plaisir. Mon aventure nouvelle, cette précieuse librairie que j'imaginais déjà, j'en laisserais toute la responsabilité à Antoine, ne lui imposerais pas une présence constante.

Parce que j'avais gagné en assurance, je pris des initiatives. Les systèmes de fiches écrites à la main, les questionnaires biobibliographiques mal conçus, le service de presse hasardeux, il fallait moderniser tout cela. Le temps viendrait des ordinateurs et autres instruments de « bureautique » ; nous en étions loin encore ; il existait cependant des systèmes pratiques. Sans en référer, je me livrai à une modernisation.

Mon attitude n'était plus soumise. On ne m'en

apprécia que mieux. Lorsque j'eus des démêlés avec le tout-puissant chef de fabrication, je ne cédai pas d'un pouce. Ma situation s'améliora. J'assurai même que la blouse verte d'un vendeur de librairie en faisait un subalterne que le client ne pouvait prendre comme compétent. Pour « le Grand » et M. Boisselier, j'établis une liste de tout ce qui relevait du siècle passé. « Le Grand » me convoqua dans son bureau. Je m'assis sans qu'il m'en priât.

— Ne vous prenez pas pour un innovateur, monsieur Noir. Tout cela, j'y ai pensé avant vous. Aujourd'hui, l'édition française est au pied du mur. Je rédige un pamphlet là-dessus. Je vais faire bouger les choses. Quant à vous, je compte plus sur votre action que sur vos théories. Merci. C'est tout.

Rue Gay-Lussac, dans l'appartement, Olivia sifflotait, les mains dans les poches de son jean, comme un garçon.

— Tu as l'air bien joyeux !
— J'ai toujours été joyeuse, mon petit, toujours ! Mais au-dedans de moi.
— Je vais annoncer la bonne nouvelle !

Comme Eleanor sortait de sa chambre-bureau, je répétai :

— Olivia est joyeuse. Elle a toujours été joyeuse, mais... au-dedans.
— Je sais pourquoi, dit Eleanor, et moi je suis toujours joyeuse... au-dehors.

Pourquoi cette note de tristesse dans sa voix ? Depuis quelques semaines, je la voyais moins, comme si elle m'évitait. Même à ses mardis, elle s'éloignait de moi. Aux déjeuners du dimanche, elle restait taciturne.

— Tout va bien, Eleanor ?
— Pourquoi cela n'irait-il pas bien ?

Je lui contai mes nouvelles aventures : l'héritage, le projet de librairie d'ancien avec Antoine.

— Si cela vous plaît, je m'en réjouis. Mais cet Antoine, le connaissez-vous bien ? Est-il digne de confiance ?
— Une confiance entière !

En fait, je ne savais pas grand-chose d'Antoine. Il ne se confiait pas. On aurait pu le juger sournois. Mais pour moi, son amour des vieux livres était le garant, le passeport.

Il ne perdit pas de temps. Alors que je consultais sans succès les petites annonces de l'immobilier, lui se déplaçait, faisait jouer ses relations. Si bien qu'un matin je reçus un appel téléphonique au bureau. Comme Archimède dans son bain, il s'écria : « Eurêka ! » Oui, il avait trouvé. Durant l'heure du déjeuner, il me donna rendez-vous dans une rue entre le boulevard Saint-Germain et les quais.

Il se tenait devant une misérable boutique dont la raison sociale était « Vins et spiritueux ». L'agent immobilier nous fit entrer et désigna d'un geste large un espace assez vaste, mais crasseux, triste, et sentant le rat mort et la vinasse.

— Magnifique, n'est-ce pas ? s'exclama Antoine.
— Horrible ! répondis-je.
— Il faut tenir compte..., commença l'agent immobilier.

Je ne voulais tenir compte de rien. Antoine lui demanda de nous laisser. Il rapporterait le bec-de-cane. Il entreprit de me persuader :

— Tu vois ce lieu tel qu'il est. Moi je le vois tel qu'il sera. Et il y a l'appartement...
— Au-dessus ?
— Non, on traverse une cour. Viens.

La cour était en fait un jardin bien entretenu. L'appartement se trouvait derrière, au rez-de-chaussée.

— Trois pièces, une cuisine, un cabinet de toilette et une cave...
— Ça n'a pas l'air mal. Il faudrait voir l'intérieur.
— Je l'ai vu.
— Et alors ?
— Aussi moche que la boutique ! dit Antoine.

Il me démontra que le prix était honnête. Il fallait faire une contre-proposition, il s'en chargeait. Quant à l'état, aucune importance. Un cousin artisan du bâtiment l'aiderait. Une fois peint, le plancher consolidé, la devanture refaite, ce serait un des plus beaux magasins du quartier.

— Si tu le crois...

Je lui donnai mon accord. Mais sans enthousiasme.

— Pour les rayons, les emplacements, et tout et tout, je vais préparer des plans que je te soumettrai. L'affaire peut être signée dans les quinze jours. Je travaillerai le soir, la nuit, les fins de semaine...

— Je t'aiderai.

— J'y compte bien. L'appartement, nous nous en occuperons plus tard. Avec le jardin devant, le mur sur le côté, tu as vu la vigne vierge? Ce sera splendide, le grand luxe!

Je réfléchis. J'eus la certitude qu'Antoine tiendrait ses promesses. Le notaire demanda un délai. Un mois plus tard, nous prenions possession des lieux.

Antoine et son cousin allèrent vite en besogne. Des collègues vinrent les aider. En quinze jours, l'intérieur fut rénové. Le plus difficile fut de refaire la devanture dont les bois étaient pourris. Le travail d'un menuisier fut nécessaire, mais il me restait assez d'argent.

— Et le nom? me demanda Antoine.

— Quel nom?

— Le nom du magasin. La raison sociale, quoi? Je ne sais pas, un titre de livre connu par exemple...

— Pourquoi pas *Le Lit de la Merveille*?

L'idée m'était venue d'elle-même, sans réflexion. Antoine reconnut que c'était joli, mais que cela ne voulait rien dire.

Nous allâmes déjeuner chez Vagenende. Là, face à face, dans un box, nous fûmes à l'aise pour parler. Je ne pensais plus qu'au *Lit de la Merveille* et lui cherchait de quelle couleur peindre la devanture. Pour un commerce (et le mot *commerce* prenait sa plus noble signification) tel que le nôtre, pas de tape-à-l'œil, de la sobriété, de l'élégance aussi. Antoine eut l'idée de choisir la teinte parmi les échantillons de cuir d'un relieur, pas un rouge ou un grenat, peut-être un vert bouteille, ou un ton tirant sur le marron, mais assez clair, à moins que... non, bicolore, ce serait trop... enfin tu me comprends?

— Nous n'en sommes pas encore là, dis-je.

L'idée fixe me poursuivait. Pour le convaincre, je lui parlai de l'Oncle, pas celui dont j'avais hérité, mais *Oncle*, comme on le désignait. Un médiéviste connu dans le monde sauf en France. Un fou du lointain passé de notre langue. L'inspiration me visita. L'exil, l'idéal, l'espoir, les jours et les nuits d'étude, l'injustice, les déceptions... La manière dont il était tombé à genoux devant les livres de Saint-Fargeau... Nos conversations... Sa vue défaillante... Je traçai un portrait avec les pinceaux de ma ferveur.

— ... Et c'est lui qui m'a ouvert en grand les portes de sa bibliothèque. Il m'a dit de creuser *le lit de la Merveille*, tu comprends? La signification exacte je ne la connais pas, mais je la ressens. Appeler notre librairie ainsi serait pour moi un signe de reconnaissance. Et puis, il y a du mystère...

Je n'avais plus besoin de poursuivre mon plaidoyer. Antoine oublia sa réticence. Il répéta les mots sur tous les tons.

— On ne pourrait pas trouver mieux, dit-il.

J'eus alors le sentiment de rendre à l'Oncle une parcelle de tous les biens qu'il m'avait offerts.

— Le problème pour cette enseigne, reprit Antoine, sera le choix du caractère. Je ne vois pas une anglaise, peut-être du romain ou du Garamond, à moins que...

Nous n'avions pas fini d'en parler.

L'Oncle? Souvent il s'assoupissait sur son bureau et je ne le réveillais pas tout de suite. Un bruit de livre, de papier et j'entrais:

— Bonsoir, Oncle...

Je ne le dérangeais jamais. J'étais l'Ange. Il pouvait même lire en ma présence. Il se servait d'une loupe. Parfois, je lui faisais la lecture. Il m'écoutait, levait un doigt, je cessais de lire, le temps qu'il prît des notes... Il ne se rendait que deux après-midi par semaine au collège. Lui avait-on laissé ces quelques heures de cours par charité ?

— Voyez-vous, mon très très cher grand ami, j'aurais dû, dans ma jeunesse, apprendre tous les textes par cœur.

— Dix siècles de littérature !...

— J'aurais gardé l'essentiel. Je peux encore réciter plusieurs laisses des gestes essentielles et maints passages de romans bretons. Le soir, avant de m'endormir, je me les récite. Ce sont mes berceuses. Je dors mal la nuit et je m'assoupis le jour.

Il frotta ses yeux pour effacer une larme de fatigue ou de peine.

— Je suis vieux, je déteste être vieux. La carcasse tremble mais l'esprit est serein. En moi, le jeune homme proteste. Eleanor... que doit-elle penser de moi ? Eleanor... A Bratislava, non, c'était à Košice, lorsque j'ai rencontré cette jeune fille... Je faisais du cheval, moi ! Cette jeune fille, qui était-ce, ma fille ?

Les souvenirs revenaient, se mêlaient. Il recherchait un nom que sa mémoire refusait et le remplaçait par un nom de héros littéraire.

— Je mélange tout. Je suis une sorte de *shaker*. Je devrais me dire tchécoslovaque, mais ici, on ne retient que tchéco, et je suis bien slovaque. Ils marient les nations à leur aise, les grands ! Beaucoup d'amis à Prague. A Bratislava, nous étions plus près de Vienne. Il y avait même un tramway... En 1944, l'insurrection slovaque, la Résistance, une victoire morale pour le président Beneš et nous tous. La défaite. La jeune fille, ma fille, non ma femme. Voilà : ma femme. Car j'étais un homme marié, respectable, je veux dire apprécié. Nous étions si neufs, nous, slovaques. Notre langue littéraire ne remontait qu'au siècle précédent. Auparavant, un dialecte. Et la floraison des écrivains, des amis. Partout, je vois du feu, j'entends des cris. Plus de famille...

— Professeur ! m'écriai-je.

— J'ai dormi ? Il m'a semblé que je rêvais, j'étais seul parmi les Infidèles, sans Olivier, sans Turpin, avec l'épée et l'olifant. « *Ço sent Rollanz que la morz le tresprent...* » Je m'éveille et je suis vif. Je deviens gâteux, gaga, Julien.

— Si vous l'étiez, nous le serions tous, Oncle. Moi aussi je rêve. Notre trésor, c'est l'esprit qui vagabonde.

— Vous avez raison, l'Ange. Parmi ce que j'aime dans la *Chanson de Roland*, c'est qu'on y préfère l'assonance à la rime, qu'on n'abuse pas des comparaisons avec la nature. Chaque vers forme un tout. Il n'y a pas de rejets, mais le poème coule. Écoutez...

Il me récita sans se tromper, sans la moindre hésitation, onze vers en vieux français.

— Oncle, dis-je, vous osez vous dire sénile, diminué, après cela! Je m'insurge. En vous insultant, vous insultez l'admiration que je vous porte! Et vos livres sont mes témoins. Ils vous écoutent...

J'aimais le rire de l'Oncle. Il arrivait par saccades, comme l'eau d'une fontaine longtemps tarie et qui offre de nouveau ses biens, puis la coulée devenait régulière, la terre s'irriguait, le visage desséché perdait ses rides. A ce rire répondait le mien et notre paysage apparaissait rajeuni, printanier.

— Et si nous prenions un cognac!

A quoi bon moraliser, contraindre ou persuader! Nous n'y changerions rien.

— Oui, et bourrons nos pipes, ajoutais-je.

« *Le samedi soir, faut la semaine* », lit-on dans *Gaiete et Oriour*, une chanson de toile que dut connaître l'Apollinaire du « Pont Mirabeau ». Pour moi, le samedi consistait à rejoindre Antoine au magasin comme il disait, à l'officine ou à la boutique comme je pensais. Les rayons se remplissaient de livres qui n'étaient pas les nôtres. Derrière les couvertures, des fiches, avec de mystérieux sigles, indiquaient leur provenance: des dépôts de nos confrères généreux. Antoine, en bon commerçant, avait augmenté les prix. Ce serait notre bénéfice après avoir réglé nos dettes auprès de ceux qui nous tenaient pour une de leurs succursales. Les gains servaient à l'achat d'autres beaux livres distingués par notre marque personnelle L.L.M. dont on devine la signification. Nous réunîmes ce qui restait de notre avoir pour les achats. Antoine n'aimait pas les salles des ventes, mais il fallait bien commencer par là. Il fit des déplacements en province, répertoria ses trouvailles, allant jusqu'à envisager la préparation d'un catalogue qui ne fut au début qu'une série de listes polycopiées.

Antoine aurait aimé une spécialisation comme la chasse ou la gastronomie, à l'image de certains de ses confrères : Louis Vivien et ses sciences aéronautiques, par exemple. Ou encore la généalogie chère à Ubert, la marine, la mode... Nous n'en étions pas là. Assurer la vente quotidienne n'était pas si facile. Il aurait même aimé choisir ses clients, ne vendre qu'à de vrais amateurs. Je n'étais pas aussi rigoureux. J'étais présent quand un décorateur connu fit, non sans humour, cette demande :

— Je cherche une dizaine de mètres de vieilles reliures, n'importe quoi, mais que cela donne une impression d'ancien. N'importe quoi, même des tomes dépareillés. Mon client est un de ces enrichis de la guerre. Ces livres anciens, il dira les tenir de sa famille, vous voyez le genre...

Antoine pâlit. Il le prenait comme une insulte au noble métier. Avant même son refus, notre client, ou plutôt son intermédiaire, lui assura qu'il comprenait sa gêne et qu'il la partageait, et moi je vins à son secours :

— Nous allons nous en occuper. Donnez-nous une semaine...

— Tu es fou ! me dit Antoine après son départ, et ce fut notre première dispute qu'une de ces aventures communes dans notre métier nous fit vite oublier.

Antoine reprit son bâton de pèlerin. Ces livres sans valeur bibliographique se trouvaient facilement. Certains voyaient même leurs pages creusées à l'emporte-pièce pour en faire des écrins. Mon associé parcourut les brocantes, à la porte de Choisy, à Montrouge, au Kremlin-Bicêtre, à Saint-Ouen. De mon côté, je fis les quais, je visitai les chiffonniers qui se réunissaient près de la place Maubert. Cela devenait un jeu. Le soir, nous mesurions : un mètre, deux mètres trente... il en faut encore...

— On rêve d'être général et on va à la corvée de pluches ! protestait Antoine.

Un mardi soir, il me téléphona chez Eleanor. Je devais le rejoindre à la boutique des Merveilles le plus tôt possible. Je dus me faire excuser. Ce mardi-là, Eleanor recevait Mrs. Florence Gould et son ami le chanteur Jean Sablon, ainsi que des écrivains, et même un académicien. Ils se passeraient du sieur Julien Noir.

Antoine frottait le dos des livres de rebut avec ardeur. Il me dit qu'il en était à près de neuf mètres, mais ce n'était pas cela qui causait son hilarité. Dans un lot, il avait fait des trouvailles.

— Je trouve tout ça dans un carton, à la foire à la ferraille, à Richard-Lenoir. Je marchande. C'était pour rien, pour faire de la place. Je reviens, j'inventorie : la drouille habituelle et soudain...

— Soudain quoi ?

— Dans le tas, de vrais livres pour nous. Regarde. *Le Paysan perverti* de Restif de La Bretonne, deux volumes in-douze, l'originale, et relié veau, dos à nerfs ornés. Tu sais ce que disait le père de Diderot : « Mon fils n'est bon qu'à se faire relier en veau ! » Attends, ce n'est pas tout : ces deux in-octavo, l'édition originale des *Martyrs*. Cela vaut une fortune !

Je me réjouis avec lui. Ainsi, il ne fallait rien refuser du hasard qui apporte aussi ses récompenses.

— Je ne pouvais pas attendre pour t'en parler. Regarde ce gros livre à l'italienne. Aucune valeur. A jeter... Au fait, l'hiver il va falloir chauffer ici... Il s'agit d'une publication, *L'Autographe*, des fac-similés de lettres. Je l'ai achetée pour la distraction. Je tourne les pages et sais-tu ce que je trouve ? De vraies lettres autographes dont son possesseur avait farci le livre : Hugo, Théophile Gautier, Marceline Desbordes-Valmore, Lamartine, Baudelaire, Heredia, Leconte de Lisle... Une fortune !

— Les dieux sont avec nous!

— Pardonne-moi de t'avoir dérangé. Il fallait que je parle. Je ne pouvais plus attendre... Nous ne ferons plus seulement les livres anciens mais aussi les autographes...

— *Le Lit de la Merveille!* dis-je.

Après des jours de stagnation, notre affaire se présentait bien.

— Antoine, tu as du génie! Mais si, ne proteste pas. La chance est une forme du génie.

Les belles trouvailles furent mises à part. Quant aux autres livres, nous en sélectionnâmes quelques-uns qui n'avaient pas trop mauvaise mine et reprîmes le centimètre... en plaisantant sur l'introduction des poids et mesures dans le monde de la bibliophilie.

— Olivia part, Olivia est encore là mais elle est déjà partie. Olivia la globe-trotter...

C'était la belle voix d'Eleanor. Nous avions pris l'habitude. Où se rendait-elle? Je penchais pour l'Italie du Sud et la Sicile, l'Espagne peut-être.

— Olivia, tu nous quittes? Où vas-tu traîner tes guêtres?

— Mes quoi? Si on te le demande...

— ... Je dirai que je n'en sais rien et que je m'en tape!

Elle fredonna un air de Gershwin: *Summer time an'the livin'easy...* et traduisit pour l'ignorant: « L'été, et la vie est facile... » Elle ajouta: « Devine! »

Je devinai. Eleanor me le confirma: les États-Unis.

— Une chance pour notre Olivia. Ma mère, comme toujours, a pris les choses en main et tout organisé. Je suis la seule qui reste rebelle à ses commandements. Elle ne supporte pas l'inaction. Elle invente toujours quelque chose de nouveau. Elle adore entrer dans la vie des gens. Et quand il s'agit de sa petite-fille, elle se multiplie. La plus importante des galeries de peinture de Boston se trouve dans un immeuble qui lui appartient. Olivia lui a envoyé des diapositives de ses œuvres. Elle a donné une soirée au cours de laquelle elles ont été projetées et le maître de la galerie a poussé des cris d'enthousiasme. Non, Julien, pas par politesse. Il n'expose pas n'importe quoi et on ne lui force pas la main...

— Et... elle va rester longtemps là-bas ?
— Le temps d'une exposition. Trois semaines, je pense. J'ai toujours cru en elle. Son frère, le brillant avocat américain, notre Roland la logera. De nouveau, nous allons nous retrouver à trois...

Plus tard, je rejoignis Olivia à la cuisine. Un rouleau à pâtisserie en main, les bras tachés de farine, le futur grand peintre préparait une tarte aux abricots. Elle me dit :

— Casse un œuf, sépare le jaune, mets-le dans un bol. Je badigeonnerai la pâte avec un pinceau pour qu'elle soit plus dorée.

J'observai que la peinture mène à tout et présentai ma requête :

— Olivia, me détestes-tu ?
— Quelle prétention ! Te détester ? Je me le suis longtemps demandé...
— Et moi, *longtemps je me suis couché de bonne heure.*
— Ma réponse : non, je ne te déteste pas.
— La mienne : je sais que tu vas m'envoyer au bain, mais je te demande une faveur. Une fois, une seule fois, je voudrais voir une de ces peintures que tant d'inconnus vont contempler.
— Parce que tu sais ?
— Tu me l'as dit toi-même. Tu as chanté et j'ai compris. Je m'en doutais depuis longtemps et...
— Menteur ! Tu veux que je me déshabille devant toi. Suis-moi. Tu vas me voir toute nue.

Ce n'était qu'une image. Elle finit de disposer sa pâte sur le moule et s'essuya les mains. « Allez, viens ! »

Elle déplaça son chevalet vers la fenêtre, choisit le meilleur angle pour la lumière, prit un tableau qu'elle retourna, le posa sur le chevalet qu'elle déplaça encore et me laissa passer. Je fis deux pas vers le tableau, deux pas vers l'étrangeté.

La peinture me fait ouvrir les yeux et clôt ma bouche. Je suis en état d'accueil. Je ne pense pas : « J'aime. » Ou : « Je n'aime pas. » Je regarde, m'imprègne, emporte l'image dans ma tête, la garde si elle doit être gardée. Sinon, elle part d'elle-même. Je savais que je ne dirais pas un mot. Olivia aussi se tairait. Nous n'oserions pas nous regarder.

La peinture est restée ancrée dans ma mémoire. Les tons rappellent ceux des bijoux de l'Art nouveau. Plutôt qu'à des couleurs de palette, je pense à des agates, des brillants, des ors, des émaux, des rubis. L'éclat et la matité se côtoient. Je sais que seules les matières nouvelles, la chimie de la peinture permettent des effets inconnus des maîtres anciens. Un portrait. Il pourrait être celui d'Eleanor. Par magie, ce visage évoque tout le corps. Rien de figé. Le mouvement comme si apparaissaient le passé, le présent et l'avenir. Eleanor ? Pourquoi ai-je vu à la fois Roland, Olivia elle-même, l'Oncle et moi ?

Je me souviens de notre silence. Tout le temps qu'Olivia prit à remettre le tableau à sa place initiale, je ne le quittai pas des yeux. A peine y eut-il, durant une seconde, quelque gêne entre nous.

Au moment de sortir, je baisai la joue d'Olivia sans dire un mot. Elle posa sa main sur ma tête et ébouriffa ma chevelure comme on le ferait pour un enfant. Ce fut tout.

Un emballeur expéditeur s'occupa des formalités et de l'envoi des tableaux dont l'encadrement se ferait sur les lieux de l'exposition. Malgré ses protestations, car elle détestait l'agitation des mouchoirs, Eleanor, l'Oncle et moi accompagnâmes Olivia à l'aéroport. La voyageuse était joyeuse, Eleanor faisait semblant de l'être. Je tenais le bras de l'Oncle qui boitait et se dirigeait mal : il ne voyait plus que des silhouettes.

Pourquoi accompagner Olivia, ce que nous

n'avions fait pour aucun de ses voyages? Et pourquoi, au moment de la séparation, ce tremblement des lèvres d'Eleanor?

— Au revoir, Oncle. Au revoir, Julien. Oh! maman...

Dans ma chambre, allongé, les yeux fermés, je ne trouvai pas le sommeil. Olivia, brune Olivia, belle comme une lumière noire, mouvante comme une flamme dans le vent, éteinte parfois puis renaissant d'un vif éclat. Pour moi, son vrai départ, nos adieux, me sembla-t-il, n'étaient pas survenus à l'aéroport, mais lorsque j'avais baisé sa joue après avoir vu sa toile. Elle m'était apparue dans une neuve réalité, celle de sa création. Et ce test du baiser, comme il me semblait éloigné dans le temps! Entre nous, des relations étranges, quelque chose d'inachevé. Je ne devais retenir que les moments complices, les désaccords à propos d'un film, les échanges caustiques, les plaisanteries. Comme avec Roland. Il m'avait offert les dernières manifestations de son adolescence avant de devenir, sans transition, un autre, un adulte. Depuis deux ans, il était le mari de cette Mabel, fille d'un sénateur, qu'un cliché me faisait imaginer belle et sophistiquée. Eleanor s'était absentée une semaine pour assister au mariage. Depuis, un garçon était né. Eleanor, grand-mère! Ce n'était pas ainsi que les gens de ma génération imaginaient une mère-grand. Eleanor, sa grâce, sa vivacité, ses feintes nonchalances... « Je ne peux nier être américaine, disait-elle. Ma nation a ses séductions. Je préfère celles de la France... »

En robe de chambre, je descendis les marches de la vis d'Archimède. La fenêtre du salon était ouverte. Eleanor se tenait accoudée au balcon. Je rebroussai chemin.

— C'est vous, Julien? Je ne vous fais pas partir?

Elle ne s'était pas changée. Son imperméable et son béret étaient sur un fauteuil. Depuis longtemps, elle se trouvait là, regardant les passants, les voitures en bas, et ne semblant penser à rien.

Assis face à face, je lui dis :

— Eleanor, je sais ce que vous ressentez parce que je le ressens aussi.
— Le temps, dit-elle.
— Celui vécu, celui à vivre. Des ruines et des bâtiments nouveaux. L'acceptation et la révolte. Mme de Sévigné disait que le boulet qui tua Turenne était fondu de toute éternité.
— Je voulais dire l'intuition et j'ai dit le temps.
— Et votre intuition, comme la mienne, vous fait ressentir une crainte. Mais je suis assuré qu'Olivia nous reviendra.
— Non, Julien, vous n'en êtes pas sûr. Son exposition connaîtra-t-elle le succès qu'on la retiendra. Si elle est un échec, Olivia s'enfermera dans son immobilité. Et ma mère, ma chère mère a une volonté de fer. Elle sait préparer ses pièges. Et le piège est aussi pour moi.

Elle emplit deux verres de marc de champagne et me tendit le mien :
— Buvons du raide! dit-elle. Cela nous aidera à dormir. Et parlons de nous. Je suis passée devant *Le Lit de la Merveille*. Pas tout à fait par hasard. Et j'ai acheté un beau livre : *Lettres d'un cultivateur américain*, par H. Saint-John de Crêvecœur. Ainsi j'ai fait connaissance de votre associé sans me faire connaître. Il connaît son métier. Son érudition est prodigieuse.

Ce cher Antoine, Eleanor pouvait-elle se douter qu'il lisait moins les livres qu'il ne connaissait leur histoire? L'affaire marchait si bien qu'il parlait de prendre un commis. Je lui avais dit mon désaccord. J'avais mon idée sur cette question.

— Et vous? dit Eleanor. La tristesse s'est envolée, je crois. Ne protestez pas. Vous lisez les livres. Je lis les êtres.

De la nuit, de la solitude ou du marc de champagne, qui fut responsable? Toutes lumières éteintes, nous recevions la clarté lunaire par cette fenêtre ouverte sur la nuit. A peine distinguais-je le visage d'Eleanor. Je n'ai pas eu de mère, je n'ai pas eu de sœur. J'allais écrire : je n'ai pas eu d'amour car l'éclair l'a foudroyé. A mes meilleurs moments, j'avais le sens de la fugacité comme si chaque être n'était qu'une buée sur une vitre : passagère et vite effacée. Allant vers les livres, ne cherchais-je pas ce qui se transmet, ce qui dure ?

— Eleanor. A ce moment-là, je vous appelais Madame. Et j'aurais voulu toujours vous nommer ainsi. Sais-je pourquoi ?

— Les mots sont-ils si importants ? Madame est si solennel ! Alors qu'en deux mots : Ma Dame, cela deviendrait possessif et charmant.

— Je marchais dans le noir d'un souterrain depuis des semaines, et, par Roland, j'ai retrouvé la lumière. Je la croyais perdue pour moi à jamais.

— Reprenons un peu de marc, cela nous rendra plus gais.

Je pensai sans le dire : « Ou plus tristes... » Et cette soudaine envie, ce besoin de parler, de trouver les mots de l'exorcisme. Ce que j'avais à dire était si banal. Le fallait-il ?

— Vous avez le désir de vous confier, Julien. Parlez, parlez ! Le jour en se levant, dans quelques heures, effacera tout.

— Je croyais que le destin, que dis-je ? je croyais, je crois toujours que le destin a choisi pour vous un être, un seul être, et qu'il n'en sera jamais d'autre. Cela m'arriva et ce furent des années de liesse, des jours de paradis, chacun plus beau, plus lumineux que l'autre...

— Je sais, dit Eleanor.

— Et quand survint cette rupture, cette douleur, comme si un membre vous était arraché, je sus que j'étais mort. J'étais mort en moi comme j'étais mort en l'autre. Quand je suis arrivé chez vous, j'étais un fantôme qu'il aurait fallu détruire comme dans l'opéra de Menotti.

— Non, Julien, vous n'étiez pas mort, mais vous ne le saviez pas.

Tandis que je buvais, un sentiment de honte s'empara de moi. Confiant une vérité ancrée en moi, j'éprouvais l'impression de mentir, de chercher une fausse consolation, un oubli, une cicatrisation que seule la coulée du temps pouvait opérer.

— Je ne sais pas pourquoi je raconte tout cela, dis-je. Je dois être un peu ivre.

— Beaucoup de gens croient que boire fait oublier. L'Oncle... Non, boire amène à se souvenir. Pour certains, ce sont les moments heureux qui ressurgissent, pour d'autres c'est le contraire. Ainsi, tandis que vous me contiez tant de choses tristes qui me rappelaient les miennes, vous avez prononcé un nom et j'ai revécu quelques belles heures.

— Un nom?

— Vous avez dit : Menotti. Oui, Gian Carlo Menotti, notre soirée ensemble. *Le Médium*. Vous avez montré de l'enthousiasme, en l'exagérant, alors que ce qui vous plaisait plus que l'opéra, c'était le lieu, les spectateurs, la magie du spectacle, et même ce souper...

Je n'osai lui dire : « Et vous... », mais peut-être le devinait-elle.

— Julien, nous avons assez parlé de malheur. On dit que la mort est le plus grand des maux, l'irrémédiable, mais un mort peut continuer à vivre en vous, à vivre tout le temps de votre propre vie et même au-delà, si des fruits sont nés de l'arbre, et l'on s'oblige à être gai pour que celui qui vous habite ne soit pas tout à fait triste...

Elle eut un petit rire. Peut-être sans joie, mais quand même un rire.

— Ma sauvageonne, Olivia, même se cachant dans sa pièce interdite, a toujours occupé une place immense dans cette demeure. Vous êtes devenus de bons amis. Savez-vous qu'il m'est arrivé d'espérer plus ? Mais non. Vous étiez attaché à vos souvenirs et elle à son art. C'était bien ainsi. J'aimais vos querelles avec elle comme je les aimais avec Roland. Vous étiez à vous tous ma jeunesse multipliée. Mais ce n'est pas terminé. Olivia reviendra, n'est-ce pas ?

— Elle reviendra.

— Pour mieux l'attendre, je vais vous infliger un pensum. Ces cinémas du quartier, fréquentés par des étudiants, est-ce ridicule ! je ne les connais pas. Les concerts, l'opéra, les ballets, le théâtre, oui ! et le cinéma rarement. M'y inviteriez-vous ? Ensuite nous dînerions dans un restaurant modeste, comme deux copains. Qu'en pensez-vous ?

Elle dit « pensum » et moi j'entendis « récompense ».

— Demain soir ? proposai-je.
— Demain soir. Je vous promets de ne pas être ennuyeuse. Je vais me déguiser en jeune fille.
— Bonne nuit, Eleanor.
— Bonne nuit, Julien.

Cinq

Eleanor n'avait pas pris le déguisement d'une jeune fille. Elle était une jeune fille. Je m'attendais à la voir affublée de quelque tenue empruntée à Olivia. Elle portait un tailleur d'été sobre et élégant. Le seul changement : sa chevelure qu'elle avait coiffée en arrière en deux nattes.

— Julien, ai-je l'air d'une collégienne ?
— Non, Eleanor, pas du tout.
— Ça me rassure. Alors, ce... cinoche ?

Le mot, dans sa bouche, prononcé à la manière d'Olivia, avait un effet comique. Je portais un pantalon clair, un des polos offerts par Roland et une veste noire. Nous descendîmes le boulevard Saint-Michel. Elle s'arrêta à la devanture d'une de ces boutiques comme il n'en existe plus. On glissait un jeton dans un appareil et, des écouteurs aux oreilles, on choisissait un enregistrement. Côte à côte, nous jouâmes à ce jeu en échangeant de temps en temps nos écouteurs. Elle dégusta du jazz et moi *La Périchole* d'Offenbach qui la fit rire.

— Vite ! nous sommes en retard...

Comme c'était drôle, inattendu de descendre le boulevard en courant pour rejoindre la rue Champollion. J'avais choisi *Hellzapoppin* que j'avais déjà vu et qu'Eleanor ne connaissait pas. Je suppose que ce comique loufoque s'est démodé. Les objets du rire changent selon les époques. Le film était dans « l'air du temps ». Un sujet simple : le tournage d'un film que deux comparses s'efforcent de faire échouer, l'histoire se terminant par une fin heureuse. Entretemps, les gags se succédaient et les spectateurs ne cessaient de rire. La dame qu'un masque horrible laisse indifférente et qui hurle de frayeur quand le mauvais plaisant le retire, l'Indien qui se trompe de film, et autres trouvailles, provoquèrent chez tous une hilarité sans fin. Eleanor et moi, complices dans cet amusement, échangions des regards. Le rire de chacun était l'écho de celui de l'autre.

Le boulevard Saint-Michel offrait la nonchalance des promeneurs souriants. Les vacances scolaires étaient proches. La douceur de l'air faisait oublier les soucis immédiats. En cette fin des années cinquante, la République avait pris un chiffre de plus et les soubresauts de l'histoire ne cessaient pas. Les gens, aux terrasses, dans les rues offraient cependant l'image d'un peuple heureux.

Eleanor et moi, nous riions encore en traversant le boulevard d'une démarche souple. Nos pas s'accordaient. Rue Monsieur-le-Prince, nous entrâmes au Bouillon Polidor que fréquentaient les professeurs et les étudiants de la proche faculté de médecine. C'était le moment du « coup de feu » mais il restait une table libre.

Habituée au calme des restaurants à étoiles, à la démarche noble des maîtres d'hôtel et à l'empressement des serveurs, Eleanor était ravie de ce traitement bon enfant, d'une manière de houspiller le client avec le sourire. Elle ne cessait de regarder les lieux, la caisse de bois clair et sa caissière comme un prélat sur sa chaire, les tiroirs à serviettes, l'immense carte en bleu et rouge, les clients, la sciure de bois sur le sol, les piles d'assiettes...

— Eleanor, choisissons des plats solides, de la nourriture « canaille » et du beaujolais frais !

— Commandez pour moi. Mais si ! Je vous fais confiance...

— Pour ces messieurs-dames ? Ce sera... dit le chef de rang en tirant un crayon du dessus de l'oreille.

Je commandai une série de hors-d'œuvre digne d'un repas de déménageurs. Malgré l'été, du petit salé aux lentilles. Et pour terminer la soupe anglaise, mon dessert préféré.

— Vous êtes un ogre, Julien.

— Alors, soyez mon ogresse !

Si éthérée qu'elle me parût parfois, Eleanor appartenait à une race vigoureuse. Elle ne rechigna devant aucun ravier et le petit salé lui plut à ce point qu'elle en reprit. Le beaujolais était à la bonne température et nous y fîmes honneur et plus qu'honneur.

— Suis-je une bonne convive ? demanda Eleanor.

— Comme on dit : vous vous tenez bien à table !

Durant le repas, nous avions peu parlé. Les tables étaient trop proches les unes des autres pour cela. Nous saisissions au vol les mots de conversations que nous ne comprenions pas et cela nous faisait sourire. Des hommes regardaient Eleanor à la dérobée. Je devinais leurs pensées, les imaginais admiratives. Ils devaient s'interroger. Qui était-elle ? Une actrice ? Une diva ? Ce garçon était-il son secrétaire ? Ou son imprésario ? Et si M. Boisselier entrait, quelle tête ferait-il ?

— Je croyais bien connaître Paris, dit Eleanor, et ce lieu, tout près de chez nous, sans vous, je l'aurais ignoré.

— J'en connais beaucoup d'autres.

— Je suis déjà allée dans un restaurant de ce genre, avec des amis américains. Mes compatriotes sont forts pour découvrir de tels endroits. Oui, c'était bon, le même genre de cuisine, mais tout était moins naturel...

— Comme fait sur mesure pour des étrangers de passage ? Le vrai bistrot parisien, mais avec du pétrus sur la carte des vins. Je vois...

— Julien, j'aimerais vous entendre parler anglais. Dites quelques mots...

Pour lui plaire, je bredouillai de l'anglais d'usage courant, et, pour cacher ma méconnaissance de la langue, je forçai l'accent français.

— Et voilà le résultat. Ne me parlez pas de Charles Boyer et de Maurice Chevalier. Je m'y attends...

— Non, je vais parler de Donald Duck!

Qu'elle se moquât de moi me plaisait. Je m'étais promis de lui faire passer une bonne soirée et je tenais ma réussite.

En sortant, elle prit mon bras.

— Nous avons beaucoup bu.

— Pas même deux bouteilles.

— Vous ne vous sentez pas un peu... pompette? (Elle rit parce que ce mot lui plaisait.)

— Pompette? Pour si peu...

En panne : cet écriteau sur l'ascenseur. Selon mon habitude, je gravis les marches deux par deux. Au premier étage, pris d'un remords, je m'arrêtai pour attendre Eleanor. A ma surprise, elle me dépassa et me jeta :

— J'arriverai avant vous! Faisons la course...

Malgré mes efforts, je ne pus la rattraper. Arrivés sur le palier de l'appartement, essoufflé, je m'appuyai contre la rampe et m'essuyai le front. Eleanor, aussi reposée que si elle sortait de son lit, me dit :

— C'est parce que vous ne savez pas mesurer votre souffle. Autrefois, j'étais une sportive. J'ai couru toutes les distances. J'ai même gagné une course de haies...

Je la félicitai et lui dis que la vie de bureau m'avait rendu podagre. Encore un mot qui la ravit. Dans l'entrée, nous trouvâmes l'Oncle, un livre à la main, qui regagnait sa chambre. Il grimaça un sourire :

— Je vois que vous vous amusez bien. Tant mieux! C'est cela, la jeunesse...

Nous ne sûmes comment nous devions le prendre. Ironie? Sarcasme? Simple gentillesse? Il poursuivit :

— Je dis cela, n'est-ce pas? parce que, moi aussi, je me suis bien amusé. J'ai lu des fabliaux, ou plutôt : relu, n'est-ce pas? car je les connais tous. Mon préféré est celui de Cortebarbe puisque l'auteur se désigne ainsi : *Cortebarbe a cest flablet fet*... Dans cette œuvre, tout est triste, personne n'attire la sympathie, mais la narration est si vive, les scènes si pittoresques qu'on rit tout le temps. Elle s'intitule *Les Trois Aveugles de Compiègne*. Et moi, j'ai pensé que je serais bientôt le quatrième...

— Allons, Oncle, pas de pessimisme, dis-je.

— Pessimiste, moi? Mais je n'ai pas cessé de m'amuser. Je vais lire encore. Dormez bien!

Eleanor et moi, nous sentîmes qu'un nuage passait devant notre soleil. Elle secoua la tête et je vis bouger ses jolies nattes.

— Voulez-vous une boisson digestive, me proposa-t-elle, une tisane ou une liqueur? J'ai du Grand Marnier, de la Marie Brizard, du Cointreau...

— Plus de marc de champagne?

— Si, jeune alcoolique. Allons nous rafraîchir et retrouvons-nous au salon. Je vais ouvrir la fenêtre. La nuit est si belle!

Une douche crépitante, des vêtements frais, une grimace devant le miroir, un livre préparé pour m'accueillir à mon retour, et je descendis l'escalier.

Toutes lumières éteintes, la clarté venait des cheveux blonds d'Eleanor et de son chemisier blanc cassé, de sa jupe claire.

Elle se tenait assise sur un canapé, ses longues jambes croisées, dans une pose inhabituelle : les doigts effilés de sa main gauche s'écartaient sur son genou tandis que sa main droite, ouverte comme une feuille d'arbre, cachait son visage. Je m'approchai. Ses mains se rejoignirent, ses doigts se croisèrent.

— Mais... Eleanor. Vous pleurez.

— Cela m'arrive...

Elle tenta de sourire. Je vis briller comme des lumières ses lèvres roses, ses dents, ses yeux bleus qui me parurent plus clairs que durant le jour. Je m'assis près d'elle comme un consolateur prêt à partager une affliction sans en connaître la cause. Je retins le désir de la prendre dans mes bras et de la bercer comme une enfant triste.

Elle tapota ses joues du bout des doigts, émit un rire :

— Cela ne veut pas dire que je suis triste, dit-elle, non ! Oh ! je me donne en spectacle...

Je la voyais de profil. Elle murmura des mots anglais. Pour elle seule. Murmura ou chantonna, je ne sais. Je fermai les yeux. Sa voix devint son visage. Je les rouvris. Le mouvement de ses lèvres, à peine esquissé, comme pour une prière, évoquait son corps entier. Je regardai sa fine oreille entre un réseau de cheveux : elle avait dénoué ses nattes et les vagues blondes, dorées, caressaient ses épaules. J'aurais pu passer des heures à contempler ses joues, son cou. N'était-ce pas ce que je faisais, à la dérobée, depuis des semaines, des années, sans en prendre conscience ?

D'un mouvement rapide, né d'une résolution, elle tourna sa tête vers moi et prononça sur un ton désespéré cette phrase que j'avais déjà entendue :

— Je suis *trop* bien avec vous...

Je compris que ce « trop » n'était pas une erreur de langage.

Sa tête se posa contre mon épaule. Son parfum m'enveloppa. Je pensai à un autre moment d'intimité, celui de quelques confidences, de son silence à elle, comme un écho. Eleanor dit :

— Je suis folle...

— Je suis fou aussi.

Pas d'autres mots. Nous restâmes assis, immobiles, le dos tourné à la nuit. Ma main était posée sur la sienne. Le moindre mouvement aurait été caresse. Je réprimai un désir de paroles. Évoquer la soirée, le film, nos rires, le dîner aurait brisé le charme. La nuit, le silence, Eleanor et moi, le temps. Plus tard, elle répéta dans un murmure :

— Folle, je suis folle. Julien, je crois que je...

Je posai mes doigts sur sa bouche. Je ne voulais pas qu'elle le dise, ce mot, ce verbe.

— Eleanor, moi aussi... depuis longtemps, mais je ne le savais pas.

— Moi, je le savais.

Son corps se pressa, s'amollit contre le mien. Je passai mon bras derrière ses épaules. Elle, si mûre, si forte, intimidante à force de grâce, me parut fragilisée. Nos regards se rencontrèrent. Nous étions prisonniers l'un et l'autre de l'inconnu. Dans une exquise lenteur, Eleanor approcha son visage du mien, son souffle m'effleura, nos lèvres se soudèrent. Elle s'abandonna.

Les pensées s'étaient tues. Les mots inutiles se cachaient. Je ne veux rien dire, rien évoquer de plus. Pour ne pas profaner l'union.

Nous passâmes la nuit dans la chambre d'Eleanor.

Au petit matin, laissant Eleanor au sommeil, je regagnai la terrasse. Je m'assis sur le banc. Le matin calme, les premiers bruits de Paris, son éveil. Et ma sérénité. Blessure, tristesse, douleur sourde s'étaient effacées. Avaient-elles vraiment existé? Étourdi, dans l'ailleurs, l'indéfinissable, je vivais encore la griserie, la beauté. Sœur, enfant, amante, inconnue, qui avais-je étreint? Et ce prénom d'*Eleanor* cent fois murmuré comme s'il contenait en lui seul tout ce que je ne savais dire, et cet écho : *Julien*, pour retenir ce qui ne voulait pas s'éloigner.

Le jour m'apportait son éclairage. La pensée de nos différences d'âge et de condition ne m'effleura pas. Aucune « âpre vérité », aucune assimilation littéraire. Penserais-je à un autre Julien? Je ne lui ressemblais en rien, et Eleanor, vivante, réaliste, appartenant à notre siècle, ne portait pas les évanescences d'antan. Il n'existait pas de M. de Rênal. Je savais que cet amour serait sans drame (comment aurais-je pu imaginer...), calme, absolu, de qualité, discret comme la nuit, sans que rien aux yeux étrangers ne changeât dans nos relations diurnes.

Il en fut ainsi parce que notre intuition nous le dicta. L'Oncle ne devait rien savoir pour qu'il ne se sentît pas exclu. Au retour d'Olivia, ce serait plus difficile. Mais nous garderions le secret, le charme du silence.

Pas de tutoiement. La même attitude. Une constante courtoisie. Peut-être même un excès de distance. Lors des mardis, je m'effaçais davantage. Venaient les hôtes habituels, les charmants esthètes et les marionnettes, toujours quelque visiteur de marque comme le pasteur Boegner, grand et solide vieillard qui martelait ses propos de coups de canne sur le sol, imaginait une Église universelle qui serait catholique mais où chaque chrétien serait protestant. Nous parlâmes de ces pasteurs de la période baroque qui écrivaient de si beaux poèmes où parfois la Vierge apparaissait. Il commenta une *Histoire du protestantisme* dont le premier tome venait de paraître, me parla des ouvrages d'André Chouraqui. Et voilà que, dans un autre groupe, un danseur à la taille souple inventait des histoires où une Marie-Chantal disait des choses ridicules de snobisme. Ce n'était ni le salon des Précieuses ni celui de Mme Helvétius. Il n'en naîtrait pas de grandes idées, mais entendre Roger Caillois parler d'un immeuble fantôme dans Paris qui disparaissait et réapparaissait, André Billy évoquer Apollinaire ou Paul Morand plaindre le pauvre Valery Larbaud immobilisé par la maladie était un privilège.

Alexandre Guersaint vint une ou deux fois, mais il ne restait jamais longtemps. Il avait le bon goût de ne pas me parler du travail et je sentais entre nous des ondes complices.

Quand des visiteurs s'attardaient au-delà des limites permises par la bienséance, Eleanor et moi échangions un regard navré. Je m'installais près de l'Oncle qui n'assistait à ces réunions que par politesse.

— Oncle, comment va la vie ?

— On ne peut mieux. J'assiste chaque jour à mes propres funérailles.

Il disait cela en riant. Comme je le savais moins âgé que son corps, je simulais la bonne humeur.

— Oncle, tant de belles années devant nous... Et tant de nouvelles recherches...

— Cherche... Cherche !... C'est ce que disent les chasseurs à leur chien. Mais je suis peut-être un chien, comme Diogène. A propos de tonneau, servez-moi un cognac... Ce qui m'amuserait, n'est-ce pas ?

— car il faut bien qu'on s'amuse —, ce serait de faire une chronique des faits divers...

— Dans la presse ?

— Vous êtes toujours amusant, Julien. Pas dans la presse. Les faits divers au Moyen Age et leur répétition. Les punitions de l'adultère. La vengeance du mari cocu : faire manger à l'épouse infidèle le cœur de son amant, que ce soit le trouvère Raoul de Coucy ou le troubadour Guillaume de Cabestang. Ces poètes élégiaques étaient de fameux gaillards. Et les maris trompés, juges et bourreaux, ne connaissaient pas les circonstances atténuantes. Après ce repas peu ragoûtant, la dame se laissait mourir de faim. On retrouve cette histoire dans toutes les littératures européennes, plus tard dans *L'Heptaméron*, dans Boccace, dans *Les Vies des troubadours*...

— Ce n'était peut-être qu'un symbole ou un fruit de l'imagination.

— Du tout, du tout. Comme aujourd'hui, le sensible et l'insensible se côtoyaient. La dame mangeait bien le cœur tout cru et le sang coulait sur son menton.

— C'est dégoûtant !

— Nous sommes devenus très sensibles, n'est-ce pas ? Mais la guerre, les camps d'extermination, les chambres à gaz, n'est-ce pas la preuve que la civilisation n'a pas tué la barbarie ?

Et l'Oncle dégustait son cognac.

Dans les jours qui suivirent, les jours et les nuits de nos amours, Eleanor cherchait les objets de plus fréquentes rencontres avant la tombée de la nuit, notre complice.

— Julien, il est inconcevable que vous ne connaissiez pas mieux l'anglais. Je serai votre professeur. N'avez-vous jamais éprouvé le désir de lire ceux que vous aimez tant : les poètes lakistes ou Emily Dickinson dans le texte ?

— Eleanor, je voudrais tout lire dans le texte : Tchekhov, Rilke, Machado, Pessoa... Je ne peux apprendre toutes ces langues. Je n'ai pas le gosier de métal de l'horloge de Baudelaire. Et le temps me manque. J'ai peur aussi que les petites cellules grises chères à Hercule Poirot ne soient pas suffisantes. Et puis, j'ai cet autre projet dont je vous ai un peu entretenu. Et j'ai déjà mon professeur...

Lorsque je parlais de projets, Eleanor m'écoutait d'une oreille distraite. Cette part de ma vie ne la concernait pas. Elle préférait consulter les programmes des spectacles, me proposer un concert à la salle Pleyel, la visite d'une exposition, l'écoute d'un opéra. Amante, à défaut de jouer à la mère, elle se voulait éducatrice. Elle savait amener un commentaire sur un art, un spectacle, de manière assez délicate pour me laisser croire qu'elle ne m'apprenait rien.

J'aimais sa chambre, notre chambre. Je ne la voyais que de nuit, à peine éclairée par une lampe à jupe rose. Les tentures, les soies des fauteuils, la disposition des meubles étaient en harmonie. Le bureau, dans une alcôve en retrait, avec ses piles de livres d'art, ses dossiers, était si bien ordonné qu'on aurait cru le travail abandonné depuis longtemps alors qu'Eleanor y consacrait ses jours. Les tableaux étaient des œuvres de maîtres : Khnopff, Tadela, Schiele, Munch, Klimt. L'ombre les effaçait. Je ne voyais qu'Eleanor, sa démarche, son élégance, son charme et de la pudeur jusque dans sa nudité dont je devenais bientôt le vêtement.

A la maison d'édition, j'avais fort à faire. Mes nuits qui auraient dû provoquer la fatigue, au contraire, me régénéraient. Quoi aujourd'hui ? Je devais recevoir Jean Fourastié qui, telle une savante Cassandre, prévoyait la civilisation des années à venir. Je devais éviter la rencontre des membres rivaux de deux sociétés de psychanalyse, chacune ayant sa collection et sa revue, tirer Ubert de ses rêveries, ouvrir un nouveau fichier, corriger des épreuves de publicité, rédiger des textes. Hier, j'aurais été affolé ; aujourd'hui, je prenais les choses avec ordre, de manière plus habile. Ce qui m'arrivait, cette Joie d'amour me transformait-elle ? Je ne me sentais plus feuille morte.

A midi, je rejoignis Antoine au *Lit de la Merveille*. Mon associé avait pris de l'assurance, du poids, au moral comme au physique. J'attendis le départ d'un client pour lui faire part d'une décision.

— Tu tiens toujours à engager un commis libraire ?

— Plus que jamais. Comment veux-tu que je renouvelle le stock en restant cloué à cette chaise ? Il nous faudrait un garçon sérieux et honnête, pas forcément très malin...

— Je te donne mon accord.

— Enfin !

— Je t'ai même trouvé l'oiseau rare : un commis sérieux et honnête, et pas très malin.

— Ah oui ?

— Je te le présente. C'est moi-même...

— Tu rigoles ?

— Je suis sérieux, honnête et, au fond, très malin. Je sais : j'ai tout à apprendre. Je serai commis et associé, surtout commis. Je tiendrai la baraque, ferai les corvées, et toi, tu partiras à la pêche aux livres.

— Mais l'édition ?

— Tu m'aideras à ne pas la regretter.

— La solution me paraît bonne, dit Antoine, encore que tu ne saches rien de ce commerce. Parce que tu lis beaucoup, parce que tu es un fou de livres, tu crois tout en connaître. La bibliophilie, c'est autre chose, très difficile.

— J'apprends vite.

— Justement. Il ne faut pas apprendre vite. Écoute-moi. Je vais faire le patron. Tu ne peux quitter ton emploi du jour au lendemain. Il existe un délai de préavis. Tu viendras tous les samedis, et en semaine quand tu pourras. Quand je ne serai pas à la salle des ventes ou Dieu sait où, je te donnerai des leçons.

Cher Antoine ! Ce jour-là, il m'amusa beaucoup. Il apprendrait bientôt que je n'étais pas un amateur ! Du moins, le croyais-je.

Il me restait à prévenir mes employeurs. Comment m'y prendre ? L'après-midi, je fus habité par un sentiment de culpabilité, d'ingratitude, surtout envers Alexandre Guersaint à qui je devais tant. Mais n'étais-je pas prétentieux ? Peut-être cela les arrangerait-il... Je cherchai un bon emploi des mots. Surtout, ne pas prononcer : « démission », trop déplaisant. Ces années de travail en commun, il suffisait d'une entrevue pour les détruire.

Je le dis en confidence à Ubert. Il m'avoua qu'il songeait aussi à partir. Un libraire-éditeur du Palais-Royal lui offrait un poste et il serait dans son domaine. Je frappai à la porte d'Alexandre Guersaint. Je dus lui paraître solennel car il se leva.

— Voilà, dis-je, ma boutique de livres anciens...
— Je comprends. N'en dites pas plus. Malgré les promesses, je ne vois pas ici de débouchés pour vous. Allez prévenir Boisselier.

Il n'était pas homme à manifester la moindre émotion. Simplement, il me regarda avec embarras et eut un sourire triste.

M. Boisselier, lui, s'en moquait. Il pensait à sa retraite prochaine. Il me confessa qu'il était bibliophile et qu'il viendrait visiter *Le Lit de la Merveille*, fit des plaisanteries salaces sur le mot « lit » et ajouta avec son cynisme habituel :

— L'ennui, c'est qu'il va falloir trouver quelqu'un ayant de l'expérience et qui nous coûtera plus cher que vous...

Troisième visite : « le Grand ». Il me dirait sans doute que personne n'est irremplaçable. Non, il manifesta un regret :

— Avez-vous bien réfléchi ? On ne quitte pas une maison comme la nôtre. J'allais agrandir votre service, vous nommer directeur...

Je n'en crus pas un mot. Je prévins le chef du personnel que je n'aimais pas. Il dit : « Un de perdu, dix de retrouvés... », me demanda de notifier ma décision par écrit et m'avertit que je ne pouvais pas partir du jour au lendemain, ce que je savais.

Et le livre, le cher livre m'offrit les locutions qui convenaient à ma situation : j'allais tourner la page, ouvrir un nouveau chapitre...

Mes derniers jours à la maison d'édition me semblèrent longs. On me traitait comme un convalescent qui va bientôt quitter l'hôpital. Seul le fils du « Grand » manifestait une sorte d'amusement complice, comme s'il avait voulu être à ma place. Le virus de l'édition ne l'avait pas encore atteint. Certains m'ignoraient. Ella, ma secrétaire, la dame aux stencils, me dédia des phrases sibyllines :

— On vole de ses propres ailes... Avec vous, le travail, c'est de la mie de pain... On sait ce qu'on perd, on ne sait pas ce qu'on trouve... Et puis, vous, toujours aimable... Moi j'aime qu'on me donne des ordres, c'est moins hypocrite. « Madame, si cela ne vous ennuie pas, etc. » Enfin, pas pire qu'un autre !

La jolie caissière me proposa de la revoir. Mlle Yolande ricanait sur mon passage : ne lui avais-je pas volé *son* service de presse !

Durant cette période, le samedi, je ne vis guère Antoine. Il courait les salles de ventes. L'importance de ses achats m'inquiétait. Il affirmait qu'une trésorerie trop bien équilibrée est mauvais signe. Il envisageait même des emprunts.

Avant ma prise de fonction, le commis du samedi que j'étais, s'il se livrait au bonheur de la lecture et à celui de palper ces objets d'art imprimés aurait presque redouté l'entrée d'un amateur. A certaines questions bibliographiques, ne sachant que répondre, je disais : « M. Antoine vous renseignera... » et, me parlant de lui, on disait : « Votre patron. » Avec un sourire, l'associé s'effaçait devant le garçon de magasin. Lorsque l'amoureux d'un ouvrage, lisant le prix inscrit au crayon sur la première page, n'avait pas les moyens de l'acheter, j'étais attristé. Je lui en aurais volontiers fait cadeau, mais ce n'est pas ainsi que fonctionne le commerce. La crainte me vint de passer de longues journées vaines, inoccupées. Le nouvel Antoine, éminent personnage, me convaincrait du contraire.

Au temps de la librairie, lorsque je tapais à la machine des factures, avais-je rêvé d'entrer à la maison d'édition ! Et voilà que, m'apprêtant à la quitter, je comptais les heures. Je travaillais au jour le jour, pressé d'en finir avec ce présent aux couleurs de passé. Dans cette fin de règne, tel un roi vieillissant, je façonnais ma mélancolie.

Chaque soir chantait ma renaissance. Je retrouvais Eleanor comme un exilé sa patrie. Nos feux, semblait-il, ne devaient jamais s'éteindre. De l'harmonie se glissait dans notre passion. Lorsque nous ne sortions pas, nous pratiquions l'art de l'intimité, face à face, chacun dans un fauteuil, un livre à la main. Tourner une page était lever un instant les yeux et échanger un regard. Elle lisait Virginia Woolf ou Carson McCullers. Et moi *Ou bien... Ou bien...*, de Kierkegaard. J'aurais voulu que toute une vie se déroulât ainsi. Après ma période où je lisais pour ne pas être seul, venait celle de la lecture pour être deux.

Les déjeuners dominicaux étaient interrompus. A trois, autour de la grande table ronde, ce repas partagé perdait de sa signification et de son charme. Eleanor multipliait des dînettes sur les tables basses. Elle se lassait de ce qui n'était pas nous. Elle voulait mettre fin à ses mardis. Ils avaient meublé sa vie; ils ne répondaient plus à un désir, ne comblaient plus un manque.

Nos lectures étaient différentes. Pour Eleanor, la langue anglaise. Pour moi, le français. Et c'était une communion dans l'intimité sage.

L'Oncle frappa à la porte, laissa apparaître sa tête hirsute, son visage ridé :

— Je ne dérange pas ?

— Oncle, Oncle, lui reprocha Eleanor, quelle est cette nouveauté ? Étant chez vous, comment pourriez-vous déranger ?

Elle aida le vieil homme à s'installer près d'elle sur un canapé, arrangea des coussins pour son confort. L'Oncle se négligeait, ne prenait aucun soin de lui. Ses cheveux longs coulaient dans son cou comme une pluie sale. Son col déboutonné laissait apparaître un cou ridé. Il m'en coûte de le dire, mais il sentait mauvais. Eleanor ne voulait pas y prêter attention.

— Cher Julien, cher ami, dit Oncle, me prêteriez-vous l'oreille — vous aussi, Eleanor, ma chère. Mes idées se bousculent et je crains que le portillon ne se ferme devant elles. Il me faut, n'est-ce pas? les exprimer à voix haute..

Ce préambule, nous le savions, était celui d'une péroraison désordonnée. Nous posions nos livres. Notre lecture devenait celle de l'Oncle qui parlait plus pour lui-même que pour ses auditeurs.

— Cette période qu'on appelle Moyen Age, expression ridicule mais consacrée, et qui est pour moi l'ère des vraies lumières, n'est-ce pas? serais-je mal avisé d'y inclure la meilleure part de la Renaissance? « *Le Temps a inventé les Arts* », disait Marguerite de Navarre, *Margarita*, la perle! Je n'ai pas la fibre comparatrice. Je sais qu'on s'extasie sur le nommé Jules Verne qui aurait inventé l'exploration sous-marine. C'est parce qu'on n'a pas lu *Le Roman d'Alexandre*. Les contes de fées, les romans d'épouvante, le feuilleton, l'histoire d'amour, la bataille, le fantastique, le merveilleux, ils sont tous là, et notre époque ne reconnaît pas ses dettes...

Pour lui montrer mon intérêt (quelque peu forcé parce que j'avais déjà entendu ce discours), je fis allusion aux chevaux parlants et aux épées magiques, aux vendettas familiales, à ces enfants élevés par des bêtes, bien avant Mowgli ou Tarzan, et je ne sais plus quoi encore...

— Fort judicieux, dit l'Oncle. Certes, je reconnais quelques manques. Pour inventer la télévision, il a fallu attendre le XVIIIe siècle...

Eleanor et moi écoutions ces propos décousus. Surprit-il notre regard attristé? Il continua :

— Je dis bien le XVIIIe siècle. Quand, dans un conte, Gabrielle de Villeneuve parle de ces « spectacles portés au-dessus de l'air et du vent » et que réfléchit un miroir, de quoi s'agit-il selon vous, sinon de ces gros appareils qu'on voit dans les vitrines? Et la même dame a parlé d'un char faisant le tour du monde en deux heures. Cela ne s'appelle-t-il pas astronautique?

— Vous nous faites rêver, Oncle, dit Eleanor,
— Le poste à transistors était antérieur. Cyrano de Bergerac, le vrai, pas celui du rimeur, ne nous fait-il pas découvrir sur la Lune une boîte parlante ? Qu'est-ce selon vous ?

Et Oncle, satisfait, se leva et rejoignit sa chère bibliothèque.

Pour tenter d'échapper à l'égoïsme de l'amour, nous nous attachions de plus en plus à lui. Un concert de musique médiévale à l'église Saint-Eustache le combla de plaisir, encore qu'il apportât ses critiques. Nous l'emmenions aussi au restaurant le plus proche : il se déplaçait avec difficulté et nous le tenions chacun par un bras. A table, il fallait l'aider car il ne trouvait pas son couteau ou sa fourchette, peinait à couper sa viande d'une main tremblante, manquait sa bouche lorsqu'il buvait.

Nous étions comme des parents accompagnant un enfant infirme. Sans que nous en parlions, cette attention constante, affectueuse, était un tribut ou une action de grâce pour remercier quelque dieu inconnu de nous avoir offert le don de l'amour.

Je fis mes adieux à la maison éditrice. Je ne m'attendais pas à éprouver une telle tristesse. Gaston Bachelard ne ferait plus irruption dans mon bureau et dans ma vie. François Perroux ne m'offrirait plus ses quatrains. Je m'étais attaché insensiblement à beaucoup d'autres comme Maurice Duverger, Jean Fourastié, Jean Lacroix, Maurice Crouzet... Et, parmi mes proches, cet Alexandre Guersaint qui m'avait enseigné la rigueur dans l'écriture, donc dans la vie. Appelé à mourir jeune, il continuerait à vivre longtemps en moi.

Au *Lit de la Merveille,* je pris mes fonctions en janvier. De quelle année ? Je ne me souviens plus. Les dates ne sont pas des amies de ma mémoire. Il neigeait ce jour-là et je ne voulais pas souiller le carrelage. Antoine ôtait ses souliers et les remplaçait par des babouches. Il se frotta les mains pour témoigner de sa satisfaction. Le vrai travail, la véritable association commençaient. Il m'avait promis de me mener la vie dure, il tint parole. L'indulgence n'était pas son fort. Le jeune et maigre Bonaparte s'était transformé en un Napoléon replet. Le temps où j'avais été son bienfaiteur était révolu. S'il songeait encore à me témoigner de la reconnaissance, ce serait par les effets de sa pédagogie.

— Tu as, me dit-il, un fonds de culture supérieur au mien, mais tu ne sais rien des livres anciens.

Quelle suffisance! Mon sourire ironique ne lui échappa sans doute pas. Il martela ses mots :

— Que sais-tu du papier? Un papier de Chine, un japon, un madagascar, un hollande, un vergé, un vélin, un alfa, un Arches, un Rives, et vingt autres, saurais-tu les distinguer? Non? Conclusion : tu ne sais rien du papier. Et le livre, ses techniques de fabrication?

— Quand même!...

— Les caractères, les procédés d'illustration, la reliure, la dorure, son histoire, ses techniques...

— J'apprendrai.

— Et quand tu auras tout appris, tu ne sauras rien encore. Chaque livre a sa propre histoire. Une vue générale ne suffit pas. Le nôtre nous l'a appris : Napoléon voulait tout savoir, non seulement de ses proches, mais de la nation entière, de chaque individu. Une tâche impossible. Eh bien! sache que notre tâche est impossible. Et que, dans l'absolu, je suis d'une grande ignorance aussi. Mais nous allons tenter de connaître le plus grand nombre possible de gens, comme Napoléon, mais ici les gens ce sont des livres.

La carte de visite d'un bon libraire d'ancien est son catalogue. Cette fois, il serait imprimé et illustré. Le manuscrit serait remis à l'imprimeur sous forme de fiches classées et numérotées, réparties entre diverses rubriques. Antoine le dictateur consentit à sourire.

— Je t'ai préparé quelques manuels de base que tu pourras étudier chez toi. Nous allons commencer la rédaction des fiches. Et puis, un bon déjeuner chez un Basque du boulevard. La vie est belle, mon vieux Julien...

Il me conseilla de faire des stages chez des relieurs, des graveurs, de les regarder travailler, de retenir les termes de métier. Nous allions mener une vie agréable, emplie de ces joies quotidiennes qu'apporte une telle fréquentation, non seulement celle des amateurs de livres mais aussi celle de leur objet d'attention, et les uns et les autres devenaient les êtres d'une même vie.

Les fiches... Cela me connaissait. N'avais-je pas préparé les catalogues de l'édition de cette manière ? La machine à écrire était une antique Royale à touches rondes. Nous n'en étions pas alors à ces pratiques électroniques qui nous faciliteraient le travail. Une pile de livres devant moi, je rédigeai une demi-douzaine de fiches. Antoine les lut et me dit :

— Arrête-toi. Tes fiches sont à refaire. Je mêle le thématique à l'alphabétique. Il y aura des passages groupés sous des titres : *Americana, Curiosa, Militaria, Utopia*... ou, aussi bien, un nom de pays, de province, ou Gastronomie, Chasse, Équitation... Une étude sur Balzac, tu ne la classes pas au nom de son auteur, mais de Balzac que tu mets entre crochets...

— Il n'y a pas de crochets sur les machines à écrire, tu as remarqué, et seulement des guillemets anglais. Je n'ai jamais compris cette absence...

— Et la plume, c'est pour quoi faire ? On recommence tout. Je ne regarde pas seulement le titre du livre, j'établis un diagnostic, je décris. Ainsi pour ce Voltaire, écoute bien : *veau fauve, des lisses ornés de fleurons dorés, pièces de titre et tomaison maroquin rouge et vert, triple encadrement de filets dorés sur les plats, tranches peignées, reliure de l'époque*. Auparavant, j'aurai indiqué nom, titre, éditeur, date. Et je ferai suivre d'un commentaire sur les illustrations, les figures, les portraits, leurs auteurs... Il faut être lent, minutieux, et ce n'est pas tout...

Je me sentis découragé. Aurais-je jamais une telle patience ? J'imaginai la présence d'Alexandre Guersaint et son sourire. Cela ranima mon courage.

— ... Et ce n'est pas tout, reprit Antoine. Notre commerce est fondé sur l'honnêteté. Un livre, il faut en dire tous les défauts, sans tricher. Par parenthèse, tu devras étudier les abréviations sans lesquelles un catalogue serait trop chargé. Les maladies d'un livre se nomment mouillures, rousseurs, piqûres, trous de vers, épidermures... et tu dois tout indiquer, et encore l'état : bel exemplaire ou assez bel exemplaire, incomplet ou défraîchi quand c'est le cas. Corps de la fiche, notice, tout doit être précis.

Le repas au restaurant basque fut le bienvenu. J'avais besoin de me remettre. J'étais dans la situation d'un enfant de la maternelle à qui on demande de préparer une licence. Les joies viendraient, mais que de chemin pour les mériter !

— Ne sois pas inquiet, me dit Antoine au moment de la piperade, je suis là. Et dis-toi bien que rien ne presse. Vénérons la lenteur. Tu as la vie devant toi.

La vie devant moi. Qui de nous deux courait le plus vite ? La rattraperais-je jamais ? Ma pensée alla vers l'Oncle.

Durant les premiers jours de mon engagement dans le commerce des livres anciens, je cachais ce qu'un patron appellerait « mauvais esprit ». Je ne pouvais m'empêcher de tenir ces bibliolâtres pour de doux et charmants maniaques. Pour moi, l'intérêt d'un livre résidait dans son texte et non dans son habillage. En parallèle, que le Livre fût l'objet d'un tel culte, telle une icône, ne me déplaisait pas. Ces sentiments contradictoires se heurtaient. La lecture m'avait guéri de mes misères, m'avait pris à ses pièges. J'ignorais que le reproche adressé à la bibliomanie venait de mon ignorance : il lui fallait un alibi. Je n'appartenais pas encore à ces chapelles et j'ignorais que je deviendrais un de ses officiants.

— Vous lisez des livres bien austères, me dit Eleanor, des manuels, des précis. Cela ne vous ressemble pas. Vous n'allez pas devenir trop grave, j'espère ?

— Non, Eleanor chérie, je vais vous en donner quelques preuves.

Les jeux de l'amour, s'ils tentaient l'un de nous, tentaient aussitôt l'autre. De la lecture du livre à la lecture du corps, le chemin était court.

Roland l'Américain n'écrivait pas de lettres. Il téléphonait à sa mère. Leur conversation était en anglais.

— Notre Roland n'est vraiment pas un littéraire, me confia Eleanor. Certes, il est drôle, affectueux, mais d'une telle précision dans ses termes! Il ne dit jamais rien qui surprenne. Je le crois très ennuyeux. Il lui manque le petit grain de folie. Olivia a tout pris. Il vous adresse son bon souvenir et ses amitiés. Voilà le style.

Je pensais : « S'il savait que sa mère et moi... » Une telle idée ne pouvait l'effleurer — pas plus que moi quelques semaines auparavant.

Eleanor. Ce nom répété comme si je n'en connaissais pas d'autre. Les heures des corps et les heures de l'âme me semblaient distinctes, toutes vénérées et de la même source exquise. Hors l'intimité de la chambre, les apparences avaient peu changé, comme si j'étais resté l'ami des enfants, l'enfant adopté tout en devenant l'amant. Je ne me souciais pas, il est vrai, d'analyse. Je vivais à la fois mon bouleversement et le sien, je ressentais notre commun étonnement devant un miracle. Nous restions les adorateurs du moment présent, sans que nous effleurât la pensée de l'avenir.

Olivia. Si Roland s'était éloigné, la sauvageonne, je l'avais considérée comme ma sœur. Si son séjour américain, en attendant le jour du vernissage, lui plaisait, elle n'en demeurait pas moins près de nous. En vain, sa grand-mère avait tenté de lui faire connaître son monde, elle s'y était refusée, préférant se consacrer à ses toiles. Cela, nous l'apprenions par reconstruction des nombreuses cartes postales qu'elle nous adressait à tous les trois et que nous nous communiquions. En unissant la matière de chacune d'elles, nous arrivions à la lecture d'une lettre divisée en trois parties.

Eleanor croyait en son avenir, et cela éveillait des craintes.

— Olivia, dit-elle, ma petite Olivia qui veut tout savoir, tout pratiquer, tout faire... Je ne peux m'empêcher de penser que sa peinture ne serait pas ce qu'elle est : *originale*, si elle n'avait pas été tentée par d'autres arts, et même les tâches ménagères, si elle n'avait pas connu des échecs. La formation d'un artiste est si mystérieuse. Elle naît des sources les plus inattendues, des mélanges s'opèrent et... Maintenant, elle travaille, elle travaille, et je connais une angoisse...

— Qu'un succès l'égare ? Que la critique détourne son talent ?

— Non, je crains sa reconnaissance pour le pays qui la reconnaîtra. Que la critique lui soit favorable et elle s'accrochera, elle luttera, elle pensera à une nouvelle exposition. Elle sera appelée à San Francisco, à Chicago ou ailleurs.

— Eleanor chérie, vous anticipez.

— Et il y a ma mère. Vous n'imaginez pas la femme qu'elle est. Elle séduit, elle régente, elle mène son monde par le bout du nez. Olivia s'y laissera prendre.

— Eleanor, vous si forte, si sereine, et craintive soudain, mais de quelle crainte ?

— Je ne crains pas, je pressens. J'imagine le même scénario que pour mon Roland, la même aimantation. Le séjour d'Olivia va se prolonger. Peu à peu, les mailles du filet se resserreront sur la proie. Roland a été pris, Olivia sera prise, et cela dans un seul but : en faire des appâts pour attirer l'animal le plus rétif, moi !

— Un tel machiavélisme est-il possible ?

— Les tentatives ont été nombreuses. Ce qui rend les choses difficiles pour moi, c'est que je ne suis plus la jeune fille d'autrefois, celle qui passait par défi d'un continent à l'autre, d'une idée de la société à son contraire. J'ai accepté des héritages et, ce faisant, je me suis rangée de leur côté. Non, ce ne sont pas des monstres. Au contraire ! C'est parce qu'ils m'aiment et me veulent près d'eux, partageant leur vie, et non en France car ce long séjour, ils ne peuvent le comprendre et je ne peux le leur expliquer. Olivia et Roland sont mes chaînes...

— Vous resterez. Pour moi. Pour nous.

— Et mes enfants seront loin. Leur vie sera autre. La distance grandira. Je serai seule. Vous ne serez pas toujours là.

J'entendis là sa première allusion à notre différence d'âge. Elle se laissa embrasser, répondit à mon baiser, eut un sourire fataliste. J'affirmai : « Je sais, moi, qu'Olivia *nous* reviendra ! »

Six

Au *Lit de la Merveille*, la qualité de mon travail s'améliorait. La sévérité d'Antoine s'atténuait. Par degrés, allait-il redevenir le jeune homme timide que j'avais connu ?

— Dix pages de catalogue, et peu de fautes, chapeau ! Et j'ai remarqué un fait : il suffit que je m'absente pour que la vente s'améliore. Ou tu as de la chance, ou...

— Ou : rien ! répondis-je. Le hasard. Si je vendais des chemises ou des chapeaux, tu pourrais me féliciter. Ici, on ne force pas le client, on ne fait pas l'article.

— Il faut même marquer un regret, vendre le livre avec hésitation comme si on se séparait d'un ami.

— C'est souvent le cas. Ainsi, ces *Mémoires* de la comtesse d'Agoult. Et aussi...

Mes succès, je les devais à Antoine. Le soir, il me confiait un ouvrage :

— Écris et décris. Ce que tu ignores, note-le. Confie tes hésitations. Consulte des catalogues de confrères et propose un prix de vente. Tu es un employé de l'état civil ou un flic. Fais parler le livre. Pour l'indication du format, tu te trompes souvent. Étudie le lexique des règles typographiques de l'Imprimerie nationale. Sois aussi un médecin, un chirurgien. Tout livre ancien a besoin de soins...

Le matin, j'apportais mon rapport, mon diagnostic. Nous discutions. J'étais un médecin généraliste qui demande l'avis d'un spécialiste. Parfois, je disais :

— Au fait, ce livre, je l'ai même lu.
— Était-ce bien nécessaire?
— Imagine-toi, mon cher associé et maître, qu'un livre, c'est aussi fait pour être lu.
— Tiens, tiens!

L'appartement, derrière le jardin, servait de réserve. Nous allions chercher les livres par piles afin de les analyser, de les mieux connaître.

— Chaque fois que nous faisons une vente, dit Antoine, regardons le livre une dernière fois, fixons ses traits. La mémoire doit en garder l'empreinte. Situe-le sur un des rayons de ton cerveau. Désormais, tu es un homme-bibliothèque.

Je craignais l'encombrement. Le vêtement ne devait pas faire oublier le corps. J'enrageais de tenir en main tant de livres et de lire de moins en moins. Le plaisir que m'apportait une reliure de qualité n'égalait pas celui de la lecture. Je me plaisais à acheter des livres de poche, ce qui agaçait mon ami.

— Cet appartement, me dit-il, c'est quand même dommage d'en faire un entrepôt. Il a des boiseries superbes, un plancher parqueté de chêne, une cheminée grandiose. Il mérite d'être restauré. Pour nos stocks, il suffirait d'une remise, d'un hangar fermé, cela doit se trouver... Et tu pourrais avoir ta garçonnière...

— Je suis bien où je suis. Sous le ciel, la tête dans les nuages...

— Et un bon voisinage, quelque part entre le Moyen Age et l'Amérique...

— Tu confonds le temps et l'espace.

— Et toi un in-octavo et un in-six...

Après un silence, il ajoutait :

— C'est quand même un joli métier, non?
— Certainement.

Antoine me regardait avec compassion. Mon manque de chaleur le navrait. Il entamait un discours :

— ... Un jour, quand nous serons plus aisés, je te

promets que nous nous libérerons du souci du chiffre d'affaires. Seul comptera notre plaisir, celui de la connaissance et de la mémoire. Nous sommes condamnés, durant quelques mois, à la dispersion, à l'achat et à la vente de ce qui nous vient. Laissons les choses aller leur train...

— Où veux-tu en venir ?

— Si je le savais ! Une trouvaille, peut-être, la carte de l'île au Trésor, un pas vers le non-répertorié, vers l'insolite... Des livres que l'on ne peut que désirer, qui échappent aux habitudes, qui se cachent.

Antoine, le glaneur d'enthousiasmes. Il cherchait des métaphores pour me convaincre. Il aiguisait son esprit pour faire jaillir l'étincelle qui m'enflammerait :

— Tu n'as pas de famille, je n'en ai guère. Alors, nous aurons une famille d'éditions rares, nous serons leurs enfants. Ou leurs pères. Dans la profession, on dira : « Il n'y a qu'au *Lit de la Merveille* qu'on peut trouver cela... »

Va où il y a des livres... Ce n'était pas à ceux-là que je pensais alors. Les livres anciens, ces aristocrates... Tandis qu'Antoine usait de persuasion, et je ne sais pourquoi puisque je faisais mon travail, j'étais encore épris du bouquin, sous sa forme la plus modeste, sans pedigree, sans reliures aux armes, comme ceux déchirés, jaunis, sales que j'avais rapportés de Saint-Fargeau pour le bonheur de l'Oncle. Oh ! l'Oncle...

Au lendemain du grand jour : le vernissage des peintures d'Olivia, sa mère resta dans l'attente d'un appel téléphonique d'outre-Atlantique. A chaque sonnerie, elle se précipitait et ce n'était toujours pas Boston. Ce silence ne laissait présager qu'une défaite. Eleanor redoutait un échec aussi bien qu'un trop grand succès. Un réveil était réglé sur l'heure de Boston. Elle-même ne put joindre ni sa mère, ni Olivia, ni Roland. Une domestique nous informa de leur déplacement par bateau à Halifax.

— J'ai un besoin de marche, j'étouffe ici, dit Eleanor. Si vous me montriez cet hôtel des Pyrénées où vous avez résidé.

— Vous savez cela ?

— Roland, avant de devenir un homme de loi, adorait les potins. Il m'a toujours tout raconté.

L'image de Marie-Julie, la belle créole, m'apparut. Eleanor savait-elle ?

— Nous allons prendre le métro, décidai-je.

— Le métro, j'adore le métro.

— Eleanor, mon amour, vous avez pris un ton snob pour le dire... Mais j'adore !

Nous troquâmes nos vêtements pour d'autres plus légers. Eleanor apparut en pantalon, chaussée de tennis.

L'hôtel des Pyrénées avait changé de propriétaire et de nom. Il s'appelait Pyrénées Inn, ce qui me parut ridicule. Je proposai une promenade aux Buttes-Chaumont toutes proches. Les yeux d'Eleanor parcouraient les façades, fouillaient la ville. Elle observa que Paris était à l'image de la France : un déplacement de quelques kilomètres et on se trouvait dans une autre province. Devant l'entrée du parc, nous bûmes de la bière. Je fis exprès de demander « un demi sans faux col » pour lui expliquer ce que cela signifiait. Tout l'intéressait, du triporteur d'un marchand de glaces au kiosque du vendeur de jouets. Elle regarda les cerfs-volants, les cerceaux, les ballons multicolores...

Nous parcourûmes les allées, nous tenant par le bras, puis par la main. Devant le lac, elle dit, en forçant son accent américain, que c'était romantique. Les faux rochers, les stalactites artificielles, les ruines inventées lui en rappelèrent d'autres, dans son pays. Elle détourna les yeux de la passerelle des Suicidés comme si elle craignait d'assister à un drame. Et soudain elle s'exclama :

— Rentrons vite. Peut-être Olivia a-t-elle essayé de m'appeler...

Dans le taxi, elle me demanda s'il existait dans Paris d'autres endroits comme celui que nous venions de visiter. Je m'aperçus que la rive gauche, les quartiers des grands hôtels et des théâtres représentaient pour elle Paris entier. Je mis toute ma connaissance à lui parler d'autres parcs : Monceau, Montsouris..., lieux que je découvrirais avec elle.

— C'est insensé ! me dit-elle le lendemain. Aucune nouvelle. La date a dû être déplacée. Olivia est d'une inconséquence ! Comme si je n'existais plus...

Enfin ce télégramme de la grand-mère d'Olivia dont les termes, tels que les traduisit Eleanor, étaient obscurs. Cette dame indiquait qu'il n'était pas nécessaire de rappeler, ce que sa correspondante savait déjà, et qu'une lettre suivait.

— C'est bien de ma mère, dit Eleanor. Elle suit des pensées qui courent trop vite. Elle est persuadée qu'elle m'a déjà renseignée et n'en démordra pas. C'est une folle ! A force de se vouloir excentrique, elle l'est devenue. Attendons la lettre...

Elle arriva, cette missive tant attendue, épaisse et chargée de timbres, *via air mail*. Elle contenait une carte d'Olivia : *Maman, Oncle, Julien, je suis heureuse, mais ne peux plus reculer...* une lettre de la grand-mère et les premières coupures de presse concernant l'exposition, certaines phrases étant soulignées en rouge.

Ce vernissage ? Un événement, une révélation, une révolution dans le monde de la peinture, et les épithètes flatteuses pleuvaient. Eleanor traduisit pour moi. La teneur générale de ces articles : une conception inédite, un art sans références et à quoi on se référerait ; on parlait d'effets optiques, de portraits en mouvement, d'une technique savante et sobre ; notre époque avait enfin trouvé sa traduction picturale ; le « nouvel âge », le « monde nouveau », l'« homme de demain »...

— Et tout cela pour mon bébé, ma petite infante, ma sauvageonne ! dit Eleanor émue.

Je partageai ce bouleversement. Ces articles qu'Eleanor commenta étaient signés de grands noms de la critique d'art, ceux qui font les réputations.

Autant Olivia, spontanée, s'exprimait en peu de

mots, autant la lettre de sa grand-mère était prolixe, embrouillée, d'une écriture peu lisible.

Après une difficile lecture, Eleanor s'assombrit.

— Je m'attendais à cela, dit-elle. Ma mère est un condensé d'intrigue et d'égoïsme. Olivia est dans sa souricière. Elle possède un atelier dans une banlieue huppée de Boston. Cette... femme a passé l'âge de séduire, elle a trouvé celui de détruire, et c'est ma mère ! D'Olivia elle a su trouver le point faible : son art...

J'appris que les amateurs se précipitaient, que tous les tableaux seraient vendus, qu'une nouvelle exposition, itinérante cette fois, était prévue. Des semaines de travail étaient nécessaires pour la préparer. Elle téléphona au début de l'après-midi. Eleanor cacha son désarroi. Elle plaisanta, exagéra sa satisfaction, me passa l'appareil et mes congratulations en mauvais anglais amusèrent Olivia. Elle me demanda d'embrasser l'Oncle et d'être le chevalier servant de sa mère.

Ce soir-là, Eleanor me pria de la laisser. Elle désirait se retirer seule dans sa chambre, seule avec des pensées contradictoires et déchirées.

Bonheur et malheur se suivent ou se confondent. Antoine, *Monsieur* Antoine comme on l'appelait dans la profession, tout comme j'étais *Monsieur* Julien, connut son Austerlitz. J'étais seul au magasin quand une dame fort âgée, vêtue de deuil, se présenta. Elle me proposa de beaux livres que son mari, mort depuis peu, avait collectionnés. De telles visites étaient fréquentes, les livres souvent sans intérêt. Je crus que la dame portait son prétendu trésor dans son sac.

— Dans mon sac ! dit-elle. Y pensez-vous ? Il y en a des dizaines et des dizaines.

Je pris rendez-vous chez elle pour l'après-midi, tout près, rue de Lille. Antoine m'accompagna. La porte s'ouvrit sur un appartement à l'ancienne qui sentait la cire et la lavande. Après des paroles de bienvenue et de politesse, nous entrâmes dans un bureau. Le regard d'Antoine erra le long des rayons. Il possédait l'art d'évaluer.

— Environ six cents ouvrages, dit-il, c'est trop pour nous.

Il demanda l'autorisation d'examiner quelques exemplaires. Installé sur une chaise, près du bureau du défunt, il ausculta les livres que je lui passais. « Intéressant ! » me dit-il. Et à la dame :

— Je ne nie pas que certains de ces ouvrages présentent à mes yeux de l'intérêt. Monsieur votre mari avait du goût...

— Oh oui, monsieur, pour cela...

— ... Mais le commerce du livre ancien n'est plus ce qu'il était. Les vrais amateurs, les gens de qualité se raréfient. Les goûts de notre temps vont vers les choses futiles...

Les lieux communs de ce malin d'Antoine étaient approuvés par la dame. Je me sentis gêné.

— Si je désire vendre ces livres, dit la dame, ce n'est pas par besoin d'argent. Mon neveu qui habite Biarritz va s'installer ici. Nous diviserons l'appartement. Il est stomatologue. Il lui faudra de la place pour son matériel...

— Je comprends, dit Antoine. Je m'étais bien douté que... Me permettriez-vous de revenir ? Il me faudra quelques heures pour l'expertise, l'évaluation. Je veux vous faire une proposition qui vous agrée.

Il dit des paroles flatteuses, s'arrêta devant un tableau qu'il admira, parla de son plaisir à rencontrer des personnes de qualité. La dame était aux anges. Nous étions des jeunes gens bien élevés.

— Nous allons enlever l'affaire, me dit-il plus tard. C'est un trésor.

Le bibliophile avait centré son intérêt sur les livres consacré au vieux Paris et sur les anciens traités culinaires, à quoi s'ajoutaient les grandes œuvres du siècle philosophique. Sa proposition fut acceptée par la dame. Nous obtînmes un crédit devant notaire.

Durant ces tractations, j'eus la chance de découvrir, juste en face de notre *Lit de la Merveille*, dans un ancien hôtel particulier converti en appartements, une ancienne écurie qui serait, après nettoyage et désinfection car l'odeur des chevaux est tenace, notre entrepôt. Quant au logis acheté en même temps que la boutique, dégagé, il serait rénové par les artisans que connaissait Antoine.

Cet achat de livres fit l'objet d'un beau catalogue sur papier couché. Il marqua le début de notre spécialisation et notre entrée dans un club d'amis, des confrères éminents qui se réunissaient dans des brasseries pour des conversations joyeuses et animées. Je ne fus pas en reste. Ma bonne humeur d'autrefois, renaissante, portait son heureuse contagion. Nous étions entrés dans le plus charmant des cercles.

Eleanor était trop civilisée pour montrer ses soucis. J'en connaissais la source, j'en devinai les effets, j'en pressentis les prolongements. Notre relation amoureuse perdit en tendresse et gagna en passion. Nos promenades dans Paris furent fréquentes, tout comme nos instants de lecture, de musique, de silence. Attentif, je m'aperçus de certains retraits. Ainsi, ses mardis ne l'intéressaient plus. Elle prit pour prétexte quelque empêchement et adressa une carte à chacun de ses hôtes habituels, à la manière ancienne, cornée et avec les initiales P.P.C. — pour prendre congé —, en ajoutant quelques mots aimables.

Ce matin-là, elle dormait encore à l'arrivée du courrier. J'en fis le tri et découvris une lettre adressée à M. Mihoslav Slanêîtsky, ce qui était inhabituel. L'impression, sur le coin de l'enveloppe, indiquait sa provenance. Je jugeai bon d'aller frapper à la porte de la chambre de l'Oncle.

Il était allongé sur son lit, le dos calé par des oreillers. Il portait sa chemise de jour toute fripée. Les rideaux ouverts, la chambre était baignée de lumière. Un livre était tombé sur la descente de lit.

— Oncle, c'est une lettre pour vous.
— Bonjour, cher Julien. Qui peut bien m'écrire?

— La Sorbonne.
— Cette catin ! dit-il, oubliant sa révérence passée. Quelle heure est-il ? Neuf heures, dites-vous ? Mais je suis entouré de nuit, je vous distingue à peine... Ce soir, demain, dans deux jours, n'est-ce pas ? je serai aveugle. Cette lettre, ah ! je m'en moque bien. J'en devine les termes. Lisez-la-moi, si vous voulez...

Je décachetai, dépliai la lettre, en pris connaissance avant de la lire à voix haute. Je compris que je ne pouvais en modifier les termes. Et je lus : « *En Sorbonne le... Monsieur, Après l'étude de votre dossier, un certain nombre de raisons internes* (on ne disait pas lesquelles) *nous ont conduits à ne pouvoir prendre en considération...* »

— N'en lisez pas plus ! s'écria l'Oncle.

Quel robin avait tracé ces lignes ? L'Oncle émit un rire de gorge. Il se leva, enfila une robe de chambre et me demanda de le guider vers la bibliothèque.

— Je vais essayer de lire un peu, dit-il, pour me laver de cette prose insipide. Ne vous attristez pas, mon cher, tout est pour le mieux... Laissez-moi.

Pour l'exposition itinérante d'Olivia, une deuxième vague de critiques, plus restrictives, atténua le triomphe mais non la détermination de l'artiste à approfondir sa recherche. Un de ces articles faisait référence à l'art cinétique et citait des précurseurs. Olivia se rebella : elle se sentait éloignée de cette forme d'art car elle jouait sur les couleurs, pas sur les formes.

— Je ne vois rien là que de positif, me dit Eleanor. Elle me relata sa conversation téléphonique avec sa fille et ajouta : Je connais Olivia. Un excès de louanges ne lui serait pas favorable. Ces réserves la conduiront à se battre !

Elle ajouta qu'elle détestait l'incertitude. Elle savait : Olivia désirait rester le plus longtemps possible à Boston, mais si sa mère l'exigeait, elle rentrerait à Paris sans être assurée de trouver un climat favorable à son travail. Elle décrivait son atelier et relatait ses conversations avec la lumière dont elle parlait comme d'une personne.

Eleanor voulait le bonheur de sa fille. Je l'entendis murmurer : « A trop être femme, j'oublie d'être mère. » Elle prit sur elle d'engager Olivia à prolonger son séjour autant qu'elle le désirerait. Je savais que c'était pour elle un sacrifice. Elle ignorait l'égoïsme. Certes, elle aurait pu rejoindre sa fille durant quelques jours. Elle ne le fit pas, pour moi sans doute, mais aussi pour l'Oncle.

Je lui avais fait part du refus de l'Université, ce qui ne l'étonna pas. Elle déplorait que l'on eût mis tout ce temps pour apporter une réponse. Je dis que l'Oncle ne le prenait pas trop mal — du moins selon les apparences.

— Pauvre cher Oncle, dit Eleanor. Exilé, non reconnu, faible, presque aveugle... Il n'a plus que nous. Même les livres s'éloignent de lui. Que pouvons-nous faire? Il faudrait l'arracher à sa bibliothèque. Gardons-le plus près de nous.

— C'est avec ses livres qu'il se trouve bien.

— Alors, soyons ses livres. Prêtons-lui notre regard. Parlons-lui de ce qu'il aime. Lisez-lui un texte, un poème. Demandez-lui ce qu'il en pense. Apportez-lui au besoin la contradiction. Il n'a plus que sa mémoire. Il y puisera, nous fera de longs discours que nous ne comprendrons pas toujours. Il y trouvera du réconfort. Que dire? Que faire? Et si vous lui parliez de votre librairie, de vos projets?

Tout cela, je l'avais tenté. A mes questions, il avait répondu de manière directe, sans ses habituelles digressions. Et c'est moi qui avais été rassuré.

— Je vous assure, Eleanor, qu'il domine ses maux, qu'il trouve la sérénité. Comme si une foi l'habitait.

Il parlait moins de son cher Moyen Age, sinon pour y découvrir des sources d'avenir, comme s'il reculait pour un élan. Il répétait un mot : harmonie. « Ce qui arrive, à défaut de le combattre, vénérons-le », disait-il. Il ne cherchait pas quelque consolation, il tentait au contraire de nous délivrer des soucis qui nous habitaient.

« Tout est pour le mieux », disait-il, sans ajouter « dans le meilleur des mondes ». Il suivait l'actualité, écoutait la radio, balayait d'un geste le pessimisme ambiant. Pour lui, ce n'étaient que turbulences, agitations vaines, et, comme s'il avait oublié sa condition de victime des convulsions terrestres, il répétait : « Un jour, l'harmonie, l'harmonie... il suffit d'attendre ! »

Oncle, je l'aimais, je le tenais pour le meilleur des hommes. Plus que ce neveu d'adoption, je me sentais son fils ou son père. Oui, son père. Pour Eleanor et moi, il était devenu notre enfant.

Comment aurais-je pu imaginer que l'Effroyable était si proche ? J'avais quitté le lit d'Eleanor pour le mien. J'étais encore avec elle. Et ma pensée divagua vers d'autres visages, d'autres images. Je vis *Le Lit de la Merveille* où Antoine, historiographe et médecin des livres, travaillait tard le soir, parfois fort avant dans la nuit, ne regagnant pas son domicile. La tête sur son bureau, il s'endormait parmi les reliures ou bien il campait dans l'appartement, de l'autre côté de la cour, allongé sur un lit de camp.

A ces moments-là, le corps apaisé, je n'étais plus éveillé et pas tout à fait endormi. Les rêveries de ce prélude au sommeil coulaient comme des caresses. Les yeux fermés, la lumière éteinte, des images défilaient derrière mes paupières que je tentais de retenir tout en aimant leurs métamorphoses.

J'entendis un cri. Sans doute venait-il de la rue. Quelque joyeuse bande se manifestait. A la campagne, j'aurais cru à l'appel d'un oiseau nocturne.

Des appels m'éveillèrent. Était-ce mon prénom que j'entendais ? Qui pouvait m'appeler dans la nuit ? Des pas dans l'escalier tournant, l'ouverture brusque de ma porte. Je me dressai sur mon lit. Eleanor livide, les cheveux défaits, en larmes, le souffle coupé, ayant perdu tout contrôle, prit ma main, trébucha, s'abattit contre moi. Elle hoqueta d'une voix qui ne semblait pas la sienne :

— Levez-vous ! Mais levez-vous ! Ce qui vient d'arriver... Venez !

Je descendis le premier. Elle me suivit et je ressentis sa présence physique pleine de tremblements, d'effroi. La lumière de l'entrée était allumée, la porte de la bibliothèque entrouverte. Eleanor se colla contre mon dos, posa ses mains sur mes yeux.

— Julien, ne regardez pas... Si, hélas ! il faut regarder.

Elle eut un moment de faiblesse. Je me retournai pour la retenir au bord de l'évanouissement. Je la portai jusqu'au canapé. Je tapotai ses joues. Elle fit un effort pour s'extraire de sa torpeur et me jeta un regard que je ne connaissais pas, et comme étranger à elle-même.

— Julien !

Ce que j'avais entrevu, je me refusai à le croire, à le prendre pour réel, comme si c'était un prolongement de ma rêverie en cauchemar. Je fis appel à toutes mes forces pour pénétrer dans la bibliothèque et le voir, lui, l'Oncle — ce qui était encore l'Oncle, et ne l'était plus. Il s'était pendu au crochet d'un ancien lustre, au centre de la pièce. L'escabeau de bois était tombé à ses pieds. J'aurais voulu cacher ce visage, ce corps. Pour mourir, il s'était habillé, avait noué sa cravate, redevenant le Professeur, correct, comme avant sa déchéance. Sur son revers, il avait épinglé une feuille de papier, avec un seul mot, en lettres capitales : PARDON !

Il était trop tard pour tenter de le sauver. Le corps paraissait de bois. Mes leçons de secourisme étaient inutiles.

Eleanor apparut. Elle ne se plaça pas contre moi, recula même quand je voulus prendre sa main. Elle eut le courage de regarder l'Oncle. Cette vision macabre nous hanterait. Nous nous tînmes là, immobiles, comme deux pantins figés devant un troisième. Et ce mot : PARDON ! Et ce livre qui dépassait de sa poche. Comme je m'approchais, Eleanor s'écria d'une voix presque haineuse :

— Ne le touchez pas !

Et moi, figé, ne trouvant pas de mots, n'osant pas de gestes, écoutant un cri quelque part en moi, je finis par arracher quelques paroles à mon silence, absurdes :

— Eleanor, allez faire du café !

Elle partit en silence vers la cuisine. Pourquoi avais-je dit cela ? Du café ? Comme si c'était un remède, un antidote.

Ce mort, j'aurais voulu que nous restions seuls avec lui pour le veiller, le garder.

Était-ce le souvenir de lectures, je saisis le combiné du téléphone et appelai police secours. Qu'ai-je bredouillé : « Pendu, mort... » Une adresse... Eleanor avait oublié le café, s'était réfugiée dans sa chambre. Elle ne répondit pas à mon appel.

Le jour se levait sans hâte, caché par une averse, un jour que l'Oncle aurait à peine distingué, qu'il ne percevrait plus dans sa cécité définitive. Et ce fut l'envahissement des étrangers : la police en uniforme, puis un inspecteur en civil, des ambulanciers, un médecin qui constata le décès, dit qu'il remontait à plusieurs heures. Ainsi, tandis que nous nous aimions, Eleanor et moi, l'Oncle...

Je vis qu'il avait aligné les livres sur son bureau, les dossiers étaient en ordre. Il fut allongé sur une civière. De ses poches, un policier sortit un portefeuille et constata son identité. Il posa le livre sur le bureau, garda le feuillet avec le mot PARDON ! et le glissa dans sa poche. Je crus qu'on allait porter l'Oncle dans sa chambre. Je me trompais. Le corps serait dirigé vers l'Institut médico-légal, la sinistre morgue.

Je toquai de nouveau à la porte d'Eleanor. Je dis, assez fort, cette fois :

— Eleanor, venez. On emporte l'Oncle...

Elle sortit, vêtue, s'approcha de la civière. Un des hommes écarta le drap du visage mort, un autre lui demanda de le reconnaître. J'eus l'impression que ce n'était pas elle qui se trouvait là, mais une autre, lui ressemblant et que je ne connaissais pas. Elle dit :

— Ce n'est pas lui. C'est un mort. Lui était vivant. Si présent...

— Je comprends, madame, dit un fonctionnaire.

Eleanor retourna à son refuge. Je passe sur les formalités administratives. Je les ai oubliées. Et tout fut si rapide. Il ne resta plus rien, ni l'Oncle ni la corde fatale, et il me sembla que le pendu restait présent, droit au centre de cette bibliothèque, entouré de ses livres comme de spectateurs muets. Puis je vis le livre que j'avais retiré de sa poche : les poèmes de François Villon. Je le serrai contre moi.

Ce jour-là, je ne me rendis pas à la librairie. Antoine, avisé par téléphone, me proposa de me rejoindre. Je le remerciai et déclinai son offre. Je restai seul. Aucun corps à veiller. A Eleanor, cloîtrée dans sa chambre, je ne pouvais pas apporter ma compassion.

Une journée de solitude angoissée durant laquelle j'errai de pièce en pièce, montai à mon logis, redescendis, attendis l'apparition d'Eleanor qui me fuyait comme si j'étais le responsable du drame, comme si j'avais commis un crime.

J'avais ouvert la fenêtre de la bibliothèque pour l'aérer non de l'odeur de la mort mais de celle des présences étrangères, l'avais refermée, ouverte de nouveau. La pluie avait cessé, le froid s'installait.

PARDON ! Je croyais que c'était l'unique message de l'oncle, un message bouleversant, qui exprimait tout de lui quand je vis, dépassant d'un livre, au sommet d'une pile, placées comme des étiquettes, deux enveloppes avec sur chacune le nom du destinataire : *Julien, Eleanor.* Je lus le message de l'Oncle qui avait tenté de discipliner son écriture :

« *J'ai cherché des issues, je n'en ai pas trouvé d'autre. J'aurais supporté mille morts, pas celle de mes yeux. J'ai aidé Macabré dans son œuvre lente. Je vous offre tous mes livres, quelques manuscrits, mes vieilles pipes et une demi-bouteille de cognac. Brûlez tout le reste. Qu'on m'incinère aussi. Je tiendrai moins de place. Adieu, Julien, mon ami.* »

Naguère, je croyais avoir épuisé toutes mes larmes.

Je frappai de nouveau à la porte de la chambre d'Eleanor.

— Que voulez-vous encore ? demanda-t-elle d'une voix lasse.

— J'ai trouvé une lettre de l'Oncle. Pour vous...

Elle entrouvrit la porte, saisit l'enveloppe. Je lui demandai de lire la missive qui m'était destinée. Elle la prit et se cloîtra de nouveau.

Pourquoi cette distance, ce ton glacial, ce retrait alors que l'affliction aurait dû nous unir ? Eleanor, équilibrée, souriante, amoureuse, que vous arrivait-il ? Le départ de Roland, celui d'Olivia n'avaient pas détruit votre sourire, atténué l'éclat de vos yeux devenus si ternes. Et vous me laissiez seul dans cet appartement où je me sentais comme un étranger, un patient dans une salle d'attente, un enfant perdu.

Eleanor ne réapparut qu'en fin d'après-midi, en manteau, son béret sur la tête, une valise à la main. Je m'approchai :

— Eleanor chérie...

— N'employez pas ce mot. Il n'a plus cours. Je ne veux plus rester ici. Ce soir, je dormirai à l'hôtel.

— Je comprends, dis-je, et j'ajoutai : Et moi ?

— Faites ce que vous voudrez. Je vais faire tout enlever. Après la cérémonie pour l'Oncle, je quitterai la France.

Je baissai les yeux. Eleanor était redevenue la Dame, et moi ce jeune garçon naguère accueilli, aujourd'hui rejeté.

— Je comprends, repris-je. Eleanor, ne pourrions-nous pas attendre, réfléchir... C'est trop soudain... Nous n'avons pas nos esprits...

Elle ne m'entendit pas. Je joignis les mains comme pour une prière. Déjà elle appelait une voiture par téléphone.

— La lettre de l'Oncle ? dis-je.

— Vous la trouverez dans ma chambre, sur la coiffeuse.

— Je veux parler de la vôtre, celle qu'il vous a écrite...

Elle eut un mouvement de révolte :

— Cette lettre, personne ne la lira. Oh non! Me demander pareille chose... Je n'en ai jamais reçu de plus belle. Il m'aimait. Ne me demandez rien de plus.
— Eleanor, nous vivons un moment de folie. Entre nous, cela ne peut finir ainsi.
— Cela ne pouvait pas finir autrement. Vous aussi, vous devez partir. Quand vous aurez déménagé, laissez la clé à la concierge. Je connais l'adresse de votre librairie. Pour les obsèques, vous serez prévenu. Je ne vous reverrai pas avant, plus après. Je pars : le taxi doit être arrivé.
— Et rien d'autre, pas même...
— Adieu!
Je ne dirai pas ici quel état moral fut le mien. Les coups de poignard, on ne s'y habitue jamais.

On appelait cela jadis un déménagement « à la cloche de bois ». Je quittai la rue Gay-Lussac comme un malfaiteur. Antoine m'apporta son soutien. En attendant mieux, nous installâmes un sommier et un matelas dans cet appartement derrière la cour fleurie qui serait le mien, qui l'est toujours et que j'ai embelli, décoré. Un de nos confrères, pourvu d'une camionnette, aida à mon déménagement. Après le départ de mes livres, de mes vêtements et de quelques objets, je restai sur la terrasse. Roland allait-il sortir de chez lui pour que nous échangions nos boutades? Ce temps était si loin! Je descendis la vis d'Archimède pour la dernière fois. Je n'eus pas un regard pour l'appartement.

Le legs de l'Oncle, je n'y pensai même pas. J'appartenais désormais corps et biens au *Lit de la Merveille*, « là où il y a des livres », mais mon chemin ne s'en était jamais écarté. Pour la satisfaction d'Antoine, l'associé, l'ami, j'allais consacrer tout mon temps aux livres anciens.

Un billet fut déposé. L'incinération de l'Oncle aurait lieu le surlendemain au Père-Lachaise. Antoine m'y accompagna. Eleanor et son chauffeur, casquette à la main, étaient déjà présents à la chapelle du four crématoire. Elle était debout au premier rang de la travée de gauche, en manteau noir, coiffée d'un béret gris et portant des lunettes aux verres fumés. Un ordonnateur nous installa, Antoine et moi, à la travée de droite. Le chauffeur se tenait au fond de la salle. Cette sorte de chapelle, sans Dieu ni culte, imitait quelque religion mal définie. Cette séparation des sexes me sembla absurde et plus apparente car une seule femme était présente.

Un homme vint me parler à voix basse. Il fallait reconnaître le corps avant sa glissée dans le four. Je descendis. Eleanor ne bougea pas. Oui, c'était bien l'Oncle. Je remontai, regagnai ma place. En même temps que le ronflement du four, nous entendîmes des accords d'harmonium. Antoine et moi échangeâmes un regard : il portait la même horreur. Cette allée qui nous séparait, Eleanor et moi, me sembla infranchissable. Une étendue nous séparait et je songeai à l'Océan. Nous nous assîmes. J'ouvris un livre.

— Tu lis ! me dit Antoine sans doute choqué.
— Ce sont des prières, répondis-je.

Ce que je lisais n'était pas un missel. L'Oncle allait-il rejoindre cette harmonie qu'il nommait dans ses derniers jours alors qu'il avait déjà décidé de disparaître? Était-il dans un lieu de livres? Était-il devenu livre lui-même? Qu'importait l'absence de Dieu dans cette chapelle? Je lisais. Je pensais à sa dernière lettre : « *J'ai cherché des issues, je n'en ai pas trouvé d'autre...* » Ma prière n'appartenait pas à celles de l'Église. Ce livre, je l'avais retiré de la poche de l'Oncle, du Pendu, et, pour un dernier hommage, je murmurai :

> « *Frères humains qui après nous vivez,*
> *N'ayez les cuers contre nous endurcis,*
> *Car, se pitié de nous povres avez,*
> *Dieu en aura plus tost que vous mercis...* »

Oncle, ces poèmes étaient votre miroir. Les disant, c'était vous que j'entendais. Les mots coulaient comme des larmes. Il en naissait une joie pure, bouleversante. Les bruits affreux, le four, l'harmonium, ce décor de cauchemar n'existaient plus. Et cette vie, votre vie, Oncle, mon Oncle, m'apparaissait radieuse car vous aviez été le serviteur du meilleur de ce monde, du meilleur des hommes.

Après la longue attente, et le silence, Eleanor appela du geste son chauffeur. Ils descendirent. Antoine et moi restâmes immobiles. Je refermai le livre, plaçai François Villon contre mon cœur.

Quand Eleanor et son chauffeur réapparurent, ce dernier portait l'urne, les cendres de l'Oncle. Eleanor marchait devant, d'un pas rapide. Je dis son nom. Elle ne répondit pas, accéléra sa course. J'arrêtai un instant le chauffeur, touchai l'urne du bout des doigts.

Si Antoine ne m'avait pas retenu par le bras, je me serais précipité vers Eleanor.

— Non, dit-il, reste près de moi. Tu ne peux rien changer. Cette personne, la douleur l'a rendue folle.

Un camion s'arrêta devant *Le Lit de la Merveille*. Deux déménageurs entrèrent.

— Une livraison, dit le plus âgé. C'est lourd. Ça vient de la rue Gay-Lussac.

Les livres de l'Oncle. Eleanor avait pensé à ce legs. Les cartons furent déposés à l'entrepôt. Ils y restèrent six années. Antoine tentait de me persuader de nous en dessaisir. Nous manquions de place. Je finis par me laisser fléchir. J'y mis quelques conditions. Je ne m'en occuperais pas. Les livres seraient vendus à la salle des ventes par un commissaire-priseur. Antoine, aidé d'un stagiaire, préparerait le catalogue sur place, parmi les réserves.

Il trouva des manuscrits, les pipes et même la demi-bouteille de cognac qu'il me confia. Quand il me montra le catalogue, je reconnus une fois de plus sa délicatesse. Le titre était :

Bibliothèque de M. le Professeur Mihoslav Slaněĭtsky, médiéviste.

C'était là l'hommage, le Tombeau de mon ami.

Le temps s'est écoulé. J'ai eu des amours, je n'ai jamais retrouvé l'Amour. Mes plus belles aventures, je les dois à tant de beaux livres passés entre mes mains. Antoine n'est plus. J'ai formé un commis, comme il l'avait fait avec moi. Quelque jour, je lui confierai la gérance.

Depuis certain soir à la Comédie-Française où l'on donnait *Intrigue et Amour* de Schiller, des mois ont passé, le temps d'y écrire ces pages.

Et je me souviens : *Ce soir-là...*

Épilogue

Ce soir-là, dès qu'Eleanor m'eut reconnu, je ne fus plus seul à la Comédie-Française.

Sur la scène, de viles manœuvres l'emportaient sur la pureté de l'amour. Louise et Ferdinand empoisonnés, le rideau tomba, les applaudissements retentirent, les comédiens, selon une ordonnance bien réglée, saluèrent, et l'on n'entendit plus que les bruits des spectateurs.

Dans l'allée, je me trouvai derrière Eleanor et la jeune fille. Seules quelques personnes nous séparaient. Au vestiaire, je m'approchai et l'aidai à mettre son manteau. Comme si nous nous étions quittés la veille, elle dit :

— Merci, Julien.

Son sourire, je le retrouvai. A peine distinguai-je un frémissement de lèvres sous l'effet d'une émotion contenue.

— Bonsoir, Eleanor.

Après la descente de l'escalier, en retrait, dans le hall, elle me dit :

— Voici Élisa, mon arrière-petite-fille. Arrière-grand-mère, je ne m'y habitue guère. Ce mot : « arrière »... Ne vous fiez pas à sa taille, à son allure, elle n'a que quinze ans. Les fillettes deviennent vite des jeunes filles aujourd'hui. Elle est la petite-fille d'Olivia.

— Et Olivia ?

— Olivia ma sauvageonne, souvenez-vous. Elle est

six fois grand-mère. Elle peint toujours. Une fondation porte son nom. Il est même question d'un musée au Japon. J'en suis fière.

— Et Roland ?

— Hélas ! il n'est plus. Un accident de la route. Il y aura bientôt vingt ans.

— Je suis désolé.

Il pleuvait. Nous nous abritâmes sous les arcades. Eleanor me regarda. Nos lointains souvenirs semblaient dissous.

— Julien, dit-elle, vous avez bien vieilli. Oh ! je perds mon français. Je veux dire : vous avez vieilli *bien*. Toujours séduisant, et sans doute plus séducteur.

— Vous, Eleanor, vous n'avez pas vieilli du tout.

Dans un mouvement coquet, elle désigna ses cheveux blancs, son cou ridé et fit : « Oh ! là là... »

Son chauffeur arriva, parapluie en main. Étais-je en voiture ? Non ? Elle se proposait de me raccompagner. Je lui dis que je n'avais que la Seine à traverser et que j'aimais marcher.

— Même sous la pluie ?

— Surtout sous la pluie.

J'entendis son rire d'antan. La jeune fille nous regardait, intriguée. Nous devions nous séparer et nous n'en avions pas le désir.

— C'était inattendu, dit Eleanor. Nous repartons demain. A notre prochain voyage, promettons-nous de nous revoir. Votre adresse ? Toujours la même, *La Merveille des Livres*...

— C'est à peu près cela.

— J'aime que rien ne change.

Elles s'éloignèrent, protégées par le grand parapluie. La voiture démarra. Eleanor me fit un signe de la main auquel je répondis.

Le temps lèche les plaies, les cicatrise. Tout me sembla irréel. Faudrait-il que je me raconte les faits pour me persuader de leur réalité ?

Sous une pluie fine, je traversai le Louvre face à la Pyramide, puis le pont du Carrousel. Je pensai à ma demeure, au fond de la cour, derrière les lauriers, au

Lit de la Merveille, aux livres que j'achèterais demain chez un particulier. Je revis tant de visages aimés, la plupart disparus, puis Eleanor, si âgée, mais vivante, réelle, sans le masque de drame dont elle m'avait laissé le souvenir. Une joie incompréhensible m'habita. Étais-je heureux ou malheureux? Sans doute les deux ensemble. Et cette eau qui coulait sur mes joues, j'ignorais si c'était de la pluie ou des larmes.

*Du même auteur
aux Éditions Albin Michel*

Romans

ALAIN ET LE NÈGRE
LE MARCHAND DE SABLE
LE GOÛT DE LA CENDRE
BOULEVARD
CANARD AU SANG
LA SAINTE FARCE
LA MORT DU FIGUIER
DESSIN SUR UN TROTTOIR
LE CHINOIS D'AFRIQUE
LES ANNÉES SECRÈTES DE LA VIE D'UN HOMME
LES ENFANTS DE L'ÉTÉ
LA SOURIS VERTE
LE CYGNE NOIR
LE LIT DE LA MERVEILLE

Le Roman d'Olivier

DAVID ET OLIVIER
OLIVIER ET SES AMIS
LES ALLUMETTES SUÉDOISES
TROIS SUCETTES À LA MENTHE
LES NOISETTES SAUVAGES
LES FILLETTES CHANTANTES

Poésie

LES FÊTES SOLAIRES
DÉDICACE D'UN NAVIRE
LES POISONS DÉLECTABLES
LES CHÂTEAUX DE MILLIONS D'ANNÉES
ICARE ET AUTRES POÈMES
L'OISEAU DE DEMAIN
LECTURE
ÉCRITURE

Aphorismes

LE LIVRE DE LA DÉRAISON SOURIANTE

Essais

L'ÉTAT PRINCIER
DICTIONNAIRE DE LA MORT
HISTOIRE DE LA POÉSIE FRANÇAISE (9 volumes)

Composition réalisée par EURONUMÉRIQUE

IMPRIMÉ EN FRANCE PAR BRODARD ET TAUPIN
La Flèche (Sarthe).
LIBRAIRIE GÉNÉRALE FRANÇAISE - 43, quai de Grenelle - 75015 Paris.
ISBN : 2-253-14585-8

31/4585/1